山东省『泰山文艺奖』获奖作品
青岛市文艺精品扶持项目

阿占 著

青岛出版集团｜青岛出版社

图书在版编目（CIP）数据

墨池记 / 阿占著 . —青岛：青岛出版社，2023.8
ISBN 978-7-5736-1340-0

Ⅰ . ①墨… Ⅱ . ①阿… Ⅲ . ①中篇小说 – 小说集 – 中国 – 当代 Ⅳ . ① I247.5

中国国家版本馆 CIP 数据核字（2023）第 120269 号

	MOCHI JI	
书　　名	墨池记	
著　　者	阿　占	
题　　字	贺中祥	
出版发行	青岛出版社（青岛市崂山区海尔路 182 号，266061）	
本社网址	http://www.qdpub.com	
邮购电话	0532-68068091	
策　　划	刘　坤	
责任编辑	刘芳明　李　丹	
内文排版	戊戌同文	
印　　刷	青岛乐喜力科技发展有限公司	
出版日期	2023 年 8 月第 1 版　2024 年 11 月第 2 次印刷	
开　　本	32 开	
印　　张	10	
字　　数	200 千	
书　　号	ISBN 978-7-5736-1340-0	
定　　价	58.00 元	

编校印装质量、盗版监督服务电话：4006532017　0532-68068050

目录
Contents

来去兮　　　　　　　／ 001

满载的故事　　　　　／ 057

墨池记　　　　　　　／ 115

后　海　　　　　　　／ 185

跋　　　　　　　　　／ 303

目录
contents

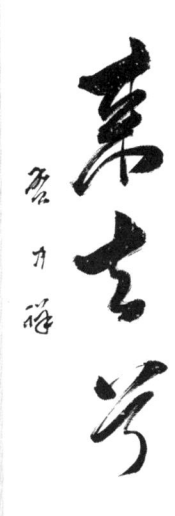

贺中祥 题字

坏女人

老房子是有毛孔的。毛孔大小不均,散布于墙壁和天花板,还有那条又黑又长的走廊。毛孔吞噬声音,吞噬温度和表情;吞噬男人的勃发、女人的柔软;吞噬老人眼里的最后一道精光。对于孩子也毫不留情。

王小鱼那年六岁,仍然觉得走廊骇人。她未必看得见毛孔,但是,巨大的密结的蛛网压下来,触角在里面扭动,并且露出了尖牙,这些她都能看见。大人们继续丢出杂物——原本是扫地出门的,丢到走廊却成了宝,再也舍不得往外丢,任其沿墙壁堆砌,生出幢幢鬼影,有时耸立,有时蛰伏。王小鱼屏住呼吸走过去,始终走不到尽头。

常有异响和莫名的气流在走廊穿来穿去。以王小鱼的年纪,自然不会知道那是锅铲在互怼、墙皮在脱落、老门窗在吱呀哀叹,它们一起构成了人间的疲惫。王小鱼问过祖母,那是什么声音?可能是离海太近的缘故,祖母说,其实我们生活在海里的礁石上,你听见的是潮水声。

王小鱼信以为真。这里的确离海很近，只隔着一条马路，垂直距离不过百米。海雾扑上来，笼罩在斜坡的屋顶，与此同时，老城里回荡起哞哞的叫声。不出意外地，祖母又会扯到海牛那里，她说叫声是从海底发出的，有一只巨大的坏脾气的海牛，动辄起雾，让船只迷航、触礁。王小鱼听后愤愤不平，与雾团打斗起来，直到万物模糊不清。

走廊里的潮气始终不散，夏天越发泛滥，地面上汪汪的水渍，立秋以后才能干燥。立秋的早晨，祖母站在走廊里，忽然说，转北风了，满脸节日气氛。只一瞬间，还没等王小鱼反应过来，院子里已经斑斑驳驳晒成一片。祖母极矮，又是小脚，将被子抱成了山，一路着急，都是要摔倒的样子。

院子篮球场大小，每一寸空间都要紧，大人们不惜因此撕破了脸。女人为晾衣绳，男人为煤池子，抢夺的场面一度在王小鱼心里投下阴影。祖母把王小鱼往家里拽，不许她看，嘴里说着大人的事情，小孩儿少掺和。

冬至过后，太阳光冷了，晾衣绳才能空闲下来，只晒几趟咸菜，偶尔也晒几条咸鱼、几根香肠。后面这两样，人畜都得提防。周遭一向野猫成灾。有时候，院子里响起谩骂声，似乎是猫惹的祸，再听，就又回到了人的身上。

走廊尽头是什么？六岁之前，王小鱼没什么印象。六岁那年，事态急转，王小鱼发现大人们都在冲走廊尽头甩脸色吐唾沫，悻悻地谈论着：坏女人回来了。

起初，人们只是竖起耳朵，蛮有把握的样子——坏女人家里定会发生海啸。她应该被自己的丈夫打残，吊起来打。再不济，她应该每天悲鸣哀号，深表忏悔。人们将耳朵竖了整整三天，却连一只碗碎的声音都没听见。太安静了，比之前更安静。

坏女人的家在走廊尽头。要想到达院子，汇入街道，消失于人群，淹没在市声里，又长又黑的走廊是必经之路。总要上班上学的，除了丈夫，她还有两个儿子。人们将门虚掩着，故意留出缝隙，一门心思地要看这家人的落魄之相，全然忘记了自己的疲惫。

结果仍是失望。坏女人一家素来沉默，不抢晾衣绳，不争地方垒煤池子，事情一出，就更无声无息了。她的丈夫天不亮出门，黑透了才回来。儿子们也是。想与他们打上照面，难上加难。

事发之前，坏女人是橡胶厂的厂医，人们喊她云织。云织在遥远的城市北部上班，整日里早出晚归，走路极快，带着淡淡的来苏水味道。她夏天穿浅色衫、藏青裙子，露出的半截小腿过于白净，甚至有些刺眼。冬天穿军用棉大衣，厚围巾裹得只露一双细眼，细长并且眼梢上扬，这也是她五官中最独特的部分。

20世纪70年代末期，那个橡胶厂是行业老大，职工多达三千人，工种辛苦，三班倒，可福利待遇也远超一般水平。厂医配备了十几个。医务室干净明亮，还有一种知识带来的压迫感，再粗野的工人，进得里面都会噤声。云织穿白大褂，脖子上挂着医疗听筒，伏案写方开单，长发用手绢束起。

下班回到家，云织就不再出门了。晒衣物、买白菜、搬蜂窝煤、倒垃圾之类的家务，都是丈夫做。丈夫高大，五官周正，一副好脾气的样子，院子里的女人都夸过他——真能干呀，老廖。

云织少了烟火气，就多出一种神秘感。1979年，大部分女人还没能漂亮起来，衣衫偏中性，无筋骨无廓形，亦无腰身。家务活儿做不完，在公共水龙头前洗涮，床单下水死沉，女人们伏腰撅腚，两手红肿。在院子里生炉子，在违章搭建的屋里做饭，眉头也是解不开的。孩子多，住房小，生活之维艰，命运之叵测，细腻和丰美很快消失了，悍妇、泼妇和刁妇被盘剥而出。唯独这个云织，竟然逃离了生活之重，绝无烟熏火燎的痕迹，且始终垂着眼帘，不肯与人对接眼神。女人们堵着气，被妒忌和自卑咬痛的时候，云织就出事了。

人们观察了三天，等待了三天。三天后，耐心全无，齐齐地恼火起来——

听说是跟一个小年轻技术员搞破鞋。

听说跑出去大半年呢，竟然一点风声也没漏，老廖真能忍。

听说跑到杭州，小年轻玩够了，不干了，把她扔了。

听说是从断桥那里跳下去的,还真把自己当白娘子了。

听说警察夜里把人送回来的时候,用担架抬着。

听说绝食,不配合治疗,虚弱得站不住。

…………

淫妇遭唾弃,也是最让人谈论不够的。越不知道真相越可以尽情想象,空间太大。唾沫星子逆光飞溅,抛物线异常有力,恹恹的日子忽然起了生趣。云织自此成了万劫不复的坏女人,再也没人肯喊她的名字,生怕脏了嘴似的。

王小鱼听不懂大人们在说什么。千言万语到了王小鱼这里,只汇成一句:不许到走廊那边去。祖母摆出少有的严厉模样,一旦发现王小鱼逾越界限,就会压低嗓音:鱼儿,回家。

这年祖母六十出头,总是将家里的钥匙挂在腰上。当祖母把钥匙捅进黑暗的孔道,精密起伏的金属齿边在内部摩擦、转动、咬合,粗大的锁体有力地弹开——咔嗒,王小鱼便认为这声响无所不能。

一年前祖父离世了,这件事情,祖母想起来就要抹眼泪。王小鱼不解,又不好多问。祖父在世的时候,昂着冷脸,挺着腰板,对祖母视而不见,用冷酷和粗暴来形容并不为过。王小鱼怕祖父。祖父重男轻女,不待见女儿家,从未抱过王小鱼,零食、玩具更是奢谈。祖母连生三女,单传一子,偏偏王小鱼的母亲也不争气,坐不住男胎,不停地流产，好不容易生下王小鱼，自此死也不肯怀孕了。

好像家里的每个人都欠了祖父的，唯有收声做事。王小鱼出生的时候，祖父随便丢下一个名字——小鱼，连看都没看一眼，转身就走。祖父嗜海货如命，却也只吃大鱼，开凌梭、春鲅鱼、秋海鲈。碰上银针和小黄花，祖父从不肯动筷子。端下去，他的话不容置疑。

倒也奇怪，对于外人，祖父一向好脸热心肠，出手也大方，故而赢得了威望。他是一家综合菜店的头头，物质匮乏年代，能买到猪下货、鸡蛋、鱼杂之类，这是有钱也难以办到的事情。至于祖父的死，很突然。他摔了一跤，倒地后再没醒来。那一跤离徐寡妇家很近，鸡蛋碎了一地。

总之祖父走了以后，祖母才真正掌握了家族的话语权，日常打算、三餐内容、年货储备，从此说一不二。这回，将走廊尽头列为禁地，却是祖母失算，结果适得其反。王小鱼越发地控制不住好奇心，非要到那里看一看，恐惧感已经变得不重要了。

走廊尽头是个过渡空间，去往二楼的楼梯是红橡木的，坚硬、沉实，也苍旧、斑驳。楼梯口长窗的玻璃早已碎掉，成了朔风和野猫的通道。秋天倒是好，干爽的气息从那里拐进来，阳光也会停下，走廊里因此光点跳荡，破镜子、铝片、铁钉，还有一些不知何物的反光体，都打起了精神。

坏女人的家就在楼梯旁。为了让日子熨帖些，赶在寒流之前，老廖会用塑料布将破窗封严。他攀附于窗台窗棂，叮叮当当,身手利落,女人们见了,又要说一句真能干呀,老廖。久而久之,这件事情有了天气预报一样的功能,每年破窗一封,天儿就要冷了。螺蛳壳里做道场的老廖,还间隔出一个让人羡慕的楼梯间,壁橱和床铺,都出自他手。从前大儿子睡在里面,坏女人回来以后,执意不进家门,以楼梯间栖身,准确地说,是藏身。

事实上,坏女人真的没脸见人了。丑闻昭著,橡胶厂已将她除名。两个儿子正读初中,相差两岁,渐渐懂事了,也不再开口叫妈。老廖黑着脸,手似铁钳,钳住儿子们的肩膀,似乎在说读好自己的书,天塌下来也轮不到你们。儿子们疼得龇牙咧嘴,反抗不得。

那天午后的阳光特别好,晴空无云,一绳一绳的被子和床单,层叠、迂回、交错,构建了一个光影强烈的迷宫。王小鱼和影子捉迷藏,额头上很快挂了汗。从院子里回来的时候,祖母午睡的鼾声已起,这说明不必急着回家。王小鱼被兴奋和紧张同时控制了,决定越过界限,探探究竟。

看见坏女人的一瞬间,王小鱼愣在幽暗的走廊中央。一开始,王小鱼什么也看不清楚——从过于明亮的地方到过于昏暗的地方,需要一个暗适应过程。等到适应过来,王小鱼看见走廊尽头有一个巨大的圆形光斑,坏女人恰好坐在里面。许是光线太强烈了,坏女人几乎透明起来,皮肤像纸一样薄,淡青的血管爬在她的手背、脖颈和额头上。

坏女人竟然坐在那里！这太出乎意料了，王小鱼的心咚咚狂跳，抬起的右腿僵在了半空，因为窥探秘密的秘密被发现了，小脸瞬间红涨起来。

鱼儿，过来。坏女人的手上似乎挥动着什么。

王小鱼已经无法收回举动。事实上，王小鱼已经变成了木偶，被一条线牵动着，是迟疑的，更是持续的，即便茫然无措，也终于在静谧的午后站在了坏女人身边。

这一头的汗，快擦擦。坏女人递来一条手绢，浅紫色的，洒满白色草花，混杂着花露水和药物的复杂味道，看上去很柔软。王小鱼没有接。

原来坏女人在叠手绢。箩筐里面，叠出来的兔子、小狗、风车、房子、花朵，无不栩栩如生。王小鱼瞬间大喜，完全忘记了一分钟之前的尴尬，只脱口而出：这么多啊！真好看。说完才用手捂住嘴巴，她意识到声音太大，走廊里似乎起了回音，说不定会惊醒祖母。

坏女人再次拿起一条手绢，图案是散落的樱桃。她将手绢对折成三角形，又等角对折在三分之一处，将下端上卷三分之二，再将卷好的手帕两侧向后折回去……就这么折来叠去，很快完成了一只小老鼠。坏女人垂着眼帘，嘴里念念有词。小老鼠，上灯台，偷油吃，下不来。猫来了，害怕了。坏女人摊平手心，将小老鼠摆在中央。送你的，坏女人说。

接下来的中午，王小鱼都会绕过祖母顿挫的鼾声，到那个不该去的地方。走廊里浮动着耀眼的光斑，大的、小的，圆的、方的，还有菱形和月牙形，到处都是。周遭很静，没有异响，大人们在遥远的地方上班，想必海也退了大潮，风不知何时停下了。

坏女人一定坐在那里，坐在巨大的圆形光斑里，像舞台中央的独角戏演员。王小鱼希望时间消失，阳光不再挪移，祖母也应该偷偷懒，睡掉整个下午——可是，这种好事不会发生的。

坏女人手把手地教王小鱼。小手绢，四方方，天天带在我身上，干干净净真好看。坏女人哼唱着，又把一个印着七仙女的新手绢塞进王小鱼的口袋。还有两次，坏女人将手绢叠成糖果形状送给王小鱼，回家以后，王小鱼发现里面真的裹着糖果，一颗甜话梅，一颗大白兔。迅速拆开吃掉以后，手绢却再也叠不回去了，这让王小鱼愈加期盼明天中午早点儿到来。

王小鱼自此有了人生中的第一个秘密。她偷偷地欢喜，又深深地忧虑，生怕哪一天被发现了。人人都以为坏女人藏在楼梯底下，只有她王小鱼知道，每天午后的那一个小时，全世界都静下来的时候，坏女人会坐在圆形的光斑里，为她叠手绢。坏女人说，拿去吧，小鱼，都是你的。

独生女在那个年代并不多见。王小鱼的童年富足而孤单。所谓富足，只是没有兄弟姐妹和她争夺好吃的而已。

孤单却是真的孤单。大部分时间里，王小鱼和野猫玩，和蚂蚁玩，和院子里的泡桐玩，也和雾玩，和雨玩。野猫家族占据了所有的屋顶，冷眼打量着一切。有时候王小鱼也会喃喃自语，把内心的独白偷偷藏在那只落地的德式钟表后，或是祖母陪嫁的五斗橱柜里。

最大的游乐场只能是海边。祖母撬海蛎子，挖蛤蜊，捞海菜，王小鱼被安置在沙滩上，用沙子垒起城堡和宫殿，等待着海浪来摧毁。总有一些时候，潮声消失了，整个海面一动不动，好像呆住了。祖母直起腰来，一边整理海货，一边说，潮已经涨到了头，大海在歇息哪。回到家，祖母开始做手擀面，用刚刚撬回来的海蛎子肉打卤，出锅前撒上韭菜末子，鲜亮的味道会飘满走廊。

认识坏女人以后，祖母再做海蛎子肉打卤面的时候，王小鱼便很想与坏女人分享一碗。礼尚往来对于孩子来说过于深奥了，但是，得到手绢，心里高兴，王小鱼觉得应该做一件让坏女人也高兴的事。如此说来坏女人算朋友吗？王小鱼觉得并不算。

和王小鱼一样，祖母也没有朋友，除了两个老熟人——收破烂儿的中年胖子、磨剪刀的黑老头。祖母与他们第一次见面的时候，就通过口音互认了老乡。收破烂儿的每隔七天来一次，时间固定在下午。祖母聚拢起生活中抖落下来的碎屑——牙膏皮、旧报纸、散了架的盒子、干燥的橘皮、铜、空酒瓶和罐头瓶，去争取它们最后的意义，换回卷皱的小额钞票。祖母收起毛票,王小鱼得到所有的硬币——这让她曾期望所有的物品最好都以硬币支付。

磨剪子的黑老头半个月来一次。"磨剪子嘞抢菜刀——"老嗓嘶哑、顿挫,辨识度极高,祖母放下手中活计,拿着家什应声而去。黑老头必定在那里磨着什么,浊重的黄浆顺着磨石边缘流下来。这两个人都是祖母的老乡。谁来,祖母就站在院子中央和谁用家乡话拉呱儿,浓浓的令人费解的乡音在晾衣绳上跳动、回旋。

五步三座桥,还在吗?祖母问。

早就不在了。他们说。

收破烂儿的与磨剪子的从来没有碰上过,也不认识,答案却完全一致。祖母离乡已经半个世纪,再也没回去过,娘家那边早就没人了。祖母不是不知道,祖母只是不愿意相信。王小鱼看见祖母站在蓝天下面,风吹起了围裙一角,额前白发拂动,对于老乡的答案,满脸将信将疑。

于是,收破烂儿的中年胖子和磨剪刀的黑老头分别在不同的时间,问出了相同的话:怎么不回去看看呢?

同样的答案,祖母说了至少两遍:回不去了。

大约半个月以后,祖母发现了午后的秘密和那些手绢。还回去!祖母呵斥道。王小鱼不肯,大哭,耍赖。祖母用笤帚抽打空气。王小鱼死死地闭着眼,耳边都是飕飕的风声。祖母似乎非要把事情做绝。你自己去还是我去?王小鱼不知哪里来的勇气，哭到浑身打战，就是不松口。

又过了半个月。坏女人的事情在持续发酵，对于各种信息的整合，人们从未停止。下班回到家不急着做饭，倚着门框喊喊喳喳，不停地朝着走廊尽头努嘴翻白眼。走廊尽头一片死寂，像个黑洞，唇枪舌剑只能空投。当得知是坏女人主动勾引技术员的，群情达到了激愤程度——人家老婆怀着孕，回娘家保胎，她就乘虚而入了。技术员也被工厂除了名。技术员老婆抱着孩子去厂办求情，厂长差点儿就心软了。坏女人当初还给技术员写过情诗呢！她竟然会写诗？呸呸呸。听说他们原本打算去莫干山隐居的，不要脸……

手绢没来得及还，坏女人已经活不下去了。这次是割腕。自然没死成，又一次被救活了。老廖抱起坏女人冲出了长长的走廊，留下一路斑斑血迹。这是死给谁看呢，人们不依不饶。

活过来以后，坏女人的脑子好像坏了。走廊里飘起中药的味道，浓烈古怪又悲苦。老廖用纱布滤出药汤，坏女人每天都要喝上几碗。午后，王小鱼照例偷望走廊的尽头，那里空空如也，除了那个刺眼的巨大的光斑。

就这样又过去个把月，仍是一个艳阳天，院子里床单飘荡，迷宫已经建好，王小鱼在里面跑来跑去，和影子做游戏，玩到额头挂汗。她从外面回来，眼前漆黑，经过一段适应的过程，她下意识地望向走廊尽头，看见坏女人坐在光斑里，左手腕缠着厚厚的纱布。

王小鱼踩着祖母的鼾声，一步一步，朝着走廊尽头走去。坏女人眼神呆滞，头发依旧用手绢束着，白了一半。

你是鱼儿，我是云织。坏女人说。

我是来还手绢的，王小鱼说。坏女人不接茬儿。王小鱼想起对祖母的承诺，只好又说了一遍，我是来还手绢的。其实王小鱼手上空空，什么也没有，手指在背后绞来绞去，不知该如何摆放。

王小鱼怀疑坏女人的听力也失去了，一直不接茬儿，只兀自说着——你是不是要上学了？上学了每天都要带好手绢，漂亮干净的女孩子都有香香的手绢。做游戏也会用得着，大家一起玩"丢手绢"，到时候你可要跑得快一点，千万别让别人抓住。

上学以后，王小鱼迅速地忘记了坏女人。那些手绢让她交到许多朋友，即便如此，王小鱼也没能更多地想起坏女人。走廊里散发着呛人的中药味，一切都在不停地发霉，王小鱼受够了，她急吼吼扑了出去，将院子、街道、人群一一掠过，穿戴起阳光与新鲜海风，在校园里和男生踢毽子，和女生跳皮筋，每天兴致勃勃，有着做不完的游戏。

学校对面就是海水浴场，高年级的体育课在沙滩上进行，夏天游泳，冬天慢跑，春秋两季翻筋斗，王小鱼十分艳羡，恨不得一夜长大。祖母说过，长大是和涨潮落潮连在一起的。为此,王小鱼每天都要观望大海的变化,上课总是走神儿。同学们无限信赖地注视正前方,只有她在侧头望向窗外——和大海相比,黑板太无趣了。班主任发现了王小鱼的问题,奈何她功课样样都好,似乎也不便深究。

涨潮的声音一旦响起,班主任就犯偏头痛,她命令同学们把窗户关紧,否则要挨批评。

一年级下学期,六月初,临近中午的时候,骤雨突降。下课铃早已响过,大家却也只能坐在座位上,饿着肚子等大风停。海上云头乌黑,恶风骑着海面盘旋,浊浪变成了怪物。几个女生吓哭了,王小鱼则和男生一样兴奋,两眼贼亮,脸颊通红,并且张开了嘴巴,发出啊啊的声音。班主任头痛欲裂,脸色煞白。大队辅导员赶来镇场子,王小鱼发现他有一个粗大的喉结和两道浓眉,额头上鼓着粉刺。

说也奇怪,不出半个小时,野兽般凶猛的风雨便停了,天重新亮起来。校园里到处都是积水,倒影纷乱,两棵槐树折了腰,槐花散落一地。同学们排好队,准备回家吃午饭。班主任平复如初,传达了下午停课的消息。

当年都是就近入学,学生都住在学校附近,以学校为圆心,人均两站地的距离。没有家长接送之说,各班按照学生的住址划分,归纳出东南西北四个路队,选出队长和副队长,整整齐齐地往家走,谁到了谁就出列。王小鱼之所以当选队长,不仅因为她最后一个到家,还因为她个头高、胆子大、声音洪亮、走路飞快。

那天进了院子，王小鱼迎面碰上大人们在往外抬家具。走廊里早已乱成一片，堆砌物将走廊变成了死胡同，一只大衣橱被卡住了，正进退两难。老廖在研究角度，突围感和冲撞感令他满头大汗、眼神焦灼。

王小鱼问祖母，他们在搬家？

祖母答非所问。这么晚回来，是不是捣蛋被老师留下了？

大风大雨的，海都站起来了，树也断了，怎么回来？王小鱼受不得冤枉，口齿越发伶俐。

可是，接下来，祖母却说，哪儿来的风雨，只是天暗了一阵子，喏，又晴了。王小鱼简直不能相信自己的耳朵。祖母不以为然，那是过云。云刚才没打这边过。云在天上，路宽；人在地上，路窄。说完长长地叹了口气。

坏女人真的搬走了。这时，王小鱼猛然想起那些手绢。手绢非但没还，还被转送了，她为此感到愧疚，也有些侥幸，这是一种超出年龄的心理体验，让王小鱼无心吃饭，番茄炒蛋也变得索然无味。放在平日里，这可是她最喜欢的一道菜。

走廊里的嘈杂声渐止。除了祖母和王小鱼，谁都不知道坏女人家搬走的具体时间。老房子再次显现出强大的吞噬力，将丑闻与陈年细菌一起藏于死角。

吕剧演员

有人搬出去,就有人搬进来。那个年代住房紧张,绝不会让房子空下来的。脚前脚后,新人家的粉刷工作就开始了,走廊里灌满油漆味,似乎在预告着另一个故事即将开始。

如此说来,老廖是和别人换了房。人言可畏,老廖表面上再能忍,内心早已经被摧毁了。他所能做的,只有带领全家人逃离,摆脱所有过往。彼时,换房正流行于坊间,这种做法充满了草根智慧,商量好了就换,各取所需。

新人家是星期天搬进来的。其声势大作,高声谈笑,逢人主动打招呼,一派邻里新气象。来帮忙的也多,亲戚朋友似乎全出动了,一个家被迅速安置好。

仔细听一听,新人家的动静多出自女主人。伊三十八九岁,披肩的大波浪,一张圆脸,两个梨窝儿,穿着紧身毛衣,胸前峰峦抢眼。丈夫则戴眼镜,清瘦,寡言,一看就是南方人。另有一对孪生女,脑后吊着马尾,穿同款连衣裙,看上去比王小鱼大几岁。

到了晚上,消息灵通的已获知女主人是个吕剧演员——怪不得,打扮得那么洋气,还涂了指甲油和口红。男人倒是不配。不配?别光看外表,人家是堂堂的工程师,名牌大学毕业哩。走了一个,来了一个,好像都不是省油的灯。

人们偷偷观察着、谈论着、揣测着。王小鱼只对孪生姐妹感兴趣,她想与她们成为玩伴。

吕剧演员熟谙相处之道,几天工夫已经和大家热络起来。见什么人说什么话,她说辞一套一套的,中间穿插着自嘲与互黑,毫无违和感。同女人聊天,她用老裁缝、烫头师傅打开话题,还会把自己身上的港台货脱下来借给别人打样。喜欢就拿去,到裁缝铺照样子,她说。同男人聊天就更简单了,她的爽快和漂亮好像没有哪个男人不喜欢。

与老太太也能攀谈起来。吕剧演员或许看出了祖母是个不一般的老太太。二人从家常菜聊到戏曲,祖母眉开眼笑。王小鱼觉得吕剧演员很有本事,祖母已经好久没笑了。祖父走了以后,祖母比以前更寂寞。姑妈们带着孩子回娘家,母亲嫌吵,挂着臭脸。小鱼今天画画了吗?小鱼唐诗背过了吗?母亲总是这样让人扫兴,表哥表姐们知趣地走开了。祖母为此来论理,母亲绝不让步,随后就是婆媳冷战。父亲夹在中间,一副佯装不知的样子。

祖母尤其愿意与吕剧演员聊戏,大约这样能找回一点从前的体面。说起来都快四十年了,以前码头上可是来过不少名角呢，就在华乐戏院，地方戏、海派戏，场场叫座。京剧名旦，你就数吧，黄桂秋、童芷苓、云燕铭，还有那个京剧老生王又宸，都来过。《封神榜》《西游记》《火烧红莲寺》《呼家将》，机关布景真神奇啊……祖母说到两眼放光，让吕剧演员险些插不上话。

祖母仍不过瘾，还要继续说些内行话。戏好学，神难描哪。那意思就是招数易记，难在气韵。

吕剧演员愈加觉得老太太不好对付，只能仔细接了，逐个回答起来。原来她是艺校吕剧科的第一届毕业生，十二岁学踢腿、弯腰、耍袖、绕翎、出手，吃了不少苦。这小半辈子都是台词啊眼神啊亮相啊，已经烦透了。吕剧演员抱怨，到外面演出还要卸车、装台子，苦啊。

戏呢？都是哪几出？祖母继续炫耀着自己的见识，光大戏就有《龙凤面》《朝阳沟》《姊妹易嫁》，折子戏也不少，《小姑贤》《借年》《柜中缘》，你唱的是哪几出？

吕剧演员的丈夫，人们尊称他一声"林工"。那个年代，大学生属稀缺物种，何况是来自名校的老牌理工科大学生。尊敬归尊敬，他一开口，人们还是要忍不住地偷笑。林工的祖籍在广东、福建交界的山区，乡音很顽固，声母 zh、ch、sh 与 z、c、s 是混淆的，前者永远读成后者，"飞"和"灰"、"热"和"乐"、"去"和"气"自然是不分的。量词的使用也常常让大家眩晕，比如，一条鱼说成一尾鱼，一个球说成一粒球……所以，林工通常金口不开，面部表情也极其平和，不笑不怒，不徐不疾，与吕剧演员反差极大。

夫妻嘛，性格要互补，才能过到一块儿去。人们为他们开脱。

吕剧演员真正赢得人心，大约因为三件事。一件，为冗长暗黑的走廊安装了电灯，据说是节能长明灯，林工研制，开关是多头的，各家自己掌控，走自己的电表，不花冤枉钱。走廊从此告别暗黑时代，王小鱼关于鬼影的幻觉彻底终结了。

再一件，为院子里的同龄女人分别做了一条直筒连衣裙，人造棉的，无袖无领无扣子，夏天居家，穿脱方便，也不乏美观。女人们要给钱，吕剧演员执意不肯，说百货商店的布头，便宜得跟不要钱似的，谁让经理是个票友呢。吕剧演员家里甚至有扒边机，扒完边，跑几条直线，流水作业一般，五六条裙子就出来了。吕剧演员自谦，说是团里改戏服练出来的，手艺粗拉，大家不嫌弃就好。女人们乐开了花，穿上裙子不忘记还人情，有的端盘凉面，有的送个西瓜，邻里情深，空前高涨。

还有一件，意义重大，直接唤醒了人们的经商潜质。夏天，吕剧演员带头摆摊儿，卖起了酸梅汤。住在风景区，这是天赐的良机啊！瞧瞧，外地来避暑的游客越来越多，整条街却连个像样的小卖部都没有。卖酸梅汤也是方便游客，卖好了，还能赚条裙子钱赚顿肉钱。我们团已经有好几个下海的了，做生意不丢人，国家不是号召咱们奔小康嘛。吕剧演员总能自圆其说，且说来耐听，节奏也是生动的。

一张折叠饭桌，三个小板凳，两只大号饮水桶，数只沸水煮过的汽水瓶，无须额外投资，生活用品搬到马路牙子上，支起来就是买卖。孪生姐妹也乐得暑期勤工俭学，这让她们很有些特立独行的意味。出摊儿收摊儿，林工会搭把手，守摊儿却是不肯的。吕剧演员也不许，说大熊猫得重点保护。

吕剧演员的周日变得格外忙碌。凌晨四五点钟起床，开始在走廊尽头熬制酸梅汤。乌梅、甘草、陈皮、山楂，武火烧开，文火慢熬，三十分钟后，放入老冰糖。再煮十分钟。凉透，沉淀，倒进饮水桶。八点准时出摊儿，一直忙到天擦黑儿。自从卖上酸梅汤，她恨不得一年四季都是夏天。工作日也不休息。孪生姐妹做完功课，夕阳刚刚落在海平面上，二人抬起饮水桶，嬉笑着穿过走廊，留下洗衣皂与棉织物的干净味道。吕剧演员下了班直接赶往摊位，天黑前还能再守两个小时。很快地，娘儿仨都晒成了蜜糖色，笑起来，牙齿雪白而耀眼，闪着珠贝的光芒。

除了百货店经理，冷库经理也是票友，负责特供冰块。那些冰块用洗衣盆盛着，装满酸梅汤的饮水桶坐在里面，名曰"冰镇酸梅汤"。逢天气暴热，买卖应接不暇，到了中午，吕剧演员会再熬上一锅，走廊里总是弥漫着诱人的酸甜味道。人们忍不住好奇，相互交换眼色，小声嘀咕，看来挺赚钱啊。

1981年,人均月工资约三十五元,公交车票均价五分,王小鱼最爱吃的奶油冰糕也是五分,商店里的汽水一毛五一瓶,吕剧演员的冰镇酸梅汤卖一毛,一天卖五十瓶就是五元,一百瓶就是十元。成本才多少?纯赚啊!人们私下里帮吕剧演员算账,到后来恨不得帮着数钱了。

吕剧演员说,守着美丽的大海,总要做点时兴的事。这下好了,乘凉、看景、挣钱,啥也不耽误。她乐于分享酸梅汤的做法,其实也没多少花头,所以,倒不如说她分享的是一种状态、一种活法。在吕剧演员的带动下,至少有两家摆起了摊儿。当然,更多的人磨不开面子又眼馋那些钱,两种情绪彼此撕扯,禁不住说起了风凉话:到底是戏子脸皮厚啊。

跟风摆摊儿的有个老青年叫帆子,右腿微跛,走起路来忽高忽低,重活儿干不了,读书也难上道儿,就业无门,常年打零工,摆摊儿之后尝到了甜头,自此将摆摊儿视为人生主业。除了酸梅汤,帆子还卖八分一碗的凉粉。这种半岛传统吃食,样貌晶莹剔透,入口清爽Q弹,如情人的吻盈满口腔。外地游客来此必要尝鲜,壮汉连吃三碗,呼呼吞下肚,仍是意犹未尽。

海凉粉的原材料叫作石花菜,赭色藻类,浮荡在落潮后的石礁水系里,俯拾皆是。捡回来,去泥沙,淘洗数遍,加几滴白醋,熬煮至完全融化,一碗碗盛好,冷却后自然凝结成冻，倒入清水盆里浸泡保存之。吃的时候，捞出拦上几刀，加蒜泥、香菜末、咸菜末、醋和香油，既开胃又吊鲜，暑气大消莫过于此。

吕剧演员跟帆子说，你没有单位方面的顾忌，铆足了劲儿干下去，不愁干不成大买卖，到时候保你娶个漂亮老婆回家。

帆子嘿嘿笑着当了真。闯荡多年终成餐饮界高手，半个老城都有他的门面——当然，这些都是后话。

在孪生姐妹被晒成蜜糖的平行时间，王小鱼做了件出格的事，出格到可以成为她的童年代表作，以及叛逆青春期的索引。

事出自然有因。王小鱼羡慕孪生姐妹可以勤工俭学，整条街上的女孩子，数她们和别人不一样。冰镇酸梅汤，酸甜消暑，来一瓶？她们的声音如此悠长、清透。其实，即便不去卖酸梅汤，她们和别人也是不一样的。除了功课好，她们还是少年宫的台柱子，姐姐报幕，妹妹领唱。她们有无数条漂亮的连衣裙，均出自吕剧演员之手。她们马尾辫上的发带永远和衬衫配套，袜子也是。甚至连名字都让王小鱼羡慕——林晴、林朗。因为出生的时候天空分外晴朗。在有限的交谈中，她们曾经这样跟王小鱼提及名字的由来。那一刻，王小鱼自卑极了，一转身，眼泪就开始在眼圈里打转，心里升起一股恨意，恨自己的名字，恨给自己起名字的祖父。

人们夸奖林晴、林朗,毫不吝啬地使用了懂规矩、有气质之类的词语。相比之下,王小鱼就像个假小子,一头短发东倒西歪,刺刺棱棱,今天像海草,明天像乱枝,后天像鸟窝,几乎没有归顺的时候。每天早上祖母都要用热毛巾敷两遍,梳平整,才放她去上学。昨晚上做梦打旁练(侧手翻)了?昨晚上跟着曹操败袁绍了?睡个觉都不老实,比小子还野。祖母边梳理边责怪。

没用。王小鱼很有些油盐不进的意思。许是应了名字的咒语,王小鱼喜欢蹦跳着走路,肢体语言过于丰富,期末评语总是出现"戒浮躁"三个字。海边向左,老院子往右,放学以后王小鱼告诉自己不必急着回家,她好像听到了某种召唤,身体无意识地向左倾斜,终于毫不犹疑地来到了海边。20世纪80年代初期,还没有"打卡地"之说,夏天一过,海边就寥寥无人了,王小鱼尽可以对着潮退的大海尖叫。她在礁石之间飞跃,像一颗溅起的水珠。黏滑的海藻让脚下失去平衡,摔倒是常有的事,鲜血可以很快被海水冲洗干净,生命中最初的伤痕却留了下来。

王小鱼一定要赶在母亲下班之前回到家。父亲还好糊弄,母亲脾气暴躁,手掌扁平无肉,打起人来生疼。那些年纺织厂的繁重工作让母亲耐心全无。

祖母会把事情遮掩好,尽量不败露。处理王小鱼的伤口,洗掉脏衣服上的血渍污渍,祖母总有办法。祖母当然也生气，闷住声责问，脸上的皱纹都在着急。

你为何要去海边？

小时候不是天天去吗？你带着我。

那是小时候。

现在我还想去，管不住自己。

你得管住。管不住自己的人，以后迟早要受大苦。

"以后"是什么，王小鱼感到一片模糊。"受大苦"她好像懂一些，坏女人应该算受了大苦吧？每天都喝浓黑刺鼻的汤药，大人们还说她死了好几回。被母亲体罚的时候，应该也是"受大苦"……总之祖母的话颇有震慑力，王小鱼决定管住自己。

可是她终究没有管住自己。或许天生反骨，或许不明所以——或许只是因为夏天过去了，走廊里湿浊之气顿消，乍起的秋风让身体轻盈起来，她的腋下生出了透明翅膀，美妙无以言表，这种时候，除了去海边，别无选择。

那天傍晚有火烧云，直到夜色轻拢，漫天的玫瑰金才消失。王小鱼没有跟祖母打招呼，并且偷偷地带走了手电筒。穿过马路之前，她看见林晴、林朗正在卖酸梅汤，一个中年男人准备付款。快要到达海边的时候，迎面碰上老青年帆子，拎着一筐石花菜正要回家。涨潮了，别往里面去，他这样叮嘱王小鱼。

一开始，王小鱼不确定自己究竟要做些什么。她站在海边想了想，随后开始了自以为是的历险。祖母曾讲过月夜照螃蟹的故事。螃蟹昼伏夜出,从礁缝里出来觅食,哪儿有灯光就往哪儿爬,光一强,却又傻了眼,原地定住,只等着人下手。那晚月亮硕大,映得螃蟹盖子泛青,王小鱼如履平地般从容,她很想和谁打个赌,如此智勇双全的事,林晴、林朗一定做不到。

她太得意了,以至于全然忘记潮水正在上涨,吞噬了回家的路。当她抬起头,环顾四周,才发觉自己被困在一块凸起的礁石上。换作别的女孩早就吓哭了,王小鱼却在窃窃欢喜——月银倾洒,浪花盛开,她分明看见海神捧起了珍珠王冠,即将经历的难道不应该是一场公主加冕礼吗?

后来,警察来了。她被困的地方离岸百米,水不深,流却急,警察不敢用快艇,只好联系附近的小渔船救援。等待的过程中,王小鱼完成了人生中的第一次回望,她看见祖母在岸上哭泣,父亲暴跳如雷,还有一些邻居和远亲,围在那里轻轻地叹气。幸好,母亲在纺织厂上夜班,否则后果不堪设想。

这件事发生以后,林晴、林朗对王小鱼有了明显的亲近感。她们喊她去院子里跳皮筋,甚至一起看了几场电影。她们问,那天晚上你不害怕吗?王小鱼摇摇头。潮水涨上来把你淹死怎么办?我可以游到岸上。你会游泳吗?不会——于是,三人约定,明年暑假一定要学会游泳。

九月开学，林晴林朗升入五年级，准备考初中了，功课异常紧张。当年没有电脑派位和就近入学一说，"小升初"就是场恶战，0.5分之差能倒下一大片。只有考上重点初中，日后才有机会上好高中、好大学。这人生中的首场厮杀，不知绊倒多少开窍晚的孩子。

吕剧演员和林工各司其职，一个打理生活，一个辅导功课。林工学霸出身，只要坐定于书桌前，一个男人在其他场域所欠缺的魅力就能立刻找补回来。每晚七点，方形的榉木餐桌准时变成书桌，父女三人各据一方。林工满脸平静，平静里透着威严，不怒自威大约就是这个派头。课堂题海战早已拦不住林晴林朗，她们考取重点初中毫无悬念。林工则认为，考上是一回事，考好是另一回事，考取前两名才是最终目的。

这种时候，吕剧演员会躲进楼梯间，专心做家务。咱没文化，任务就是伺候好人家爷儿仁。吕剧演员每每在人前自黑——这是她的认知，也是她的人设。

人们免不了一通赞美。林晴林朗永远是别人家的孩子。王小鱼听见了很不服气。她正读三年级，越发野性难驯，功课倒是好，个头也嗖嗖疯长，吕剧演员夸张地说，这孩子，催化肥了，真稀罕人。事实如此，王小鱼已经跟双胞胎一般高了。

寒流到来之前，楼梯拐口的破窗户同样被封了起来。吕剧演员把妹夫叫来，忙活了半天，严实倒是严实，就是活计干得不俊，参差不齐的，那种时候人们难免会在心里默念一声老廖。

日子一天天过着，母亲休息好了或者一直没休息好，都会发脾气，幸亏有祖母袒护着，王小鱼通常能躲得过去。林晴林朗再也不跳皮筋了，她们正朝着林工制定的伟大目标奋进。王小鱼落了单，一个人野蛮生长着。放学以后她很少走大路，而是跑到鱼肠子一样的小胡同里去"探险"。那些胡同都是荒乱的石板路，野草丛生。王小鱼爬上围墙摘下一串槐花吃起来，无数片鲜嫩的叶子就在童年的咒语里凋零了。直到某天，她在胡同里遭遇到一个"暴露癖"，探险的游戏才不得不戛然而止。

半年后，邻里之间的友好气氛断崖式跌落，事态急转直下，几乎在一夜之间，人们又开始冲着走廊尽头甩脸子、努嘴巴、斜眼睛——知道她家为什么换房子吗？原先的地方住不下去啦。前几年她轧伙团里的一个武生，闹完离婚，一起过了两年，武生不肯结婚，她觉得不划算，这才回心转意，又复了婚，借口是为了两个孩子。原来和跳西湖的都是一路货色啊。不要脸，啧啧啧。

本来就是个丑角儿。演的不过是《龙凤面》里的继母、《朝阳沟》里的银环妈、《姊妹易嫁》里的张家大女儿……

就说她演不了大青衣嘛，一脸黑皮，牙还是龅的。

那个林工也真能忍啊。

不忍又能怎样。南方人，家不在这边，又是个书呆子。

祖母

2005年春天,祖母更老了,看上去皱巴巴的,像一块缩水严重的亚麻土布。阳光斜打的下午,她在西窗前挪步,映在墙上的影子歪歪扭扭。

夜里,她时常辗转翻身,每翻一次都要深深地叹一口气。在老房子高高的屋檐下,一声又一声的叹息,沿着四壁飞来飞去,冲撞着,也匍匐着,构成暗黑的低音区,只等微曦透亮了,方能渐渐平复。

叹什么气?

梦见你爷爷了,带着我和你姑去永安大剧院看戏。

哦?又是哪一出?

《白蛇传·断桥》,旦角折子戏……你爷爷都走了三十年了,怎么还不来接我?

九十岁以后,祖母时常责怪自己活得太久。该走的走了,不该走的也走了,怎么就剩我自己了。祖母说。人死像熟透的梨,离了树,就落了地,我也想早点落地。祖母又说。白日里,祖母总是自顾自地,在太阳下翻一本小人书——《西游记》。

这一年,王小鱼,不,应该是王若蓝,刚好三十三岁。上大学之前,王小鱼怒气冲冲地去改了名字。问题是改名字容易改口难,全家人一直无法适应,更不消说亲戚和老邻居了。

祖母一点也没糊涂,问王小鱼,你怎么还不结婚?再不结婚,只能给别人做填房了。王小鱼气急败坏,说了多少遍,叫我王若蓝。

好好好,王若蓝,王若蓝。

我不打算结婚了。

胡说!哪有不结婚的理儿?你看看十二生肖,除了那条龙,没有不结婚的。

那我就做小龙女,哈哈。

胡说!龙是神仙,你是凡人。老话儿怎么说的,独阳不生,孤阴不长。

王小鱼在南京读完大学,继续往南,去了深圳,又辗转上海,直至再回到出发地,回到老城、老街、老院子以及老房子,这个跨度正好十五年。谁也不知道这些年到底发生过什么。表面上总是堂而皇之的,她做过文化公司的策划总监,积累了足够的业界资源和人脉。倘若剥开层层内里,就没那么好听了。她咬碎异乡孤独,经历职场碾轧,谈过几场不明所以的恋爱。她甚至经过了青春的坟墓,爬出来，抖落了满身泥土。

　　十五年间，以平均每年回来待上半个月计算，王小鱼愈加像一个过路人、一个旁观者。形象已经固化，她拖着巨大的时髦的行李箱，顶着一头玉米烫，口红闪着绢缎的光，墨镜架在头顶，意大利短靴踩得噔噔作响，此番气势却难掩她内心的空茫。父母向来不会发现什么异样。母亲仍然沉浸在坏心情里，而父亲已经受够了，开始对抗，有时候吵到最后，他们同时忘记了事出何因。王小鱼实在忍不住，也会故意挑起事端，质问一句，既然如此为什么不早点离婚？话一出口，又难免懊悔，懊悔自己不解人间况味。王小鱼会忽然想起祖母的话，人要管住自己——是啊，这么多年，都没能管住自己。

　　跟父母赌上气，王小鱼曾经连续三年没回来。到了第四年，实在想念祖母，熬不住，中秋节就跑了回来。从院子拐进走廊，视觉上比以前疏阔许多，堆放的杂物显然清理过。王小鱼习惯性地朝走廊尽头张望，随着开门的声响，竟走出几个厨爷，都是粗脖子，圆肩膀，阳气虎猛，将走廊里多年的阴郁全部化解了，王小鱼不禁大吃一惊。

　　祖母说，你好几年不回来，早就变样了，现在里面住着帆子的人。

　　帆子付了二十年租金，把吕剧演员的房子租下，改造成员工宿舍。楼梯口的破窗也已换成塑钢的。林朗买了别墅，我姐过去享清福喽。帆子逢人就说。他一直对吕剧演员尊重有加，极力维护，张口闭口都是我姐。论起当年摆摊，帆子确是得了吕剧演员的真传，他一直对此念念不忘。

出了老院子，帆子已是人们口中所称的帆总，在餐饮界混得风生水起，临街的店面或租或买，开了三家连锁海鲜酒楼——风帆、云帆、锦帆，无不俗艳华丽又生意兴隆。对于帆总来说，那条残腿早已不再是缺陷，倒像一个江湖道具，配以英国维多利亚时期的古董手杖——黑漆的硬木杖身、牛角杖角和镀金杖柄，帆总出门时总自带气场。

至于林朗，已经是电视台的当家花旦、著名女主播，王小鱼对此并不感到意外。林朗从小乖巧灵气又懂事独立，总能把事情做到最好。隔着屏幕，主持时政节目的林朗穿着小香风外套，主持大型晚会的林朗一袭改良旗袍，台风稳重不失婉约，机智里透出亲和力。听说林朗嫁了个经济学家，还是政府智囊人物、上市老板们的师爷，遗憾的是两人一直没有孩子。王小鱼对此不以为然，医学都这么发达了，想要孩子，总会有的。

在帆子成为帆总、林朗成为城市之花、老院子物是人非的十五年里，王小鱼经历了南方地产业的红利时代。新楼盘几乎一夜建成，隔天卖光，文案策划要想写在穴位上，得懂户型、懂园林，还得会投标、会营销……只要甲方需要，就得随时顶上。

王小鱼打全场，不在话下。拼酒拼到去医院洗胃，她也经历过。唯一不擅长的是被潜规则，为此损失过不少发迹的机会。某甲方老板曾流着口水说，若蓝小姐这样的"北地胭脂"，难得一见啊，难得一见。明年我们签个两亿的合同，找一个风水佳地，小梅沙一带怎么样，或者干脆开游艇去马来群岛，哈哈哈。

某上市公司老板则是另一套。我的若蓝啊，独自在异乡打拼不易啊，凭你的才华和气质，怎么着也应该是董秘起步……不如给我做私人秘书，一人之下万人之上。当然，事无巨细也难免辛苦，这样吧，先送你一万原始股，算作聘礼，哈哈哈。

老板见惯江湖，也见惯美人，向来话中有话。若是当了真，便是真；若是不当真，他还在原地，颜面无损。他要的就是将他人掌控于股掌之中的游戏感。"傻白甜"他看不上，因为没有难度。当王小鱼毫无幽默感地摔门而去，离去之前还要甩一句"本姑娘卖脑子不卖身"时，他仍然在那里哈哈哈地笑着，似乎一切自始至终不过是个玩笑，闹不起，是你王小鱼没风度。

三十岁以后，这样的事情渐渐少了起来。几个案例的小范围成功，让王小鱼在策划行当站住了脚。职场逻辑就是这样的，当一个人取得小成就以后，就拥有了更多的资本，更多的资本意味着更强的能力，更强的能力意味着更大的成功。王小鱼的身上已经有了甲胄，变成眼神复杂、难以猜透的女人，那些屡试屡中的撩妹技巧，到她这里，成了分分钟败下阵来的减分项——老板们开玩笑之前需要先冷静一下。

洁身自好如王小鱼，却也蹚了一次婚外恋的浑水。时间很短。过后她反省，对于这个男人的敬畏、仇恨和依赖，是祖父栽培下的。童年时不幸拥有的祖父形象——英俊、仗义、冷酷、自大，成年后引导着她去寻找——她要找到这种熟悉的味道，征服之，或臣服之，拼命相爱，又抵命撕扯，这在心理学上叫复制，也叫补偿。

南方每个漫长的夏季，王小鱼都绝望地怀疑过，城市是不是就要变成一块晒化的糖。霓虹泛滥的夜晚，她和自己的影子跳寂寞之舞，行于当街而倏忽忘记身在何处。高温溽热导致她的体重下降，与此同时，王小鱼内心的某些地方，已经被南方毒辣的阳光灼伤。她原以为有朝一日会在南方扎下根，继而开枝散叶，心安之处是故乡……渐渐地她开始明白，浮华世界容易给人一种错觉，以为梦想永生，其实每个人，或早或晚都要接纳自己的平庸。

终于，王小鱼从南方全身而退。飞机越升越高，透过舷窗，她看见南方的莹绿默片一样消失，心中滋味繁复。关于留还是回，她至少挣扎了一年。无论哪种选择，接下来，都不好对付。年龄不会再饶恕她的任何一种错误，她必须慎之又慎。

早春的海风是硬的，王小鱼真实地回到了北方。鲜少有谁会为这个游子拍拍肩头的浮尘,人们只好奇地问,小鱼,怎么回来了?一个人回来的?闯荡这么多年,赚到大钱了吧?王小鱼看见人们努力地做出吞咽动作,咽回去的话,不外乎——看来混不下去了,这么多年都没能把自己嫁掉,回来更不好找喽。

好在王小鱼自小叛逆,一意孤行惯了,且已学会硬撑和强笑,不开心时,来个深呼吸,不过是糟糕的一天而已,又不是糟糕一辈子。她将行李箱搁置起来,注册了创意工作室,幻想着开创城市文化 IP,一战成名。真不错,她竟然还有勇气继续幻想。

恰在这个时候,父母用一生的积蓄买了套三居室,买在城市北部,周边有几个小山丘。母亲患有慢性支气管扩张,不停地咳嗽,她恨透了老房子里的霉味,还夸张地说走廊里的水渍能没过脚踝。她一直将"真是嫁错了人"这句话挂在嘴上。现在好了,城北没有海,干燥的空气让她浑身轻松。

父母原打算全家搬迁,将老房子出租。祖母不肯,非说老房子才是她的家,离海近,离戏院也近——戏院早就拆掉许多年了,祖母不是不知道。

王小鱼表态,要留在老房子照顾祖母。不知为什么,闻到熟悉的霉味,她仓皇的心忽然静了。王小鱼出钱为父母的新家精装修,购买全部家电,算是尽微薄孝心。老房子也一并重新装修,祖母那间做了透明隔断,分离出一个简易厨房，兼作餐厅。她这间是书房也是客厅。老房子陈旧，面积也不大，挑高却极好，纵向里搭出二层，也算像样的卧室。洗手间在院子一角，是父母当年抢下的两个平方米，接了上下水，能洗淋浴。没办法，居住环境逼仄，家家户户都这样做。许多年下来，经过一轮轮违章搭建，院子早被分割得七零八落了。东南隅的那棵泡桐，因遮挡了人家的光线，有一半被砍伐了，现在像个站在废墟之上的断臂将军。

小姑姑每周都会来一次，带着祖母爱吃的红烧鱼冻。我多做点儿，放冰箱，你忙起来未必有时间。小姑姑跟王小鱼说。小姑姑的性格最像祖母，周到、宽善。王小鱼因此亲昵地使用了叠字——姑姑，在大姑二姑面前，王小鱼是叫不出口的。

女儿来了，祖母的喜悦里透出几分得意和满足。通常是周末的下午，阳光漫过西窗，洒满半个房间，将一些影子拉长、幻化，将一些锐角打磨出弧度。这种时候，三代人的内心里都轻轻的、缓缓的，会有一搭无一搭地说些什么。窗前那盆胡椒木，枝叶密绿而婆娑，祖母掐掉几片叶子，碾碎了，辛香气弥散开来。祖母用力地嗅闻着，脸上的褶皱略略舒展。王小鱼猜测这种植物或许有提振气血的作用，老人和老房子都喜欢。

姑侄二人常常背着祖母聊起陈年旧事。据小姑姑讲，祖父排行老四，家道如日中天的时候，在胶县古城南，祖父的父亲——曾祖父挣下了一百间瓦房、三十亩地,家里有金条有银圆,还有一水儿的梨木家具。曾祖父是独子,读私塾,习武术,考取了秀才,写得一手绝妙小楷。曾祖父生养了四个儿子,最是祖父仪表堂堂,十七岁考取了齐鲁大学,随身携带的一只小号擦得锃亮。可是,命运没有放过他,在他入学的第二年,曾祖父病重,祖父的二哥又抽上了大烟,恰逢战乱,家道瞬间衰落。读书这事成了泡影,祖父只好跟着族亲出来闯码头……祖母这边,原是大户人家的闺秀,有条件读书的,怎奈多年的老胃病把祖母变成了病恹恹的老姑娘。二十六岁的祖母身体有了好转,这才带上雄厚陪嫁,嫁到了没落人家……曾祖父出殡的钱都是祖母回娘家要来的,即便如此,也没能改了祖父的爷脾气。

现在,干瘪无牙的祖母,含混却又坚定地怀念着祖父,好像他们曾经深情相爱过似的——王小鱼为此不解、不屑、不快,她认为祖母丢失了作为女人应有的自尊,一辈子委曲求全。

日子总得过下去。过着过着,就忘了。小姑姑说。

这话太耳熟了,祖母以前经常挂在嘴上。父母吵架的时候,老廖原谅了坏女人的时候,人们在背后揭吕剧演员的短同时鄙薄林工的时候,祖母都说过这句话。从前不解其意,现在,王小鱼完全可以进行深层解读了:祖母说的也好,小姑姑说的也罢,无非就是不管经历有多痛,到最后都会渐渐遗忘，因为，没有什么能敌得过时间。

北方自然不比南方，卖创意着实吃力。甲方要求有人气、能传播、具有品牌效应、自成风格……达到以上所有条件的前提，当然是，花钱要少。

小姑姑说，你在外面这么多年，和大家的关系难免生疏，要不要跟帆子啊林朗啊建立个来往，毕竟他们人脉广、关系多。老邻居嘛，总是有感情的。

王小鱼将小姑姑的好意怼了回去。急什么？会有皆大欢喜的那一天，如果没有，说明还没到最后。王小鱼对过去有一种莫名的生疏，又有一种莫名的依恋，两种情绪彼此撕扯，令她莫名生硬。

老眼昏花的祖母，只要一看见林朗出现在电视上，眼神骤然就亮了。即便不是特写，祖母也能一口说出名字。林朗俊不过林晴。林晴的眉弯长，心宽阔，林朗眉头离得太近。老话说，多愁常虑，皆为眉锁印堂。

祖母的自言自语，把姑侄二人听得满脸讶异。就算林朗的眉头有些紧，也只是多了几根野眉毛而已，早就被化妆师清理干净了，祖母哪来那么多说法。小姑姑不爱听，揶揄祖母真是火眼金睛啊。随后就转了话题。

只要不提及林晴，其他的，姑侄二人并无禁忌。说起当年，小姑姑忽然年轻了许多。这条街上的姑娘眼皮子可高了，要知道，从前住在海边的，非富即贵，祖上都有些老钱,没钱的至少正经读过书,对别处的男人怎会瞧得上。同样,这条街上的小伙子娶媳妇也是挑挑拣拣,哪个姑娘不想嫁到风景区过日子呢?

只有母亲嫁给父亲是不得已。当年她已经跟一个帅气的穿皮夹克的飞行员订婚了,后来因为娘家成分不好,飞行员那边政审过不了,几年下来,疲惫不堪,最终决绝分手。母亲活不下去了,那个时候她的哥哥刚刚死在监狱,是个政治犯。母亲的美貌远近闻名,父亲一直穷追不舍,他觉得自己的机会来了。母亲或许为报恩,或许真的走投无路了,或许觉得嫁到海边可以被人高看一眼,答应嫁给了父亲。婚后,母亲才发现自己忘不掉曾经的爱人,夫妻同房从来不肯开灯,出门逛街也不肯并行。父亲无论怎么做都是错。父亲其貌不扬,是个电影放映员,从小活在祖父的阴影里,战战兢兢、唯唯诺诺,除了爱老婆似乎再也没有什么专长,可母亲偏偏又看不上这份爱。王小鱼知道,许多年来,母亲和父亲过不去,无非是跟生活本身过不去,母亲思维简单,脾气硬,一直想活个样子出来。

祖父和徐寡妇的事情,小姑姑也隐秘地提起过。小姑姑使用的词汇非常中性,王小鱼也没有做出任何是非评判。姑侄二人似乎心照不宣:谈论老一辈的丑事总归是不恭的——可作为女人,她们又不能不好奇那些男欢女爱。或者说,在她们的潜意识里,是想得到一个定论:生在这世上,没有一种感情不是千疮百孔的。

徐寡妇漂亮吗?

谈不上多漂亮,身量倒是高挑,将近一米七,收拾得也利落。

据小姑姑回忆,祖父和徐寡妇是综合菜店的同事。祖父在权力范围之内,给了徐寡妇一些关照,先是工作上的,进而是生活上的。丈夫死于炼钢厂的生产事故,留下个遗腹子,徐寡妇也够苦命的……小姑姑说徐寡妇很会做人,祖母每次去买菜,只要徐寡妇在柜台上,手中的那杆秤都会偏一偏的。

祖母知道他们的事情吗?

我五六岁那年,已经记事了。小姑姑说。那应该是个初夏的傍晚,不然天光不会那么长,迟迟不黑。你奶奶做完了饭,你爷爷没有按时回来,这已经不是第一次了。你奶奶说,走,我带你出去一趟。我们沿着海边走,过了三个路口,又往北折,爬了两段斜坡,最后是条马牙石路,尽头有个院子,院子里有两棵高大的乌桕,这在北方很少见。你奶奶拉着我的手,站在树后,朝一楼的窗户张望。我隐隐约约地看见你爷爷坐在桌前,对面是徐寡妇,他们正在吃饭。你奶奶在树下站了一会儿,跟我说,回去吧。

怀疑只要撕开了口子,就会像黑洞一样,不断地吞噬着信任。听着听着,王小鱼心疼起来,不知祖母撞破隐情的那一瞬间,会不会眼前一片黑暗,全身血液冷凝,内心充满绝望。

祖父那晚回来了吗？王小鱼乏力地问。

回来了，我和你奶奶回家没多久就回来了。说是菜店卸货，干到这么晚。小姑姑的回答也是乏力的。

祖母没有揭穿他？

没有。什么也没说。日子照样过，该怎么伺候还是怎么伺候。你奶奶这辈子都没跟你爷爷争吵过……你爷爷后来被撸了下来，没有实权了，群众威信仍然很高。

哦？祖母去单位闹过？

这个我就不清楚了。当时政治运动多，说出事就出事。后来你奶奶和徐寡妇还常有走动呢。

她们不应该是情敌吗？

你奶奶也许原谅了她。

徐寡妇什么时候死的？

你爷爷走后两年。

王小鱼

四十岁的王小鱼，依然单身。该急的时候已经过去了，四十岁反而心情舒缓许多，她自嘲，千帆已过尽，爱不起来了。

事业倒是越挫越勇，她成了策划界杀出的一匹黑马。人们开始打听其来头，南方经历一旦被传开，就免不了有杜撰的成分。有人说她在南方捞到了第一桶金；也有人说这第一桶金是南方某老板的分手费；还有人说她庙堂里有人罩着，如此才能拿下大项目。很少有谁愿意相信一个有样貌有才华的单身女子，其上升史是干净的、正统的。

王小鱼气定神闲，倒变成了看热闹的人。早在从南方回到北方的那天起，她就想明白了，只谈奔着结婚去的恋爱。北方是家门口，三代相守，脸面很重要，傻事做不得，烂桃花惹不得。照这个节奏，几年下来王小鱼只谨慎地谈了一场恋爱。整个过程很祥和，分手后两人亦是朋友。恋爱对象是城里最著名的独立书店的老板，人称小胡子，要学问有学问，要骨架有骨架，穿麻质对襟儿，养着讲究的鬓须。小胡子从不拒绝和这个世界保持着一定距离，偏执地认为简体字有违陈寅恪意愿，是对先生不敬，这类出版物如果能在书坊买到，是他小胡子的耻辱。另外，《三国演义》没有毛宗岗的批注，不读；《金瓶梅》不是崇祯本的，不读；"经史子集"不是四库全书目录里的，不读。在他的书店里，孤本、善本、珍本另辟一间，恒温保存，捧读前须戴上白手套。

王小鱼和小胡子规规矩矩地约会，规规矩矩地上床，谁都认为二人登对，能相互成就，结果两年后他们分手了。小姑姑不解，你再也找不到比他更合适的了。王小鱼说，他的确合适，可我为何下不了决心结婚呢？既然不结婚，何必耗着。小姑姑还是不解，你这个年纪没有权利过分挑拣了。王小鱼说，我就是不想挑也不想拣，死心了。

谁知道，一年后，老宋出现了。

老宋是个天生的冤家。一过招儿，不好对付；再过招儿，欲罢不能。起因是这样的：王小鱼率团队通过竞标拿下了国际海洋节 VI（视觉识别系统）设计项目，主办方要求，海洋节 Logo（标志）以残疾人现代舞团的开幕演出《鲸落》为设计的灵感来源。王小鱼非常敬业，提出先看排练现场，至少连看七天。那舞团的创建者便是老宋。

老宋其人，周身有一种僧侣般的气质，板寸、宽袍、阔腿裤。第一天，王小鱼提了几个问题，老宋话音低沉，语速极缓，仿佛连他身边的时空流速都变慢了，王小鱼觉得老宋在装大尾巴狼。第二天，老宋在角落里发呆，排练现场只亮追光灯，把人影拉得好长，王小鱼跟助理说，搞什么搞，阴森森的。第三天，老宋带舞团凌晨四点摸黑出发，只为去浮山山顶看日出。王小鱼一狠心，爬山我喜欢啊，要不要一起把月亮也看了？最后真被王小鱼说中了。第四天，老宋编舞、即兴跳，他在台上不断折叠、打开、重复、变化，让人仿若看见了山川、天空、河海，生生不息，惊为天人。王小鱼跟助理说，即兴需要舞者对身体每个关节的极致控制，他做到了。第五天，在不断的重复与变化中，王小鱼感受到一种生命能量，由千锤百炼的美凝聚而成。第六天，王小鱼开始理解老宋。第七天，王小鱼得知老宋天生右耳失聪，是个孤儿，自幼被一对年迈的英国夫妇收养，老夫妇是"二战"遗孤，做了一辈子中学舞蹈老师，有生之年曾多次来中国支教……

舞团的演员，有的失去了听觉，有的失去了声音，有的失去了手臂，有的失去了双腿——老宋为他们编舞，让不完整的他们在艺术里找到完整甚至是完美的自己。安全是第一位的，老宋说。他们再也禁不起任何冒险。

不冒险会不会丢失一部分舞台张力？王小鱼问。我不认为现代舞必须通过身体极限去呈现艺术效果。老宋答。那是通过什么？王小鱼再问。情感极限应该更高级一些。老宋答。

老宋又说，要不我们换个位置，我到你的右边，用左耳听，它是好的，听起来更清楚。随后他们进行了第一次正式的、漫长的交谈。那天排练现场只开了蓝色柔光灯，王小鱼感觉自己忽而潜于海底，忽而浮于海面，时间轻柔漫卷，潮水一般退去又回来，身体轻飘飘的，心里忽然有了一种久违的响动。

王小鱼特别难过的是，祖母没有看见老宋就走了。从前的那些男人不值得看，好不容易老宋出现了，祖母却走了。王小鱼捧着祖母的照片说，瞧瞧，我没有给人做填房，还找了个嫩的，我厉害吧？话没说完，已是满脸的泪。

祖母九十八岁离世，人人都说是喜丧。那时王小鱼已经走上正轨，创建了两个文创公司，分别叫作"若蓝若"和"小鱼小"，前者侧重影像传媒，后者主打文创开发。她同时爱上了自己的两个名字，这似乎意味着与过去的和解。房价持续暴涨，地产红利时代席卷了北方。围绕着新开楼盘，王小鱼主导的策划案也在噼里啪啦绽放。地产圈混熟了，对各大楼盘的底细了如指掌，王小鱼托人放了最低折扣，购入一套阳光房，虽说比不上林朗的大别墅，但也格局开阔，飘窗上镶嵌着满满的海景。

祖母生命中的最后两年，和王小鱼一道住进了新房子。每天早上，伴随着毛发和皮屑一同脱落的，还有祖母长长的叹息。老房子在新房子以西十公里的地方，祖母坐在阳台的躺椅上朝西边张望,念叨着与老房子相关的一切。祖母真的老了,再也不是那个能干的小老太太——祖母已经管不住自己了,不然不会说起林晴。

林晴的名字和一段悲惨往事相连,许多年来都是王小鱼内心的一块伤疤。祖母说,那年夏天经常有鱼鳞云,天现鱼鳞云,不雨风也癫,不是个好兆头啊……

那年夏天,林晴、林朗双双考入了名牌大学,整条老街都沸腾了。与此形成反差的是,王小鱼没能被重点高中录取,母亲感到颜面扫地,咆哮声如飓风过境。王小鱼原本把握很大的,可她早恋了,无心向学,成绩断崖式下滑。

说单恋或许更准确一些。初二暑假,王小鱼在海边认识了某地质学院的一位大学生,他刚刚结束了海洋地质调研,打算继续在这个城市逗留几日。立秋夜,大学生带王小鱼到岬角辨识星座。他说,快看,王族星座。王小鱼茫然地寻找着,除了盛大的蓝色幕布,什么星座也没找到。或许为了掩饰一种莫名的虚弱,王小鱼频频点头,佯装惊叹。他又说,王族星座包括仙王座、仙后座、仙女座、英仙座、鲸鱼座和飞马座。"飞马当空,银河斜挂",他的眼睛在黑夜里闪烁,是王小鱼能够辨识的唯一星座。

第二天王小鱼邀大学生一起去游泳,在浴场碰上了林晴、林朗。她们穿着漂亮的橘色泳衣,看上去就像同一个人。王小鱼让大学生猜猜看,谁是姐姐。大学生指了指林晴,脱口而出。王小鱼忽然有些忧伤,那刻起,王小鱼意识到爱上一个人是件具有爆发力的事情,基本上就是瞬间,像地震,来不及预警。

不几日,大学生就去格尔木实习了,对于王小鱼来说,那个地方比星座还遥远。王小鱼问过大学生,你会给我寄明信片吗?他说,当然会啊,小妹妹。明信片是在中秋节前夕寄到的,两张。另一张注明转交林晴。给王小鱼的这张写着"小妹妹学习进步",画面是格尔木独有的沙枣林;给林晴的那张写着"千里共婵娟",画面是昆仑山峰峦之间的一轮明月。王小鱼将林晴那张藏了起来,中秋节对着月亮大哭了一场,月饼也没吃。一个月后,大学生又寄来两封信,一封问候她的学习情况,预祝她来年中考成功;另一封仍然注明转交林晴,非常厚。王小鱼犹豫了一整天,还是打开了。这个举动让她心脏狂跳,脸颊涨红,后背湿透。信中并没有什么秘密,只是手抄了英国诗人艾略特的长诗《荒原》。信的末端附了一句话:"献给大地,送给林晴。"

王小鱼开始朝着大学生祝福的反方向发力,自甘堕落,成绩一落千丈。1990年夏天,林晴、林朗成为天之骄女,王小鱼被挫败感淹没,脸上长满了青春痘,几乎到了毁容的程度。她把自己关了整整一个月。一个月后,再踏出家门,阳光如高音阶般刺目,一切茫然而不真实。这时迎面走来的第一个人便是林晴。林晴身穿白色连衣裙,脖颈颀长,腰肢挺秀,胸部已经发育完好,发梢儿飘在海风中,整个人都是鲜甜的、清亮的。

小鱼，你还好吗？林晴关切地问，开心点儿，没什么大不了的。

王小鱼不响，眼神茫然。

去看电影吧，《落山风》，我请客。

王小鱼觉得林晴在施舍，愈加不响。

或者，想看《小说月报》吗？最新一期的。

不，我要去游泳。王小鱼的茫然并无变化。

倒是林晴眼睛一亮，好像刚刚解开一道函数题，露出了胜利的微笑。好啊，我陪你。不过林朗去不成，她大姨妈来了，肚子疼。

两个少女，一个十八岁，一个十五岁，沿着惯常的线路——无数个夏天都要走上无数遍的线路，往海水浴场走去。出门前，祖母劝阻过，天文大潮就要来了，这几天浪头高，最好不要去。说着，祖母指了指天空，看见天边的鱼鳞云了吗？林晴说，放心吧，王奶奶，有我呢。

是啊，从小到大，林晴都是值得信赖的：在学校里，是团支部书记；在艺术团，是团长兼主持人；在老院子里，是别人家的孩子……林晴太优秀了，就像那些碧空如洗、气息明透的天气一样，好到让人心虚。

祖母不应该不放心。孩子们在海边长大，都有水性，游泳几乎是暑假里每天都要发生的事情。况且，王小鱼终于肯出门了，再不出门就要变成发芽的土豆了——祖母已经心疼了好久。

王小鱼轻飘飘地走在路上。知了声糊成一片，嘈杂并且坚硬，林晴在身旁说了什么，王小鱼根本听不见。海里游泳的比平日要少，很多人看见浪大，临时决定不下海了。林晴犹豫道，大满潮，我们别往里面去了，沿岸横着游吧。王小鱼一脸不服气，来都来了，怎么，你怕啦？

王小鱼转身穿过人群，沿着滚烫的沙滩，奔向了层层白浪，一个猛子扎了进去，没有给自己留下任何适应的过程。岸上燠热流火，海水仍有凉意，王小鱼有种被打醒的感觉，压抑了许久的力量迸发而出，一瞬间，腋下似乎生出了鳍，助她嗖嗖向前。林晴紧随其后。十几个浪头躲过，眼见着进入了无浪区，王小鱼和林晴停下划动，双脚踩着水，肩膀以上浮出海面，隔着两米的距离，相视而笑，并用右手抹了几把脸上的海水，想稍做整理。忽然间，王小鱼感觉自己被一种莫名的力量控制了，海面下似有一只恶兽，正在迅速将她拽入深海，她拼命划动，全然无用。她大喊林晴的名字，随后浪头扑了过来，又苦又涩的海水灌入口中；她似乎也听见了林晴的呼唤，小鱼小鱼，小……鱼……随后浪头便将一切淹没了。

这个时候，岸上有人喊起来，大事不好啦，离岸流！好像卷走了一个人，不，是两个！

王小鱼被救上岸时已经晕厥，海水引发吸入性肺炎，高烧四十摄氏度，她在医院住了一周。林晴被离岸流拖出五十余米，海水呛入肺部，窒息死亡。吕剧演员一夜白头，几日工夫便瘦脱了相,高耸的胸臀夷为平地,从此就跟换了一个人似的。林朗再也没有跟王小鱼说过话,她的眼里都是恨。林工忽然强大起来,知识分子的素质在关键时候彰显。他要同时处理诸多事情,且必须处理好,包括林晴的后事、吕剧演员的心病、林朗上大学的行李,等等。

整个老院子甚至整条老街都在哭泣。任谁说起这件事都要惋惜地哀叹。唯一的办法就是避之不谈。王小鱼出院后偷偷地来到海边岬角,烧掉了大学生寄给林晴的信件。当潮水将那些黑色灰烬带走,她默念着,林晴,对不起。又采来一把野菊,将花瓣揉碎,白的黄的,一起撒入了大海。王小鱼初次理解了生命的脆弱,她为此惊惧,又有几分不服,她冲大海哭喊,你再试试看!

祖母生命中的最后两个月,执意要回老房子。王小鱼照办。小姑姑、小姑父一起来帮忙。安顿下来,天色已黑,大家都累得够呛。王小鱼内心愧疚,觉得自己是不中用的女儿家,至今未嫁,从没能带回来一个肯出力的好女婿。那个时候,父亲中风后刚刚出院,正在康复期,母亲把所有精力都放在了这个不曾爱过的男人身上,婴儿式喂养加魔鬼式训练,祖母的事情难以分身。

回到老房子不久,祖母偶发谵妄,很快越来越厉害,最后完全认不得人了。饭也吃不下,随后连喝水也费劲。弥留之际,一旦清醒过来,念叨的都是老房子。王小鱼不解,凑到祖母耳边提醒她,这就是在老房子里啊。祖母依旧故我。小姑姑恍然大悟,你奶奶是要回五步三座桥。

没有人知道传说中的五步三座桥在哪。知道又能怎样呢,终究是回不去了。回光返照的最后时刻,祖母大声喊着,回去,回去。小姑姑紧紧握着祖母的手,轻轻地摇头,无助地落泪。

回不去也是正常的。哪个人在终老的时候不想回到老地方?可又有谁能真正回得去呢?念想总是携带着悬而未决的空茫。本该回不去的——故乡和老房子,不是毁灭在现实中,就是毁灭在念想里。

老房子西北窗外有一块空地,朝向不好,不规整,没人理会。许多年前,祖母沿围墙种下不计较光照的植物,都是可以吃的,香椿、扁豆、无花果,很快有了起色。早春的头茬儿香椿芽和鸡蛋一起炒,老了的用粗盐腌,剁成末儿拌老豆腐。仲夏的扁豆被切成丝,与青红椒丝、肉丝一起炒,再做上一大摞烫面单饼,卷着吃。至于那棵无花果树,它的青春期曾与王小鱼的青春期叠加在一起,她上初中的时候,它的旁逸斜出已经相当惹眼。秋初结满神仙果实,绿里藏着胭脂红,甜糜的气息覆盖下来,久久不散。

如今天命之年将至,像是应了某种指令似的,自然而然地,王小鱼开始操持起这些。从纷扰的工作中抽身,去看看泥土的天真,与植物相视而笑,貌似无用的事物会给她一些奖励——有时候是从心底涌起的善意,有时候是突然而至的灵感。

王小鱼已经爱上了自己的年纪。在经历了坏女人的年纪、吕剧演员的年纪、母亲和小姑姑的年纪之后,王小鱼不知道是否会幸运地经历祖母的年纪。无论如何,在通往祖母的路上,她似乎已经学会了如何管住自己。很多执念已消,生活不能只要好的,好与不好,只要活着,就得全盘接纳。只有接纳,真正的、不被外界左右的幸福生活才会出现。王小鱼终于明白了这些道理,只是明白过来时,人生已经过去了大半。

还好,没人相信王小鱼四十九岁了。一眼望过去,她乌发披肩,婆娑有光。几个往来密切的商业伙伴都是同龄人,见面时每每艳羡王小鱼的发质。王小鱼赶忙解释,怎么会没有白头发?都藏在下面呢。左后脑勺儿那里,一大把,右边鬓角也有。同龄人继续艳羡,能藏住就等于没有,我们早就藏不住了,只好染发。再过几年,染也不染了,到时候全身都撑不住了,还染个头发作甚。

王小鱼必须撑住。六年前做了高龄产妇,生下一双女儿,她不想就此成为一个中老年母亲,那样的话,女儿们会自卑。王小鱼要求自己每周至少运动二十个小时,跑步、爬山、瑜伽,做来全凭信念。

还记得预产期前后,医生让她选剖宫产的日子。又是高龄,又是双胞胎,顺产连想都别想,医生说。隔天便是夏至，王小鱼不假思索地定了下来。当医生得知她选择夏至是为了起两个好听的名字——夏儿、至儿，便一反职业常态，笑出了声。别人选日子都要算生辰八字、良辰吉时，你倒是干脆，好！

　　从此以后，夏儿、至儿的生日面与夏至面重叠在一起，仪式感够隆重的。坐月子的时候，一想到这些，王小鱼的产后抑郁症就极好地消退了。

　　三岁生日当天，王小鱼第一次带夏儿、至儿去海边，就像祖母当年带着她那样。夏儿、至儿听见了浪潮声，娇娇地说，妈妈，海的声音怎么这么大。

　　四岁生日当天，王小鱼第一次带夏儿、至儿去沙滩玩沙，她们配合得很好，不一会儿就建起了宫殿，惹得游人来围观、拍照、称赞。后来涨潮了，她们吵着要把宫殿带走，结果宫殿一眨眼就被浪头吞噬了，她们站在沙滩上大哭。最美好的东西往往是用来毁灭的，王小鱼忍了忍没说出口，她想过几年再说也不迟。

　　五岁生日当天，王小鱼第一次带夏儿、至儿去抓蟹，穿上荧光色母子装，戴着事先网购的头灯。蟹有趋光的习性，哪里有灯光往哪里爬，光线一强，就变成了"雪盲"。王小鱼忙着科普，夏儿、至儿在礁石之间蹿跳，她们的平衡感与王小鱼当年一样好。

　　六岁生日当天，王小鱼第一次带夏儿、至儿去看银河，母女三人坐在沙滩上，一起仰望星空。在北半球，一般来说，夏季是观赏银河的最佳时间。在天气好的时候，银河会当空悬浮，明亮而璀璨。不久潮水满涨，白色浪花层层拱卫着礁石，王小鱼跟夏儿、至儿回忆起被困的童年往事。

妈妈你不怕吗？夏儿、至儿一脸崇拜地问。

不怕。妈妈会游泳。王小鱼说。

那，我们也要学游泳。夏儿、至儿一脸坚定地说。

不着急，上学以后，体育老师会教的……到时候你们可要当心离岸流。

离岸流是什么？

离岸流就像隐形的刺客，悄无声息，很难被发现。

海边没有人。夏儿、至儿摘下了口罩。只有摘下了口罩，她们才能在蓝紫色的星空下露出天真的表情。按照王小鱼所指，银河及其两侧有三颗明亮的恒星，牛郎、织女和天津四，构成了一个明显的三角形，名为夏季大三角。夏儿、至儿努力地找寻着，争论着，星空下晃动着童话般的剪影。

十米开外，老宋在练功。这是他陪伴家人的方式——每次一家四口出游，他静则打坐，动则蛙跳，身与物化，意到图成，心中有舞蹈，随处都是他的练功房。王小鱼想，某一天女儿们长大了，会不会像自己当年审视父母那样审视她和老宋呢？女儿们也许会说，父亲是一个舞蹈家，与母亲是姐弟恋，小了她整整七岁，真不知道母亲哪里来的自信。父亲是一个不喜欢社会的人，在很热闹的环境下，他也愿意安静地待着。他天生有一种巨大的控制能力，控制身体，控制情绪，即便是醉酒断片儿，他的潜意识也会让他看起来和正常的时候没有差别……想到这里，王小鱼不禁哑然失笑。

时间真快，过完夏天一双女儿就读小学了。学校还是王小鱼当年读过的那所小学，校门口的大海，操场前的老槐，似乎一切都没变，又似乎面目皆非。前段时间，作为知名校友，王小鱼帮助母校策划了甲子生日云上庆典，若不是疫情耽搁，应该会有一个盛大的线下活动，遗憾啊。

妈妈，我找到牛郎星了。

爸爸，我找到织女星了。

天穹底下一双小小身影，愈加惹人怜爱。王小鱼轻轻地说，夏儿、至儿，马上就要上学了，记得，不要太乖，不想做的事可以拒绝，做不到的事不用勉强，夏儿、至儿的人生不是用来讨好别人的……

夏儿、至儿完全没有听见，或者听见了也根本不会听懂。这些话只构成了后置的背景音，与风声、潮声、远处汽车的轰鸣声、商贩的叫卖声，还有一些不知名的声音，融合在了一起。

《小说月报原创版》2022年第8期首发，《中篇小说选刊》2022年第6期转载。入选《小说月报原创版2022年精品集》，《十月》年度中篇小说榜提名。

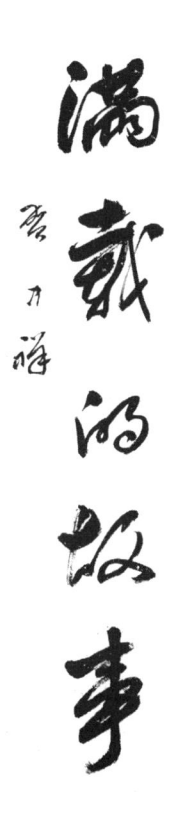

贺中祥 题字

一个天才

刘家海屋的不姓刘，王家海屋的不姓王，戴家庄子的不姓戴，顾家崖头的也未必姓顾，满载是胡家林的，你看，他姓李。

李老大年龄很大才有了他，他是李老大和第二个老婆生的。同父异母的哥哥长他二十岁，两代人，没话讲，不亲，后来干脆就断了来往。

李老大死的时候，满载三岁，还分不清哪片儿蓝是天，哪片儿蓝是海。鸟和鱼的模样也记不住。鸟从空中飞过，他指了指，鱼呀。

全村的人都在念叨那惨烈的往事，似乎要用这种方式催促满载长大。人们说，那天是农历九月初五，早晨还有漫天的胭脂彩霞，到了中午头儿，海就怒了，一半在咆哮，一半在嘶吼。

云层灌满铁铅，沉沉地碾压下来。出去了三条船，只回来一条。回来的船，破帆形状全无，侧舷也是破的，甲板上散乱着碎木。船底和龙骨还算完整，这才将几条命送了回来。

数天后，回来的人方能开口讲话——冰雹噼里啪啦地往下砸，最小的如鸡蛋，大的竟好比拳头。那浪啊，扯天扯地，一排浪峰过来，李老大的船被抛了出去。又一排浪峰过来，石老二的船也被抛了出去。眨眼工夫，周围变作漆黑一团，根本看不见彼此，只能听凭老天安排……

他们嗫嚅着，脸上的神情惊恐而复杂，原本乌黑锃亮的头发几天时间里全变白了。

村里一下子多出好几个寡妇、好几个衣冠冢。哭泣声不绝。动物的哀鸣夹杂其中。船老大、修船匠、渔伙计，一张张脸上套印着悲戚，村前村后地走，把白日走黑了，又把黑夜走白了。宽慰的话一旦说出口，就苍凉无力起来，他们只能吞咽下去。

李老大的女人一声儿没哭，眼神飘移在半空中，谁也抓不住。她还和往常一样到码头接船。每天相同的时间里，她坐在缆桩上，直直地看着别家男人搬运渔获，偶尔自言自语，反复都是那么一句，且明显带着责骂的口气，怎么还不回来，怎么还不回来。

码头上的人渐渐散去。终于，最后一阵嘈杂消失在村口，夜幕砸了下来，大海冥冥如墨，沿岸的巨礁穿起怪兽的大鳖，随潮声耸动。她依然坐在缆桩上，像一条风干的瘦鱼。

人们背地里开始叫她李寡妇。再下一句，就压低了喉咙：李寡妇是不是疯了？

在渔村，寡妇本就不祥。别人家死了男人，总还有个伯叔姑姐可以走动，李老大几无亲故，死了就干净了。至于她的娘家，远在三百公里以外，两个哥哥想帮点儿什么，还要看嫂子们的脸色。

这么着，李寡妇始终没有改嫁，靠给十里八乡晒紫菜、织渔网、卖鱼虾，挣些活命钱。等到磕磕绊绊地把满载养大，她的一双手已经皲裂如树皮。

小学没读完，满载便想出海见识风浪。渔村地少，光靠种粮食活不了命，男儿迟早得去海上讨生活。李寡妇坚决不同意。打他，也打自己。她让满载跟豆腐匠学艺，跟剃头匠学艺，跟铁匠学艺——跟谁学都行，就是不能去闯海。

可满载是船老大的种啊，源头在岸边，去路，必定在海上。

李寡妇拗不过，见人就哭诉，这招儿很灵，再没有哪个船老大愿意带满载上船。可怜的寡妇，只有一个儿子，留下吧。他们这样说。

怎奈满载是个天才。对于风向、汛期、洋流、鱼窝，总是有着天然的预感和本能。不上船，不闯海，在滩涂上讨生活，照样不会空手而回。

潮水退去了。滩，空如大漠。淡淡的烟气升了起来。那年满载九岁，扛着长杆耙子和铁锹，浑身一丝不挂，行走于天海之间，留个黑亮剪影，像庙堂里的童子塑像，也像一滴随时都会蒸发的露珠。

满载永远知道蟹窝子在哪儿。中秋前后，蟹的膏黄肥腴起来，满载整夜整夜地不睡，用鸡肠子、蚯蚓做饵，装在铁丝笼里，引蟹疯狂地扑向腥腐之味。笼底或侧面留一个进口，喇叭形的，外大内小，四周有倒刺，蟹可入，不可出。

那些月夜，真够满载忙活的，每过二三十分钟，须逐个笼子收货。蟹的硕大青盖，在月色里泛着靛蓝的光，足以让满载得意地仰天大笑。

相比较滩涂上的把戏，满载真正令人叫绝的功夫在水下。多狭窄的礁石缝隙他也敢钻。他就是有本事把身体拧曲成四五道弯儿，穿过去，毫发无损。

胡家林分南北，南面是平地，北面有丘。平地连着斜滩，舒缓悠长，丘断在海中，四周水域深阔，礁石堆叠。一股股海流湍急，百十斤重的石块，也能被冲得隆隆滚动。鲍、参、大螺，最喜欢在此界谋生，一来图个清凉干净，二来也属本能地自护。

有人不明就里，仗着蛮力硬来，一猛子，又一猛子，扎进海流，最后被冲得没了方向，昏头涨脑的，连岸也找不到，更别提什么拿货上来了。

满载不会扎空。无论多大多急的海流,他都能捞出货来。流再急,也有停歇的当口,俗称稳流。人小鬼大如他,竟然能把握住稳流的时间和规律。

久而久之,北丘险海,成了满载的领地。他如一匹锋芒初露的狼崽,立于礁岩高处。忽地,眼神锐利起来,后脊微拱之时,双臂聚拢,随后一个猛子入海,下潜数米,再浮出水面时,定有惊人之举——手里攥着几只鲍鱼,也是常有的。

北丘,也被满载用来发长呆。楸木密集处,常有候鸟南飞时在此小憩,鸟鸣好听,远的近的,高的低的,都与怒潮声不同。满载躺在一块平坦的礁石上,直听到太阳下山。好几次,鸟群从头顶飞过,点亮了半个天空,满载认定是鸟国施放的秘密烟火。

咕咕,咻咻,哑哑,啾啾。有时候,鸟鸣里也带着一种忧伤,满载听见了,就会忍不住地想要拼凑出李老大的模样。与他同龄的福仓,经常去码头喊他爹回家吃饭,晚霞纷披而下,抚摸着父子二人的后背。他们朝着炊烟的方向走去。一路上,福仓都在挨骂。他爹累的时候,骂不动了,就直接踹上两脚。

满载羡慕福仓。满载也想喊李老大回家吃饭,被骂几句,踹两脚,都是他所渴望的。

村里人为他提供了碎片化的信息。女人看见满载,会叫天。我的天!眉眼鼻梁活脱脱和李老大一个模子。叫完还要抒一抒他的后脑勺儿。男人则说，比李老大强，硬头硬脑的，天生闯海的料，死不了。说完会照着他的脑门儿弹一下。

李寡妇却是只字未提过。她每天按时去码头接船，接不到，也看不出有什么不高兴——或许她从来就没有什么高兴。做熟饭，晾好衣服，她便织渔网，一把竹梭子在上网绳和网板之间穿来引去，手上飞快，眼皮不抬，满载没有机会开口问点什么。

北丘有时候更像座道场。在这里，满载早早地认识了孤独。他还不会写"孤独"二字，他只觉得，除了天和海，鸟和鱼，再也没有别的。

海边每年三月都要下一场大雪。雪不来，春也不来。春来了，鱼汛就来了。谷雨撒网打鲅鱼，鲅鱼网里带林刀。老蟹还是小蟹乖，小蟹打洞会转弯。满载唱着李寡妇教的渔歌，雪色里都是他自己的回声。

初秋夜晚，站在丘子顶上，北斗七星将他照亮，海里的鱼群多还是天上的星星多？他自问。

直到有一天，遇到了一只青庄，满载就此发现，青庄的孤独并不比他少。

潮退了，低水处，青庄一脚站立，一脚缩于腹下，久而不动，静如泥塑，从午后直到黄昏。

青庄接连来了三年，总是在霜降前后，一袭灰黑羽毛，脖子颀长，红嘴尖尖。满载知道青庄是在等洄游的丁鱼和梭子。这两种近岸鱼，贴水面游动，到浅滩和岛屿周围产卵。让满载不解的是，青庄放过了每一条即将产卵的雌鱼。

青庄是不是受伤了？他撒下旋网，网的边沿挂满铅锭子，迅速沉到水底，收网时，锭子渐合，网收拢。捞起的鱼被放在离青庄最近的地方，满载故意躲了起来，可青庄仍然不碰腹部满圆的雌鱼。

就在满载几乎认为这是只呆鸟的时候，青庄做了一件事情：楸林里，黄鼠狼自不量力，抓住了青庄的大嘴，青庄几番试图甩开未果，最后，青庄带着黄鼠狼来到海边，将其按在海里活活淹死，整个儿吞了下去。

小小的满载惊呆了。青庄如此凶狠，却放过了雌鱼。

李寡妇听说此事，不以为然。青庄是给自己留后路呢，吃了要产卵的雌鱼，它的孩子以后吃什么呢？

据说，满载所得家传只有一样，一副两米长的高跷。楸木的，很直，见海水也不走弯。过了十四岁，李寡妇才拿出来。满载打眼一看，这高跷果然和家里的那些破家什不同，精致而结实。通体没有铁钉，木头榫卯彼此紧密咬合。

满载当然知道，这是用来捞毛虾而不是耍马戏的。村里的渔把式常扛着它，走在秋天的滩涂上。一米、一米五、一米八的都有，这么长的，倒没见过。

毛虾是龙王馈送的礼物。每年白露前后，随潮汐而来。它们永远长不大，通体透明，须毛纤细，尾部一笔鲜红条纹，很提神。

捞毛虾时，要随身带一张扇形渔网、一个拴着水漂的竹篓。海水齐腰，人迎潮流走动，毛虾就会不断地被渔网兜住。再要大收获，得绑高跷，往深水里去，与壮年渔把式会合——他们已经像鹏鸟展开硕大羽翼一样展开了腋下的渔网。身体前倾，腰腿用力，伴随着胸腔中运出的一声闷吼，嗨嘿！长宽三米有余的大网便能在水面下悬停。

他们赤身裸体，不遮羞，也没有羞的概念。千百年都是这样过来的，耕滩、拉纤，以身体迎自然万物，才算渔家本分，穿着衣服倒成了怪物。再说了，岸上的都难周全，谁会舍得穿着衣服下海。

满载却羞红了脸。他的性别意识大概就是在那个时候形成的。渔把式们腰胯地带茂密深沉，更衬出肌体的古铜油亮，任由满载看到呆傻。满载忽然想快些长大，长成真正的男人，加入这组群像，跟他们一起喊号子，一起暴青筋，把船推出去，把鱼拉上来……

深水里分心不得。心一分，动作必迟缓。满载咽了口唾沫，收紧六神，稳住架。须知道，高跷上脚，饶是举重若轻，人也不能停，停下来便站不住，高跷一旦陷入泥沙，重心失衡，可就麻烦了。

就这样，胡家林最长的一副高跷，载着一个最小的弄海人，踩跷，推网，一下是一下，远远地看，竟像是人在海面上行走着。那跷那网，好像和身体长在了一处，任他派遣。此情此景，如舞台剧般虚幻。盐从空中干净地覆盖下来，带来某一刻的定格，天海处，属于满载的梦幻马匹腾空而起。

运气好的时候，一潮可以捕到二三十斤毛虾，无不新鲜明亮，闪闪发光。满载捏起几只放入口中，轻轻地嚼动，随着毛虾的须足扫过唇齿，鲜美也盈满了口腔。他或许不知道"感动"为何物，却流下了少年的眼泪。

刮北风时，李寡妇会把鲜毛虾晒成虾皮，五斤鲜虾能出一斤干虾皮。

起南风时，空气低沉潮湿，便做虾酱。一斤鲜虾二两盐，三五天就成。

不管最后做了什么，李寡妇从来舍不得吃，都会拿到镇集上卖掉，换日用品，换兔崽和鸡崽，兔崽和鸡崽养大了，再卖掉，如此往复，只为攒下钱，以后给满载娶媳妇。

一把折刀

那年深秋,就是满载十六岁那年,毛虾的收成特别好。满载不舍昼夜地捞虾,身体经历了严重的起泡和脱皮,一层一层地黑下去,后来竟然百毒不侵了。

天冷上岸,卖完虾皮,满载带上两瓶老白干和一条带过滤嘴的大前门烟,去拜见村南的胡老大。不消说,在胡家林,"胡"才是大姓。明永乐年间,胡的先祖从闽南角羊山迁此立村,见了成片的楸树,"胡家林"脱口而出。

胡老大,鼎鼎有名。村里人甚至认为他懂八卦,知阴阳,会医理。他的五桅大船,更是少见的气派,船头幡然上翘,似能踏平风浪。大桅上贴"大将军八面威风",二桅上贴"二将军日行千里"。三桅到五桅,一路看过去,分别是"三将军随后听令""四将军一路太平""五将军马到成功"。船舱里还有"招财进宝""积玉堆金"。以满载有限的文化认知,这些金句莫不凛然而无所不能。

至于胡老大本人,从记事起满载就没见他笑过。那种自以为把握真理的笃信,那种不容辩驳的傲慢,只能让满载感到害怕和敬重。他的鼻子过大,法令纹像海沟。头发倒是一丝不苟,据说抹了发蜡,城里人才用的那种玩意儿。

满载甚至不敢猜测他的具体年龄。三四十岁,四五十岁,都像。闯海老得快,阳光暴烈,海风硬冷,这些由表及里,早早地成了皮相的一部分。不出意料,他的嗓音也在风口浪尖上哑掉了,低沉而含混,更增添了某种气势。

腊月将至,出海的日子越来越难熬,有资格的渔把式辞了船,回家忙年去,再上船,要等开春祭海以后。胡老大缺人手,他上下打量着满载,一条堪堪长成的好汉,终于点了点头。

初上船,满载便是如履平地般从容,人人说起来就后怕的晕船,到了他这里,跟不存在似的。唯独冷,满载始料未及。冬至前,满载在浅水网鱼,一切尚在可承受范围之内。出海就不一样了,朔风如刀割,时间一长,寒冷彻骨,加之海浪四溅,前襟后背很快结了冰。

拉上来的货,好的好,坏的坏。胡老大吩咐满载把泥沙、石块挑出来,将鱼、虾和乌贼分门别类。可怜满载连手都伸不出来。胡老大先是踹了他一脚,又给他递过来一小瓶烈酒:喝了,喝了就不会冷。

满载拧开盖子,浓烈的味道呛得他咳嗽不止。一口下去,一把烧红的刀刃也就吞入了腹中,旋即燃起滚滚火焰。

这把火，从腹部开始四散，沿躯干游走，凭胸腔上蹿，最后夺取喉咙，带来短暂的窒息感……从未有过的生命体验将满载镇住了，他害怕起来，感觉自己不再是自己了。

再喝几口。胡老大不动声色地说，却也不容辩驳。

满载又喝下第二口，第三口。到第五口的时候，整个人好像沉入了海底，又好像变成了烧红的木炭。冰火两重天，大约就是这种体验。

未料想，满载毫无醉意，随着胆怯消失，全然不顾起来。胡老大又踹过去一脚，好崽子，比你爹那个鬼强。

出海喝酒是大忌。至于胡老大为何敢如此，满载没有时间多想。黑夜如此坚硬啊，他正急于找回一腔刚烈。

农历腊月刚到，阔口鱼汛就来了，一网下去，拉上来五千多斤。鱼堆在甲板上，起初还猛烈翻腾，不几下就冻住了。雄鱼的肚子里全是鱼白，雌鱼的肚子里全是鱼子，条条膘肥体胖。

胡老大随手抓起一条阔口，同时从裤子口袋里掏出一把折刀。

后来，满载见过世面以后，再回忆起这把折刀，方能谈论它的具体样貌——不锈钢的刃身，经过了精湛的石洗工艺处理，以凹磨手法开刃，获得了最大的锋利，切割能力异常出色。回形刃头，可以更好地进行切削，是最具穿透力的一种形式。刃背后端的滚花凹口，让使用者能更精确有力地操作。刃柄一侧的背夹设计，是为了方便使用者贴身携带……

当时，这把精致的折刀，让满载无论如何也掩饰不住自己的惊叹。他并不能理解构造原理与成色，在蚀骨的海风中，他只是平生第一次意识到，这把刀所带来的寒意可以秒杀一切。

胡老大划开了阔口鱼的脊背。他用的是柳叶刀法，看上去很优美。刀尖把第一块鱼肉送入口中，胡老大方才想起了什么，喊一声，酱油！满载赶忙取来，倒入搪瓷碗。胡老大手持折刀，将洁白的鱼肉在酱油里打几个滚儿，配着高度白酒，继续吃起来。他没有忘记递给满载两块。入口爽滑，细腻得无可形容，满载咀嚼着鱼肉，心底竟涌起莫名的歉意。

剩下的大半条，加上海水，炖了锅白菜，没放任何作料，肥厚的鱼子足以泛起满锅油脂——原来是条雌鱼。

小年过了，胡老大才休船。满载得了数条上讲的好鱼，还有胡老大扔下的一句话：年三十摆供，替我给你爹那个鬼上炷香，让他保佑咱们的船，开春满舱。

海货没有让满载兴奋。咱们的船，胡老大说出的这几个字，满载听来真切，且为此撒欢儿了一路。凭此话，满载就不再是短工、替工，胡老大正式收了他。

李寡妇不能马上得到这个喜讯。否则，喜讯会变成一段死去活来的要挟——只要我还有一口气，你就别想出海，除非我死了。

从小到大，满载着实听烦了，这一次，他打算先瞒着。

眼神却是不会撒谎的。那里面燃烧着野心，亮得发贼。李寡妇佯装不见，只道过年该请请你拐子叔、月九婶、你铁山大大、摆头老师，这么多年都是人家贴补咱们。

满载愣了，有点不相信自己的耳朵，甚至不敢确定李寡妇的情绪是否正常。李老大死后，李寡妇整夜整夜地不睡，活在幻觉中，满载听村里人说，此乃郁症。

无论如何，这确是一个与从前截然不同的年。黑头和黄鱼上了桌，李寡妇说是满载挣回来的，众人就笑着附和，熬出头了，熬出头了，并不动筷子。

胡家林有一道菜叫"看鱼"，就是守着整条或清蒸或油泼的鱼，客不吃，只看，以体恤主人的良苦用心。那个年代，谁会真正吃掉一条好鱼呢，好鱼是要拿去卖钱的。

一轮看过，端下，放在窗外的大缸里冷冻着。第二轮客人来了，取出，加热，上桌，继续看。过了正月，好鱼变成深酱色，因回锅的次数太多，鱼骨已完全酥烂。

正月十六，月光清洌，人间雪白。新蒸的海菜窝头，让草泥房里充盈着腾腾香气，"看鱼"也重新加了热，煤油灯比平日都亮，李寡妇的身影在墙上晃动，忽然变得硕大无比。在那同时，棚顶上的蛀虫正咀嚼着草秆和木头，白色粉末像毛毛雨一样，静静地落下来。

李寡妇说，一人一条命，是祸躲不过。你不出海，活不痛快。命硬就出海吧，我没有力气拦你了……你爹应该不会回来了，去扎个稻草人，到村北的深海里浸一浸，葬在楸树林吧。你可听好喽，要是哪天不回来，我是没有耐心去码头等的，我会直接从丘上跳下去，找你。

满载长跪不起。他知道李寡妇一直藏着话，却不知是如此决绝的话。李寡妇的这个年，表面上有多高兴，暗地里就有多悲伤。想到这些，满载哭了，他许诺定会挣大钱，娶妻生子，出入太平，让李寡妇乐享天年。

春汛来临，人们修好了船，添置完渔具，把渔网抬上船，蓄帆向海之前，会选一个黄道吉日祭海。在胡家林，这是头等大事。

到了海上，很多事说不清。海是有生命意志和神秘能量的神，只能敬畏。两百年前，胡家林的先祖修了一个海神庙，除海龙王外，其他受祭祀的神灵还有三位：天老爷，观音老母，回财主（也叫狐仙）。祭祀前，要用黄表纸写好太平文疏，这一步通常由德高望重的人来完成，以示虔诚。

胡老大双手焚香，供奉猪头三牲。伙计们跪拜祈祷，求众神护佑。随后，五桅大船剪开冰冷的海面，去会从未失约的鱼汛。满载站在船头，巡视着无垠的蓝色大海，踌躇满志，像个新晋武王。有那么一瞬间，他好像看见李老大的脸正浮出水面，阳光跳跃，鳞波闪动，李老大的笑容温暖而孤独。

二月二的梭子鱼、惊蛰前后的面条鱼、清明时节的鲅鱼，逐次上演着自由之舞，越来越密集，越来越闪烁。来了好潮水几天几夜不能睡。头汛的鱼味道最好，第二次第三次的就慢慢变小了，鲜美也不如前。

鹰爪虾从远海往近海洄游，携带着冬养之后的肥美，子卵满腹。识货的贩子都知道，鹰爪虾无从养殖，出水即死，用它晒制的虾干被称为"活肉"，鲜里带甜，价格一路走高。海上风大，阳光倾泻在每个角落，现捕的鹰爪虾直接船晒，三斤活虾晒一斤虾干，晒好的虾壳表面满布白色霜点，似在重申着野生之美。

胡老大下令连续作业，八九天甚至半个月才靠岸一次，鹰爪虾晒了一船又一船。最后一网足足打了上万斤，正是午夜，海上起了南风，雾气渐重，胡老大担心虾的新鲜度受损，便让满载连夜煮熟。冷藏设施落后的年代，海货保鲜的办法除了当船日晒，还有煮熟了风干。

满载已经连续劳作了三天四夜，站着都能睡过去，掉海里也未必可知。胡老大递过来一瓶高度白酒，说出的话不容辩驳：煮出来。天一亮，就不鲜了。

满载并无怨言。他像那些老渔把式一样珍惜大海的馈赠，敬畏每一网的收成。甲板上安静下来。墨蓝的海面异常浓稠。船在移动，甚至没有参照系。满载有过短暂的恐惧，之后便连恐惧的力气也没有了。

一条马步鱼飞落在甲板上，张着嘴死去。它或许是为逃脱大鱼的追逐而飞出海面的,却没能逃离另一种宿命。黎明时分,又有一只大鸟撞在了桅杆上,即刻毙命。

最后,虾煮好了,酒瓶空了,满载在甲板上睡着了。酒鬼就是这么练成的。冷,累,煎熬,恐惧,孤独——而一瓶超出生命经验的液体,或许可以将这些暂时浇灭。

一年夏天

春风不过宿,一天南来一天北。

早有胭脂晚怕白,天见此象大风来。

日晕三更雨,月晕午时风。

北打闪起狂风,西打闪雨重重。

…………

风向直接决定着鱼汛。刚才说的那些都与风有关,崽子,你听懂了吗?

胡老大的话,满载似懂非懂,也得连连点头。

论才华,胡老大是万里挑一的人物,夜观天象,日测水文,万无一失。胡老大说,北斗星方向一百二十海里应该有个鱼窝。船连夜进发,去了,却没发现鱼。胡老大闭上眼睛,接着说,再往前走一百海里,往前一百海里就到了,那里的海面正在冒气泡。

船继续连夜进发,果然看到了林刀鱼的大型舞蹈。鱼群似乎听命于一种神秘指挥,或者凭借一种天生的沟通能力，上浮，下沉，加速，忽然停顿，甚至转弯时身体也保持着统一的角度。此鱼狭长侧薄，周身银白。收网的时候，满船银亮跃动，就像大海里的星月波光。

逢春秋两汛，大鱼、海蜇旺发，胡老大浑身上下都有一种风来则应、风去不留的自在。五桅大船五个舱，满了四个，就是重载，回港时要插重旗，将红艳招展于大桅之上，一来向岸上报喜，二来让家人早做准备，多雇帮手接海。波涛让路，重旗大船必将引发阵阵欢呼，胡老大独享殊荣。

满载知道，跟着胡老大不但有鱼吃，也会有肉吃。胡老大听听船头水声，就能知道航速多少，到达目的地还要多长时间。瞅瞅海水颜色，尝尝海泥味道，船行哪个海域便能猜得八九不离十。看看风向，瞧瞧云状，后半天的气象便有了底气。他爬到桅杆上望望，或用空心竹竿插到水里听一听，便知有没有鱼群，是什么鱼种，鱼苗厚薄几分……

那时没有任何通信设施和 GPS 定位，胡老大天赋异禀，就是被海神照顾的人，在渔村自带向心力，气场全开。却不知为什么，胡老大的威严自负，总让满载想起那把精致无比又寒意四起的折刀。

"夏三月，川泽不入网罟，以成鱼鳖之长。"

转眼入夏，休渔季来了。半岛地区自古顺应春生、夏养、秋长、冬捕的规律,是生存智慧,也是约定俗成。到了这个季节,胡老大出海不再下网,改为下人抢鲍。

鲍以七八月最肥美。贩子定期来收,价钱高开,鲍壳转手卖给制作高级饰品的外贸加工厂,赚得更多。有个孙麻子,光头,横肉,一脸疤,身上有点功夫,胡家林周边七八个渔村的收购生意没人敢跟他抢。他骑着摩托,后来换了小货车,常年搜罗紫鲍,倏忽来去,气焰嚣张。普通的鲍壳也有好价格,用于医药和贝雕。鲍肉则无人问津。

胡老大雇了猛子,杀底捞货。猛子属于胶东半岛的叫法,到了辽东半岛,叫碰子。意思其实都是一个——把命扎到海底,碰大运,捞大钱。

谁都知道这是玩命的活计,谁又都愿意相信自己能赚到钱并绕过那些风险。有水性的个个不服输,潜下去,十有八九却成了病狗。被海流拖来拖去,胸口开始紧压,头在昏涨,眼珠外凸,甚至感觉浑身上下就要迸裂了,总之,比死还难受。什么钱不钱的,他们全然顾不得了,只想发疯般地往水面上蹿,蹿出以后,一边绝望地吸气,一边流鼻血。

只有两个四川佬儿,兄弟俩,都是身如岩石,皮似胶板,肌肉拧成了铁疙瘩,神武至极。他们手持鲍铲,腰旁拴着兜网,跳水之后能在最短时间里消解浮力反冲,迅速下潜,绕开裙带海藻,直逼礁石缝隙——那里,有宝藏,也有死亡。

当然，四川佬儿只看到了宝藏。哥哥二十出头，弟弟将近二十，祖辈上就是有名的潜江好手，不用任何工具，出水后大鱼直接甩上船。到了他们这一代，摸鱼早已经没有抢鲍来钱快，兄弟二人不知从哪里得来的消息，山东半岛有好活计，便心气高昂地来了，像赶赴一场比武打擂那样，千里迢迢，他们也要让天下人见识一下巴蜀的硬功夫。

第一年，他们确实赚到了钱。收工往家赶，得意忘形，在苏北地界耽溺于女色，钱被骗去大半，年底返川时几近人财两空。两兄弟心有不甘。第二年又杀了过来。胡老大工钱高开，两兄弟还价，再讨，再还，最后成交，上船。

当时的潜水设备大都来路不明。夜班工人从厂里偷来的下脚料，铜皮、铅块、风挡玻璃、机器上的传送带，被卖到了城乡接合部，又被辗转卖到渔村。制作工艺也相当粗陋。潜水镜硌脸，下一趟水上来，脸被铜皮套硌出了凹痕。传送带做的脚蹼，遇海水生硬，磨脚起泡。

"腰铅"是由四个铅块穿成的腰带，重达二十五斤。纵身一跃前，每个猛子都要系上，没有它，人沉不到海底，更不用说保持平衡。供氧完全靠人工液压充气，最紧要的就是保障输氧线畅通，所谓命悬于一线。甲板上若出了差错，又或者船上的人忙乱之间忘记了供氧，海底的猛子必定命途不保。

四川佬儿倒是不必担心的。俗话说，上阵父子兵，打虎亲兄弟。两个四川佬儿就是无懈可击的作业组,一个船上,一个海底,一个上来再换另一个下去,交互值守着彼此的性命。

底下温度低,哥哥上来,弟弟立马点上一支烟,哥哥叼着,眼睛紧闭,一口气吸上大半截,这才睁开眼,满脸得意地望向自己的战利品,数十斤紫鲍哇!换作弟弟潜底的时候,以上画面再重复一遍。

当地猛子恼羞成怒,开始骂娘。紫鲍都被四川佬儿抢去了,钱也被四川佬儿挣了。胡老大一句话就给怼了回去,拼多少命,挣多少钱,有本事,你们去。

海浪在周围暴力挤压,激流也会把人拖向死亡的深渊,锋锐的礁石和蛎子壳就是埋伏着的斧钺钩叉。除此之外,还要面临各种凶猛海物袭击的风险……胡老大没说错,四川佬儿是拼了命的。

这一点,满载最有体会。他同样被胡老大委以重任,一个潮汐连下四五次,一次比一次潜得深。海底遍布着废弃的渔网、绳索,黑暗越发稠密,视觉正在慢慢消失,一股稍微异样的海流,都会对定位目标产生破坏。发现了鲍窝子,须眼疾手快,多捡快装。在海底,全凭胆量和运气,遇到了危险,逃命时还得悠着来,上浮的速度一旦失控,肺炸了,七窍流血,照样得死。

立秋之后,近海的紫鲍已经没有了,船往深处去,工钱翻番儿，猛子们却不愿意干了。每下潜十米，血管、肺甚至骨头的受压程度也在翻番儿，猛子们摇摇头，不要钱，要命。

只剩下两个四川佬儿和满载。在海底，他们一起逐礁、逐缝、逐面、逐片地抢三寸大鲍，那种气势，好似建立了一个孤绝善战的王朝。多年后，满载回忆起这些往事，几声长吁，当时或许被一种动物嗜血般的快感控制了，不然，那股子不知死的蛮劲儿还真是解释不通。

四川佬儿里的那个哥哥，抢到一只最大的紫鲍，竟然比鞋壳还长，用钩子秤一提溜，足有两斤重。当地猛子彻底偃旗息鼓了，他们说，祖祖辈辈也没见这等功勋。

鲍壳卖了大好价钱。鲍肉则配上肥肉膘剁了饺子馅。一口酒，一个饺子，怕是人世间少有的鲜美。满载和四川佬儿坐在船尾，脚下是涌动的海水，头上是明晃的月亮，眼前一条碎银铺展的路，直通天边。

太阳落土四山黑，情妹问我哪哒歇。我是天上麻鹞子噢，哪哒黑了哪哒歇。月亮上天八山黑，情妹问我哪哒歇。我是树下夜猫子噢，哪哒乖了哪哒歇。

四川佬儿里的那个哥哥，亢奋过度，唱完蜀地小调，不过瘾，又跟满载打起了赌，敢沿这条路往前走吗？明天老子的鲍全归你。

胡老大听见了，隔着十几米的船身，扔过来一句话：找死！那可是最虚无的路。

第二天就出事了。船到了二十海里以外，抛锚扎地。

四川佬儿，还是那个哥哥，是当天第一个下潜的人。土装备齐整了，入水前，吧嗒吧嗒一口气吸掉半截烟，剩下的半截塞到了弟弟的嘴里，他傲慢地挺了挺胸膛，梗了梗脖颈——只是，下去后，就再也没上来。

海面分明平整熨帖，像重磅的丝缎。天空分明很蓝，云朵静静地挂着，像永远也够不到的棉花糖。这样的好天气，让人对厄运毫无提防，接下来，难道不应该又是一个在船尾吃饺子、饮酒、哼小调、打赌的月夜吗？答案恰恰相反。

胡老大召集了一帮猛子，轮番潜底，都未找到。海底好像另有密道，哥哥从那里直接去了极乐世界，招呼也不肯打一个。

弟弟不相信，输氧管在自己手上，无任何异样，怎么会出事呢。弟弟执意要去找。众人见他情绪不稳，怕再有个好歹，只好将其绑了起来。他挣扎，对抗，青筋暴立，几要迸裂，绳索也嵌进了皮肉里，像被下了刀子的牛犊。

正午的阳光白花花地照下来，踏平了一切，海平线、天际线都消弭了，满载望过去，除了绑在桅杆底部的弟弟，似乎再无什么了。弟弟那张被痛苦击打到变形的脸，已经变成祭祀的头颅。

被同情和愤怒同时驱使着，满载开始不断地下潜，一遍又一遍。

在海底,他看见了聚堆成山的螃蟹、盘结如轴的巨型海蛇、幽光忽闪的水母群、十几米长的海鳝王以及一个未被侵蚀的骨灰盒……他看见了八怪七喇,就是看不见四川佬儿的影子。

天黑了。天又亮了。星宿渐隐于黎明血红的霞色之中。

弟弟像是被抽了筋,瘫在甲板上,滴水不进。他哑哑地念叨,一定要见着哥哥的尸体,才肯下船回家。胡老大说,龙王爷召去的,不能私自带回。渔船回港,胡老大找人把弟弟抬到码头上,甩了一笔钱。

四川佬儿里那个活着的弟弟,离开码头以后,睡在了村南的海神庙里。睡醒了就去找胡老大要人。连续几天都是这样。九月开海在即,胡老大嫌晦气,便叫来几个猛子,将弟弟送到镇上,塞进了长途车。具体细节,办事的猛子始终守口如瓶。

一年后的夏天,胡老大继续雇人抢鲍。从近海往远海推进,立秋时节恰好经过去年出事的海域,满载如往常般下潜至海底,忽然,一股海流开始分岔,似乎在为一丛厚厚的紫鲍让路,满载如获至宝,然而,就在紫鲍蔓延的礁缝深处,他发现了一具遗骸。

是那个死去的四川佬儿!满载惊恐至极,几乎在水下喊出声来。

这当口,一个黑影从身旁掠过,裹挟起腐糜,足有两米见长,似纺锤形大鲨,又比鲨多出一只眼,须足壮硕如战轮。满载再也不敢多看,顾不得急速上蹿会让肺部撕裂的说法,他只想拼尽全力爬上船。

上了船,随着一口鲜血喷涌而出,满载一头栽倒在甲板上,人事不省。

胡老大背过身去,做了个不耐烦的手势:大老爷赴龙宫赶考,想浮出水面问路,你怕个什么!

一种杀戮

半岛地区,鲍壳最贵的时候,到了每斤二十多块钱。满载连年卖命,深得胡老大重用,从船员一路上升,后台、机舱,直做到大副,终于攒下钱,把飘摇的草泥房翻成了三间大瓦房。

李寡妇无法摆脱郁疾,身体每况愈下。满载出海,她日夜难安,渐渐地,整个人像心腐的老树,变得空空荡荡,一阵海风就能吹倒。满载四处找大夫,李寡妇说,省了吧,不要花冤枉钱了,攒着娶媳妇。娶了媳妇,有了孙儿,我就好了。

满载结婚的时候已经二十六岁。在胡家林,除了"三傻子"和"李闭眼儿",他的同龄人都已经娶了媳妇生了崽。家底子薄,有一个疯娘,无亲兄弟帮衬,满载娶不上邻村会织网的渔家女,也娶不上豆腐匠或打铁匠的女儿。

满载的女人来自安徽山区。听说半岛渔业发达,万元户多,表姐先嫁了过来,接着是她。漂亮着呢,胡家林数一数二。满载逢人就说。几个渔伙计见不得这份嚣张,哄闹着,将他按倒在地,拳脚相加,雨点般密集。

别踢裤裆,我就要有个老婆了。满载双手紧捂胯间。

婚礼前日,门前起了两个炉灶。一条刚打上来的寨花,足足十六斤,做了两道渔宴,一道酱烧,一道鱼杂炖豆腐,招待帮忙的人。满载永远记得,豆腐匠用手托着结实的海水豆腐,送到灶台上的时候,冒着热气,缭绕而悠长。

婚礼当日最热闹,全村人都不出海了,轮番吃喜宴。炉灶里塞满胳膊一般粗的木柴,熊熊火焰舔着两口大铁锅。胡老大做了主婚人。赞美声四起。这孤儿寡母的,多亏胡老大拉扯,起了瓦房,成家立业。

胡老大德高望重,众人不断敬酒,罗汉一样供奉着。

胡老大酒量深不可测,脸色还是那个脸色,他挥了挥肥厚的手掌,当众表示,今后让满载做船老大,带船出海。此语一出,又掀起几轮敬酒,直喝到后半夜。

新婚不久,满载带船去捕曹白。出了八仙湾,黄海三十海里,不偏不倚,满载断定水底有鱼,东北风一起,必形成鱼汛。

大丈夫一言既出,驷马难追。满载站在天海间,丹田之气上行,顶出了这句古谚。他让船抛了锚,不再兴师动众地往南跑,只等风向突变,下个两三网,当即可以挂旗返航。

谁知老天跟这个大丈夫开了玩笑，连续数天，就是不肯送来东北风，以至于误了整整一个曹白鱼汛。胡老大听说之后，驾着小船来到作业现场，怒问何故，满载百口难辩，跳入海中，从海底捞出成把的曹白骨头——因为没有东风，曹白被闷死在了海底。从此之后，满载名声大振。

四海为家，说的就是打鱼的。那年满载带船到了渤海湾，船靠秦皇岛，进港时舵手一疏忽，没有松舵，船尾剐蹭了别人家的船尾。那条船上的伙计隔船破口大骂，全是脏话。满载紧着赔礼，谁知那家伙好脸不吃，越骂越凶。满载的暴脾气上来了，越过船梆子，伸出手去，一把将其逮在半空。另一只手就要扇下来的时候，满载把自己叫停了。他说，我不打你，叫船老大来说理。

船老大来了，也是一副凶煞样子。满载问，渔民出海两条船磕磕碰碰是不是经常的事？船老大点头，目光仍凶。做人先低三分，我已经向那嘴不饶人的家伙道了歉，他怎么还骂别人祖宗？船老大不再吱声，转过身，一顿吼骂。满载做人不卑不亢，故事就这样传回了渔村。

最悬的一次，在外海。连日风平浪静，海里没货，满载不甘心回返，打算天亮后继续往西寻找渔场。西面常有不明海流，会形成黑洞一般的漩涡，这多半是海底状况恶劣所致。据说再粗壮的树干一旦被卷入，浮出水面时必是遍体鳞伤，仿佛长了硬硬的鬃毛。

海流狂暴且有骤雨助威时，最是危机四伏，无论大船小船,稍不留意都会被卷走。巨型石斑被吸入涡流的事也发生过,那种徒然挣扎又无望脱身时发出的叫声,非笔墨所能形容。

海流随潮涨潮落或急或缓。通常每六小时起伏一次。按照以往的经验,满载会在平潮期驶过海流多发地,在第二次平潮到来的时候,再带着整船的鱼虾一起返航。

若是没遇上一阵能把船送去又送回来的平稳侧风——在返航之前不会停刮的侧风,满载怎敢妄动。他对于风向的预测很少出错,几年里因为没风而被迫抛锚过夜的事只发生过两次。

海上一丝风也没有的情况总是十分少见,却让满载碰上了。凌晨等风,满载睡不着,他站在甲板上,天海沉湎于黑蓝之中,忽然,空中一团云,眼见着伸展开来,状如彩虹,却是白的。满载觉得诡异,大叫不好,喊醒众人,立马起锚,寻找最近的避风港。渔伙计们不解,看这海面,一个时辰不会有啥风浪。满载说,只怕来不及了。

话落不过十分钟,大海忽然晃动起来,层层浊浪由远及近,滚滚沸腾,一股恶风盘踞其上,鬼哭狼嚎就要送到耳边了。满载命船掉转,用船头斜对着风来的方向。这时天已放亮,不远处的一条船,稍晚了一步,转向的时候侧面迎风,被吹翻了。另外一条船,想收帆已经来不及,只能砍断了两根桅杆,船停下后不住地颠簸,整个船身几乎被巨浪覆盖。还有一条,顺风顺水地跑,结果让浪掀起屁股,螺旋桨打空车,再过来一排浪就完了。

满载和伙计们吓蒙了,自保都是未知,谈何救人。十米高的海浪直掀船舱。一开始他们还拿起水桶、锅盆往外舀水,后来就放弃了,暴雨纷披,天已经漏了,做什么都于事无补了。

一船人就那么眼睛努着,头发竖着,撕心裂肺地吼着。漩涡就像陷阱一般,船一旦掉进引力圈,便会不可避免地被吸入深渊,卷到海底,在乱礁丛中撞得粉碎。

说来也怪,真的到了漩涡边缘,满载反倒比之前平静了许多。心一横,听天由命,丧魂失魄的恐惧消除了一大半,取而代之的,是对末日景象的敬畏和赞美。他甚至为即将见到李老大而高兴起来……

幸运还是降临了。暗流纵横交错,船漂进了其中的一条,借助惯性,往西漂了一个时辰,又往北漂了两个时辰,才顺流漂到了背风面,侥幸地抛下锚。

锚下了,船绝不能停。锚的拉力与风的野力较劲,彼此撕扯,一种可能是走锚,还有一种可能就是直接把船撕碎,五马分尸一样。唯有顺着海流的性子捋,来回遛船,分秒不敢有差池。

两天过去,恶浪才退,满载带着六个人,从坟墓里爬了出来——他们原本黑亮的头发,已经全白了。

20世纪90年代以后,不再有人收鲍壳,鲍肉却值钱起来，海参也被炒上了天，海货行市日涨，城里酒楼生猛，贩子紧紧地盯上了渔村。

胡老大率先换了铁壳大船，又迅速增加到三条。渔网也换了，网目极小，入水后越沉越深，成一条直线，随船移动，扫荡所经海域，两三厘米长的鱼孙都逃不掉。

满载开始做噩梦。他梦见了那把精致折刀，胡老大正使出柳叶刀法，让一条阔口腹部大开，鱼子瞬间散落，携带着团团热气。猛然间，阔口变成了满载女人，捂着肚子在地上打滚儿……满载吓醒了，虚汗透湿，他觉得憋气，肺部几乎要炸，好像回到了下潜遇险急速逃命之时。

女人生了双胞胎。一对幼子与落岸的鱼孙重叠成同一种影像，满载恻隐汹涌，他预感到，胡老大的做法会让大海越来越穷，甚至空空荡荡。

这样下去，龙王知道了，要怒。满载跟胡老大说。

话刚出口，就被胡老大打断了——不是你的，就是别人的！海货值钱了，你倒在这里装菩萨。你那俩崽子，还有你老婆和疯娘，都去喝风不成！

胡老大的话，句句点中要害，有那么一瞬间，满载蒙住了。是呀，一大家子要吃饭呢，双胞胎以后还要上学，娘得治病……捕鱼又不是杀人放火，哪来这么多禁忌。

就这么纠结着过了半年。半年里，满载的背部时时作痛，似有阴风穿过，堵也堵不住。半年里，大黄鱼、马鲛鱼、青占鱼、鳓鱼、鲳鱼，先后成汛经过，几网下去，密而无漏。大鱼被挑拣出来，鱼孙们太小，只能被当作垃圾倾倒在码头上，成山成岭的，隔日便腥臭熏天。

更多的渔船换了新网，只一个春汛一个秋汛的工夫，近海的鱼就被捞没了。再要有货，只能往远海去。胡老大亲自带船——一对拖网渔船，网张开了，足有百十米长宽。两船各擎一方，减速并排前行，合力发起围攻，像巨怪在水下打开了手臂。

收网时，发动机带动辊子迅速旋转，将网绳一圈圈缠了起来，随着渔网浮出水面，胡老大一脸腾腾杀气。又是结实而壮观的一网啊！加之网目细密，鲅鱼、刀鱼、寨花，大的小的皆无生路。

满载病了。出海十几年，第一次吐出了苦胆。恍惚中，他看见，两条拖网船，各自分工明确，一条装凶器，一条装死者。

有了探鱼器以后，胡老大更加得意忘形，追着鱼打捞，一直追到产卵的地方。青庄凶猛，却知道不吃洄游产卵的鱼，人是怎么了？连鸟都不如。满载跟胡老大说，举头三尺有神明，我有罪。

真正让满载离开胡老大的，是炸鱼。这种捕捞方式太血腥了。土炸弹丢下去，一声巨响，水花飞溅两米高，冲击波震碎了鱼的内脏，鱼群瞬间翻肚，方圆数十米的海面上，白花花的。

船,匕首般划过水面,鱼被捞走。而在稠黑的海底,还有无数的惊惧与绝望,那是些沉默的大鱼、怀孕的雌鱼,它们谨慎、警觉,平常很少靠近水面,甚至不靠近明亮——直到土炸弹送来了绝杀令。

满载的噩梦更深了。垂死的鱼,在黑暗中流血、抽搐,最后又无一例外地变成了婴儿。偶有一条倔强不甘、背脊上长着半圆的黑斑,忽然首尾支撑,像拱桥那样弯起身子,竖起无望的前鳍,但也用不了多久,它回到死刑中,变成了一个男婴。

白日里,满载吃饭没了胃口,干活儿不再强壮,脸色青黑,大把大把地掉头发。这些事很快传到了胡老大那里。莫不是随了他的疯娘,胡老大冷冷地说。边说边用那把精致的折刀划开了一条活鱼脊背。依然是漂亮的柳叶刀法。他始终保持着吃活鲜的习惯。只是蘸料变了,酱油换成日本的,且调了辣根。

人们齐齐地倒向胡老大。好日子就要来了,生财嘛,图个见钱快,有何不妥?给鱼留生路,就等于把钱让潮水卷走,才吃上几天饱饭哪?烧包。胡老大说得没错,这家伙,一准疯了。

杀戮也是一种劳动,并由此赢得日常的奖励。利益面前,杀伐在握,杀心蔓延,人们变得狠渣渣、恶吼吼。等到明令禁止绝户网和炸鱼行径,已经是几年以后的事情了。

满载曾经一个人下潜到炸鱼水段。在浪也不能推动的寂静深处，在无人知晓的幽秘里，鱼的死亡是一个公共事件。那些被炸掉的厚厚鳞片，它们一生都在呵护的银亮，已经被血浸红。

满载和胡老大发生了激烈争吵。或者说，是满载一个人在吵。全村人看见他们的剪影立在船头。胡老大纹丝不动。满载则像一个提线木偶，起起落落。

一片金云过来，他挥动的双臂就有了刀光剑影。

一片铁云过来，他似一匹奔腾的烈马忽遇断崖，跌落下去。

一个疯子

与胡老大闹翻之后,满载去找做船的凿头。忙不过来,凿头说,大船都要等到明年才能交工,哪有工夫去打小船。

满载只好买回一条二手的。船似弯弯眉月,中间大,首尾上翘,四五米长,俗称小舢板。他在滩涂上修修补补,锤锤打打,后一声追赶着前一声,一声比一声遥远,涨潮的时候,又一声声地传回来。刷了几遍桐油之后,贴上对子,升起小红旗,照样英英武武的。

神秘的夜里,小舢板把满载带到了深蓝深处。风从陆地上吹来的时候,他便什么也捕不到,最多捞几条针良、几只虾蛄,因为那是一种邪恶的长着黑翅膀的风,就连巨浪也跳起来欢迎它。当风从海平线吹来,朝着岸的方向,鱼儿们便从深海里浮上来,游到了满载的网里。

麦子拔节时,鱼鸣传来,像风中的歌唱,又像窃窃私语,咕咕咕,咕咕咕,绵延数里长,都是这样的声音。满载坐在船头,闭着眼,听啊听,始终不肯下网。

只等端午过后，麦子收完，颗粒归仓，黄花、黄姑的产卵期都过了，开始吃饵了，满载才撒网打鱼，高兴得天天合不拢嘴。

会歌唱的黄花鱼，通体明黄。会歌唱的黄姑鱼，黄泛红铜。白天里，它们窝在海沟泥沙里，黄昏时，往海面上升。

下了船，收了网，满载每天都要喝地瓜烧。他从不出钱买，而是拿鲜鱼去烧酒师傅家换酒。他也用这种方法去铁匠家换锅，去豆腐匠家换五香豆干，去剃头匠家换个理发刮脸。胡家林的匠人都相信，满载打上来的鱼，味道最纯正，离水两日还能活。

通常是这样，几条当流的鱼，被绑成了一张张弓的样子，满载拎在手上，往匠人家去。若仔细看，草绳子是从鱼鼻穿进去的，另一端固定在鱼肛之下。此番重绑，头尾相离的张力让鱼鳃大开，相当于强制加氧。

人们学了满载的捆绑术，以为鱼可以不死，其实，他们忽视了关键的几招。穿过鼻孔之后，满载会把鱼放到水里净污两三个小时，再绑肛下，绑完入水过一过，才算完成。满载一向弓右不弓左，鱼的内脏在左边，往右弓的鱼比往左弓的鱼，活的时间稍长一些。

上等鲜鱼当然换了刚出锅的头酒，其醇香绵长，满载仰头一口，吱溜几声，满足感无以言表。头酒纯朴，厚道，也暴烈。有几次，许是换来的酒太香了，又或是满载的鱼新鲜动人,多换了一些酒,他忍不住欢快,回家的路上,边走边喝,碰到没有出海的人,停下来,吹嘘一番和鱼王的交情,半小坛子酒很快见底,终于醉倒在草地里,打起了轻鼾。

女人只痛惜那个坛子,跑去捡回来,边走边骂,她才懒得管满载呢。

又一日,满载捕了一条八斤多重的大黄姑。早上,舢板靠岸,连收货的贩子都惊奇不已,很少见哩。

村里人藏在满载家附近,观察他的动线,看他究竟往哪片海域走,择日也照着样子去,结果空手而回。一次又一次,失望的人们开始相信满载能听懂鱼语,定有鱼王报信,才出手不虚的。

胡家林的每个船老大都梦想着找到鱼王,几百年过去了,这种事情似乎发生过一两次。大多数时候,人们并不希望这种事情真的发生——鱼王报信,只有疯子才能听得懂。

传言在村子里渐起,满载能听懂鱼语,通常在月夜,有人甚至看见过,他坐在船上,双手扶住船舷,水中就有鱼探出头来,嘴一张一合,清脆的声响在水面上行走。满载仰天长笑,那笑声甚至能把月亮击落。

满载从未辩解。得意的脸上似乎隐藏着一个鱼王报信的事实。人们真的信了,点点头,又摇摇头,表情五味杂陈：总归家里有个疯娘，再疯一个，不奇怪。

那年中秋之前，月亮的银光一夜比一夜更多地洒向人间。满载从船上跳下来，在银白的村子里疾走，脚下用力，嗒嗒作响，惊动了整个村子，人们刚躺下又披了衣裳坐起来。

满载敲开各家各户的门，借着白月光，把鱼王对他说的话又说了一遍，明天不要到远海撒网了。

第二天恰逢大鱼汛，捕鱼换回来的钱足够半年的用度。人们半信半疑，随后笑出了声：这个满载，上不了大铁船，出不了远海，捕不到更多的鱼，挣不下大钱，才出来编造瞎话，不要理睬他。更何况，疯子嘛，会把戏班子里当家花旦的咿呀之声听成一种噪音，把噪音当成一段二胡旋律，把二胡旋律变作十四级西北风……

村主任是谨慎的。他当过兵。听了满载的话，忽然有了同样的预感，一夜没睡着，早晨起来就让所有的渔船取消了当天航程。胡老大执意要出海，并嘲讽堂堂一个村主任竟也相信疯子的话。村主任拍了桌子，找来联防队，这才将其按下。

晚上果然起了大风。瓦片在空中翻滚着飞走了。老楸被拦腰折断。人们长吁一口气，多亏没出海，不然全村的男人都可能葬身海底。

忽然，人们想起了什么似的，齐齐地挤进了满载家。满载正裹着两床棉被浑身打摆子，一病不起。从中秋到来年立春，都是噩梦不断的样子。一旦惊醒，虚汗如注，似乎有什么东西正在把满载身体里的盐分和水分一起抽干。

大夫来过，仍说是郁症。人们相互对了对眼神，果然和他娘一个病。也有人说，鱼王报信，得罪了海怪，它们一直势不两立。满载的病是海怪在报复。

满载一病，家里阳气不足，李寡妇彻底撑不住了。开春祭完海，满载渐渐好起来，李寡妇则离开了人世。临走时，她说看见了李老大。当年恶浪吞船，李老大被抓进龙宫，成了侍卫，没受什么苦，甚至还置办了一间房，正等她去。她要从北丘那里入海，嘱咐满载挑一股干净的急流。

当然，事情的最后，李寡妇和李老大的衣冠冢埋在了一起。

胡老大越有钱，关于满载是个疯子的事实越确凿。但很快，满载就不值一提了。胡老大的儿子养海参鲍鱼成了民营企业家，满载，一个烂泥般扶不上墙的穷打鱼的，提他作甚。

民营企业家先是拿钱修了村里的海神庙，又注册了数个商标，贷款搞起海洋牧场，一时间风头无两。这对父子也是贪心过了头，又逢上几个贪心的地方官，乐得出卖资源，收取租金，双方一拍即合。父子承包下近千亩海域，合同签足二十年，雇了看海的，骑着摩托艇来回巡视，谁要是进入了承包海域，动辄扣船罚款，抢夺渔获，若有不服，抓住就打。

自古渔民失海如同农民失地一样，是要饿死人的。眼看着潮间带被胡家父子垄断，人们不干了，派代表上访，却在半路上发生了车祸，一个断腿，两个断肋骨，还有一个脑震荡。

肇事货车现场逃逸，成了无头案。个中猫腻任谁都是心知肚明。几个壮汉按不住自己的暴脾气，密约商讨了数晚，决定继续上访。

结果他们的女人不干了，死活不让去，鸡蛋碰石头嘛，去了也白搭。她们似乎明白一种道理，这道理若换成书面语，大约是：在凝滞了几千年的传统乡土社会里，权力与道义跟弱者没有多少干系。

胡家当令放出口风，千亩海域不拿，就会被东北和南方的老板捂住，到那时候，家门口的海可就成了外人的。胡家贷款拿海，也担了风险的，为的就是给大家一个二次承包的机会……软硬兼施之下，人们只好认了。

至于养殖滥用抗生素和激素，也是胡家父子挑的头。起初，人们还有所顾忌，尤其那些老渔把式，个个怒气难消：作孽呀，违背自然规律，要遭天谴的。可没过几天，人们就发现不用不行啊，你不这样做，让别人做了去，钱就不再找你。

胡家林的人变坏了。变得冷漠、癫狂、狡猾。几年下来，过去跟着满载出海的伙计，也都赚了大钱。他们请满载喝酒，或许出于同情——无所不能的天才船老大，怎说疯就疯了呢。

高粱酒是刚酿出来的,香得让人眩晕,满载却忍住没喝,只说了一句话:渔不能太满,要留分寸,就像凡事不可太贪心一样。

哪里会有人愿意听,他们只是当疯子的疯话。看来没救了。他们在心里惋惜。

图个眼不见为净,满载逃也似的跑了。去城里工地做杂工,到运输市场搬货,挣苦力钱,供双胞胎读书。女人早就和满载过不下去了,眼瞅着左邻右舍盖起楼房,当初跟她一起从安徽山区嫁过来的姐妹都过上了好日子,唯独自家男人跟钱过不去。每一次,发财的机会来了,这个男人都刻意躲开,过后还要穷讲究,说什么不赚驴蛋的黑心钱。

满载任女人吵骂,他闷头喝酒,从不还口。后来酒也喝不成了,女人会上前掀翻桌子。不过,那桌子上本也没什么值钱物件,只有破酒盅和破碟子,破碟子里装了几块咸鱼,或者半碟花生米。

有时候,满载看着女人,心神陡然疲惫不堪。这么多年她也确实够苦的。十八岁嫁到胡家林,带着满脸的红晕,但现在,一下子就老了,面色和头发同样灰暗。满载起身再次出门,女人的骂声追出来好远。

自从胡家林人变坏以后,满载回来的次数越来越少,少到一年两次——清明回来待两天,春节也顶多待五天。

一进村,不往家的方向走,他先去北丘,李老大和李寡妇的衣冠冢,都在那里。他不回来,就没人拔荒草,添新土,烧纸钱。等这些都做完了,他想坐一坐,念念往事,却再也找不到童年的那块礁石,他曾经躺在上面听鸟鸣,并等待青庄到来。

双胞胎已经读到了高中。成绩优秀,性格却冷。他们不会打鱼,渔具和鱼种皆不认识,更何谈"早上空打空,晚上驮不动"之类的捕捞规律。祖父辈从未停止过对大海的解读,到了他们这一代,唯一的愿望就是逃离渔村,永不回头。他们的同学也大多如此。

这一点,满载早就料到了。从小到大,双胞胎从未参与过任何一种与海有关的劳作,偶尔帮满载女人晒晒海货和紫菜,也是因为功课考砸了要接受惩罚。为何要去学穷打鱼的?这是满载女人时常挂在嘴边的话,她坚信儿子们以后会住高楼,生活在大城市,并且把她也接走。

从上小学开始,双胞胎就恨透了渔村。随着年龄增长,背离情绪日重。码头是他们最不喜欢的地方,叫卖声、装卸声、砍价声混杂在一起,掀起的鱼腥气随风传送,从来不会消散。

码头还让他们早早地心生不安。似乎每一家都有一个未归人。有的是丈夫出了海,有的是儿子出了海,有的是父亲出了海,有的是兄长出了海。在那些悲欣交集的日子里,打鱼的人不停地离开码头,又不断地回到码头,中间的迂回，或许就是一生——双胞胎绝不要这样的一生。

双胞胎也一并厌恶这个家。院门外就是海，到了雨天，海蟑螂会自己爬到家里来。院子里面，还有逃散的弹涂鱼四处乱蹦，那是满载带回来的。水渍无处不在。海雾到来的季节，衣服洗了几天不干，被褥都是湿乎乎的，睡到下半夜，双胞胎梦见自己变成了绿毛龟。

夏秋季，太阳直射下来，没有一丝风，也找不到一片阴影。在双胞胎的成长认知中，渔村是暴露的，没有暗部——而亮部，又那么贫穷难堪，参差不齐。

对于满载这个父亲，双胞胎也很少有话讲。既然说不到一块儿去，索性就不必开口了。父子之间的温情画面只限于双胞胎上小学之前，那时候，满载还是十里八乡有名的捕鱼能手，双胞胎走到哪里都会被人夸，瞧瞧，满载的种，多精神，多英武，一看就是天生的船老大。

那个时候，浸渍他们成长的，还有没完没了的海故事。寒冬腊月，天早早地黑下来，不出海的满载在炉火上烤着鱼干，给双胞胎讲海怪掀浪。炉火很旺，油脂渗出，鱼干吱吱作响，几分钟后变得明透金黄、鲜香醉人。双胞胎忽然变成了小怪兽，吃得好不贪婪。

鱼干为何这么甜？他们问。是太阳和海风的味道。也有星星和月亮。满载拨弄着炉火，脸膛被映得通红。

满载女人总是在一旁忙着什么。表情安详，眼波流转。

满载也曾在炉火旁给双胞胎刻过玩具。取了两块剖面较大的樟木和松木，樟木刻青庄鸟，松木刻黄花鱼，栩栩如生，又笨拙粗朴，双胞胎睡觉也要放在枕边，醒了就用它们做游戏。

喜欢鱼和鸟的人，都有一颗自由的心。满载当时这样想。

初秋，燠热愈演愈烈，渔村里一丝风也没有。台风来临之前，云象绮丽而诡异。连续好几天，天空碧蓝，远处山树皆清晰可见，白云像羽毛也像马尾，看上去更曼妙、敞亮、高远、灵动。傍晚，玫瑰色的卷层云弥漫开来，夕阳描金，整片天空都被染红了。

村里两个最老的渔把式，费力地扬起脖子，看了看天空。一个忧虑地说，卷云出现在西南偏北，台风跑得飞快喽。另一个忧虑地说，明天后半夜就能到跟前哪。

没有谁愿意相信。人们分明连续好几天看见了双彩虹。这么美的天象，台风一定改变了路径，正在离胡家林越来越远。

最后，台风是从胡家林外海偏西向登陆的，两天两夜呀，天兵天将串通了海龙王老爷又叫来数头发狂的天狮，露出凶残的面目，朝着万物相反的方向，用风刃剖解了骨骼和根须，铿铿锵锵好一顿砍杀。胡家林几乎被撕碎。巨浪冲垮了养殖池，鲍和参全部被卷走。渔排在风浪里垮塌，网箱随之脱落，鱼苗死的死，逃的逃。剩下的鲈鱼、黑头和鲳,鱼鳞损伤,复发感染,仍是没有活处。

胡家父子元气大伤。二次承包的养殖户,平均每家亏损百万元以上。孙二的老婆哇哇地哭,海参已经养了两年,正准备中秋节上市卖个好价钱,订金都收了,现在全完了。如果没有这笔钱给儿子在城里买房交首付,女朋友说吹就吹。李三的老婆更刚烈,她恨透了胡老大,上门去骂,被抬了出来。

人们开始怀念赶小海的日子。近海捕捞,浅滩拾贝,当年的潮间带就像自家的"小银行"和"活存款",只一个潮水,就有了三顿饭。现在呢,近海围起的养殖池子,在海潮退去以后,堪比一块块补丁,将岸基、滩涂、浅海直至整个潮间带切割得七零八落。人们猛然想起了毛虾,生态破坏以后,它再没来过……

那两个最老的渔把式,好比被台风连根拔起的老树,台风刚过就没了。后辈都在忙着灾后重建,没有精力操办体面的丧事,出殡时的唢呐匠也省了。临死时,两个渔把式说了大同小异的话,却没人要听。

他们说,从前的胡家林哪,村前就是滩,沙细得像苞米面。一条淡水河打这里入海,退大潮的时候,海水就到了三百米以外,整个滩涂规规整整的,左右哪个村子都羡慕。

一条破船

现在，胡家林已经变成高档社区，丽园听海。

按照地产商炮制的百米亲海生活，一栋栋房子几乎盖到了海里。业主有城市新贵也有渔家后代。城市新贵不知胡家林为何物，大多数渔家后代也说不出个所以然。

滩涂保留了一小部分。码头被水泥浇筑得非常后现代，木栈道架设其上，用以观光和垂钓。潮低水浅之时，游客们欢乐着也嘈杂着，举起手机，像瞄准那些超级明星一样，瞄准了花蛤和屎蟹。

再也没人打鱼。事实上也无鱼可打了。

满载已经老掉了牙，七八十岁，八九十岁，不知道。在游客的公开日志里，他被描述成严肃而不苟言笑的人，黝黑且精瘦，是一副格格不入的旧时模样。没有人知道他真正经历过什么。时间显示出不动声色的力量，流沙如软金覆盖了所有的秘密。

双胞胎读完大学，一个留在了广东，一个辗转去了北美,总之一个比一个走得远。满载女人已经离开人世。生命中的最后几年,她一直在广东含饴弄孙,过上了大都市的生活,也算心愿已了。双胞胎不同意满载独居,一再要求他到广东去,在身边有个照应,却被满载拒绝了。

守在这里,过年过节,你们回来的时候有个"家"在。再说了,我爹我爷爷的坟都在这里,我也要埋这里——不出所料,满载越老越固执。

可是,双胞胎很忙,好不容易回来一次,不是云办公就是被饭局档期瓜分了,满载反而内疚起来。忙就不必回。满载说。双胞胎好像松了一口气,开始减少回来的次数,只寄钱。满载却没有花钱的地方。

渔村拆迁,满载分到两套房。既然双胞胎回来得越来越少,干脆卖了一套大的,房款让他们平分去,满载住小套。某次吃完混汤面,筷子碰了空碗,响起一阵清冷的回声。唉,这房子还是过于大了,他想。

满载每天去海边撒网。随后空手而回。常常是这样,他从蹲坐良久的码头上站起身来,潮落得可以了,他不想再等,抓起旋网,无力地抛撒而出——收网的时候,只有巨大的深蓝挂在网上,是水滴,而不是鱼。

他在阳光下长久地望着海平线,感觉大势已去。

满载开始计划自己的死法。死于大海,他相信还会有来世。但绝不是这片化了妆的海,要去更远更野的海。若能驾着舢板,随风浪漂泊,逐渐解体;或者在某个瞬间凭借风浪与礁石的夹击而粉碎,转眼沉入海底——这些都可以让满载拥有从生到死一直属于大海的荣耀感。

遗憾的是,舢板和他一样老了。正午时分,靠近船身,能听见喑哑低闷的断裂声从深处传来。它倒扣在岸滩一隅,风化了许久。尽管每一块木头都有灵性,是雷电和风暴的一部分,人们仍然会说,看那破船,像被狼吃剩的牛或马的骨架,也像被人和猫吃过的鱼骨架。

在可以拆卸变卖的时候,驾驶舱、发动机和螺旋桨还能卖个好价钱,满载没有去做。他知道,舢板不怕死,但它一定不想这样死:头颅被拆分下来,卖给流动的小贩,改造成简易住房;躯体卖给家具商,经过打磨上漆,以老船木的噱头炒卖;心脏和大脑卖给了收废铁的,与废弃易拉罐混为一谈……舢板的这些器官,在从前,是劈风斩浪的驾驶舱、发动机和螺旋桨啊。

舢板也需要拥有从生到死一直属于大海的荣耀感。

满载找来斧头、锯、凿子和七长八短的碎木板,在岸滩上动手修补,一寸是一寸,一厘是一厘,想快也快不起来。

天放亮,他从脚梁那里修。天擦黑,好像还在脚梁那里。

为了加快进度,他干脆把午饭也带到岸滩上,吃完了继续修。再后来,他可以一整天不吃不喝。月亮升起来了,他将自己与舢板的剪影挂在墨蓝色的帷幕上。

偶有游客不解地问：这破船，还能修？

满载不答。游客们从此认定他又哑又聋。

胡家林，不，丽园听海，商业空间鳞次栉比，幌子最多的，要数咖啡馆、渔家宴和民宿。住微澜民宿的女博士，正在这片海域进行田野调查，她记得那个修船的老渔夫，黑瘦干瘪，身体里的水分似乎都在海风和时间里蒸发了。

窄窄的岸滩上，老渔夫守着一条破船，敲敲打打，足有大半年。草帽几乎遮住了他的整张脸，他从未与谁说过话，这越发引起了女博士的好奇。她仔细观察过，老渔夫甚至可以一整天不吃不喝，只埋头于那条看起来完全没有可能修好的破船。

老人家祖辈上都是打鱼的吧？老人家，这片海一定很有故事。老人家，我这里有面包和水。老人家，你的手在流血。老人家，都说现在海里没有鱼了，是真的吗？老人家做过木匠？老人家，听说这里以前有个渔村叫胡家林，能告诉我点什么吗？

满载没有应答。

女博士研究海洋生物。"人类生产活动与海洋生态破坏""近三十年八仙湾濒危物种""围垦滥捕的惩罚"，起初她拟定了这样几个方向。为了论证工程建设和围海造田对生态的破坏，在导师的帮助下，她先后从十几个采样站点获取了观测数据。一些新发现让她意识到,潮间带作为典型的海陆过渡带,栖居着近海贝类、鱼类甚至濒危野生物种,它们在此繁殖,幼苗脆弱而敏感,长大后消失于深海,成熟期再洄游到出生地产卵,循环往复。围垦滥捕伤害的不仅是鱼卵仔鱼,还有人类的未来。

女博士禀告导师,之前的拟题太空洞,是大而化之的套路,她想推翻重来,或者就叫"潮间带:大海的子宫与人类的摇篮"。导师笑了,这个选题过于文艺,不像海洋生物领域的论文,倒更接近三流散文诗。女博士拿出详尽的提纲,导师紧眉凝目,没有提出更多异议——论证下去吧,即便不能出现在顶尖科学杂志上,也可做科普读物的头条,引起地方政府和民众的关注。

女博士继续跟船出海,吐出了苦胆,却看不见鱼。甚至,找到合适的渔船也很有难度。渔村转型以后,大马力的钢铁大船往深海远洋作业去了。三四十马力的渔船,不大不小,很尴尬,渔民只能尽快拆了卖钱。剩下的舢板,因体形小,吃水浅,行动灵活,大多被富人包租用于近海垂钓。

导师通过关系找到一个上了年纪的船老大,对方愿意在垂钓淡季帮忙。有一次,船老大把上船地点约在"胡家林"码头,女博士用手机搜索定位,地图里显示的正是"丽海听园"。她并没有大惊小怪,渔村拆迁以后,海岸上会生长出一个或几个高档社区,连带着一些无厘头的高级名字。

胡家林消失于十六年前。时间应该不算久。关于渔村的人文脉络，女博士却捋不透彻。业主们所知的一二，是断裂的、混沌的。

女博士曾经跟微澜民宿的老板娘打听过胡家林历史。老一辈都已经不在了，也就没有人说古了——老板娘对过去兴趣索然。她曾在外面读书多年，大学毕业后没想过要回来，直到渔村拆迁，家里一下子拆出来好几套房子，才重返出生地，开起了民宿。

大城市有挤压感，职场失意，人情冷漠，这凭海临风的日子，多爽。

是呀，社区文明有序，保安忠于职守，绿植富有层次感……唯独那个老渔夫，与周围格格不入。女博士附和。

一个疯老头而已。说完这句，老板娘兀自招呼房客去了。

半年后，女博士田野调查结束，汇集了如下信息和数据：胡家林、刘家海屋、王家海屋、戴家庄子、顾家崖头等渔村已经全部消失。相邻的十个渔村正在等待拆迁，渔民不再打鱼，渔船所剩无几。

再往西，尧头和砚台前，也都没有渔民出海了。

往东去，西麓、巉山、女岛村、黄埠村、潘龙庄、于家沟、南选、丰城、宅树子——渔村曾经的名字，无不脱尘拔俗，背后深藏故事，又不过是海风里脱口而出的一声招呼,一个应答,就像"渔路淡如烟,烟中有人住"那样自然而然。可是,这些咸咸的名字,这些几代人不敢丢下的名字,或凭祖辈结合周边地理寓意而诞生,或因了某个传说而纪念,或承载着渔村的演化——如今皆已遁入盲区,永远不再与潮汐相关。

无尽的海在缩小。环境污染、海面升降、地壳运动、河流淤积、人为填海等因素,使八仙湾每年大约缩小三平方公里。《八仙志》记载,1927 年八仙湾的总水域面积为五百六十平方公里。国家海洋部门提供的资料显示,2019 年,八仙湾的总水域面积仅有三百三十五平方公里。自然变异和人为开发是造成海洋不断缩小的主要原因,其中,围填无度势必导致海水自净能力降低、地形改变、生态环境恶化。

当鱼群栖息的潮间带不再被信赖,史诗般的洄游,也将随之消失。20 世纪 80 年代以来,八仙湾鱼类种类从一百一十三种降至五十八种,减少了一半……

渔村消失得太快了,快得让人心慌。女博士感到自己的目光没有了抚摸的去处。她站在人文关怀的语境里,思索起海洋的未来,尽管这些早已超出了她的学科领域。

几乎与女博士结束田野调查的时间平行,满载认为自己已经修好了舢板。他开始等好风,等大潮。他似乎很着急,耐心全无。

等待的过程中，满载经常看见一个孩子来岸滩上撒野，筋斗翻得麻利，却不会捉螃蟹，不会挖蛏子。孩子似乎格外迷恋那片月牙状的卵石滩，流连其中，做着重复的游戏——挑拣出最奇异的卵石，装进口袋，带回家。

潮水退去的早晨，每一颗卵石都呈现出新艳的颜色和纹路。锈红、雀蓝、杏黄、云灰、石绿、胭粉、月白。它们不仅被海水淘洗过，还被月光淘洗过。

四周没有人，除了满载。孩子每捡起一块卵石，嘴里都要念念有词。锈红的，他说奥特曼的酷炫披风。雀蓝的，他说一条鱼飞到天上，碰到了一只鸟。杏黄的，他说皮卡丘的 T 恤。石绿的，他说迪士尼乐园探险岛。胭粉的，他说 Hello Kitty……

孩子所说的，满载好像全都听不懂。除了那句，一条鱼飞到天上，碰到了一只鸟。

把卵石带回家，奇异的花纹就消失了，一日比一日模糊。孩子为此深深沮丧。他不知道卵石一旦被带离大海，就会灵性潜隐，混沌如路边荒野的随便哪一块石头。他不知道，有些东西是无法带走的。当然，他这个年龄是不可能知道的。

孩子在码头上放过风筝之后，满载就断定他是渔家后代了。一只蹩脚的乌贼风筝，在孩子手中变得知风向，明深浅，豁然开朗。九岁，满载再次断定——跟自己当年在滩涂上讨生活时，一样大。

有几次，孩子啸叫着从满载身边跑过，视若无睹。满载有点生气，低喝了一声，崽子，叫什么名儿？

孩子没听见。不过，满载分明发现，孩子那奔跑着的身体停顿了一下，继而冲他做出躲闪的动作，嘴里嘟囔着：这里什么时候多出一块黑石头？

用了两天，满载才把孩子的话琢磨明白。满载很喜欢变成一块石头。只是与变成石头相比，变成一条鱼、一个浪头，或许更为上乘。这么想着，满载脸上的深皱就欢乐地游动起来，里面镶满了沙砾。

终于到了农历六月十八，天文大潮，大浪一个接一个，拍上码头，没过滩涂，甚至淹了行道树。头天晚上，孩子曾被父母再三叮嘱，明天不能去海边，会被大浪卷走。然而，正如你所猜测的那样，这句话起了反作用，孩子愈发控制不住想要去撒野。他甚至比平时起得更早，踮着脚穿过客厅，右手缓缓地摸在门把手上，轻轻旋转，齿轮带动着机关，就像两块熟铜在摩擦。

孩子以豹猫的速度冲出家门，穿过马路，立刻被眼前的一幕惊呆了——海面上浊浪翻涌，好像站起了一座座小山。海早已变成了坏脾气的海。孩子甚至听到了一种奇怪的声音，闷闷的，沉沉的，像动画片里的困兽在吼。

卵石早已被拍打得不知去向。让他惊喜的是，贝壳仿佛来自宇宙的第二空间，铺天盖地，闪闪发光，一眼望不到尽头。孩子如入梦境，匍匐在贝壳之间寻宝，海平线倾斜起来。当他举起一只巨大的海螺,准备瞄准天空的时候,他看见,满载借大浪,划着破船,出了海。

后来,这个孩子说,早晨的雾很大,满载很快就不见了。孩子曾下意识地喊了几声,回来!你要去哪里?

雾气积重,水沫飞溅,须臾之间,孩子好像看见满载转过头,冲自己笑了笑。

《芒种》2020年第8期首发,《小说月报》2020年第10期转载。入选《小说月报2020年精品集》。

贺中祥 题字

1. 不是尾声

冬天把人间剧场镇得哑口无言。枯枝，冷街，瘦云，万物清简，只有大风是满格的。在海边，大风夹杂着暗器或铁物，带来杀意深冷。还好，还好，下一个寒流到达之前，有那么三两日，风会停下，气温回升几度，过了正午，暖意渐显。

"多晒晒后背，通督脉的阳气，补命门火，散风寒。"

是日师父高兴，先讲了冬阳之补，又逐一叫出白术、鬼卿和山柰的名字，叫得三个壮年人也跟着高兴，不像前几日，师父记不得名、认不得人，可把他们沮丧坏了。

冬阳补而不燥，艾条温熏一般，不多时，背上开始酥麻，板结的腰肩也松软开来。随着身体坚冰的融化，气血寸寸充盈，正是触发积滞点的好时候，拍一拍，打一打，散寒化瘀，扶正祛邪。

师父身体微倾，白术上前拍打其后背，许是下手谨慎，欠了力道，师父不满，闭着眼嗔怪，用力些，再用力些。鬼卿和山柰,笑在一旁,怕师父经不起你的飘雪穿云掌不成?

既然师父高兴,何不再凑凑兴致?鬼卿做懵懂状,师父,为什么晒了这么久不觉刺眼,反倒神清目明啊?师父答,太阳之力补足了睛明穴的阳气。山柰做懵懂状,师父,为什么晒过之后晚上睡觉双脚不冷啊?师父答,太阳之力补足了膀胱经的能量。

三人更加高兴起来。

白术发长齐肩。鬼卿胡子连腮。山柰两鬓铲青。三人皆行头不俗,场面也自成。再看他们的师父,一身皂色,发如白雪,眼含精光,面上褶皱徐缓,坐在轮椅上,一把拐杖抚于身前,细看是一支九节长箫。

明眼人或许会懂,这箫是紫竹的,取四年半老节,细密紧实。师父以前说过,三年以下的太嫩,过了五年已逐渐衰老,无法打磨出理想的内径。至于九节为贵,是因为一定长度之内,节越多,竹越是接近根部。接近根部的竹,密度大,两端管径差也大,利于共鸣。

跟随得久了,三人已摸透师父的喜好脾性。师父慕竹,却不喜竹笛,嫌它太闹、太急。相比之下,箫的愁绪恰到好处。师父腰椎不好,连带着左腿乏力,医生让拄拐,师父就弄来一把与拐杖比长的箫,自我揶揄,吹拐人。

吹也只吹一曲《鹧鸪飞》。师父说了,多吹露怯,惹行家笑话。其实,民乐团的首席听过师父的箫声,赞其弱音处口锋精细，高昂处铁马秋风，舒美与遒厉，都有了。师父不信。对于好听的话，师父一向持几分犹疑。旁人的善意可以领，自己的样子，自己最知道。

又一日。仍是正午。海面上升起某种银亮。山柰帮师父捶肩，还想继续让师父高兴。师父说过，风平浪止乃正，微起波澜如行，狂风巨浪似草。今天的海，有正书之气啊。

我说过吗？师父眼睛半闭，爱答不理的。

师父还说过，唱念通笔法。京剧的声腔、书法的运笔，都是一回事。用喉阻音似涨墨枯墨，行腔共鸣便是中锋走笔。鬼卿也想让师父高兴。

我说过吗？师父眼睛半闭，不耐烦起来。

师父，我都记得真真儿的，京剧讲程式，书法讲法度，书法的神韵在于元气淋漓而绵绵不绝，京剧的神韵在于……

打住，打住！师父的闷吼惊起几只鸥鸟。鬼卿，少些虚晃吧，人品书品要中正，不潜心，不临池，不酌理，只追名慕利，会很难看。喝上酒，持拖把状毛笔，以桶盛墨，又杀又砍，好不气派，还净收漂亮的女弟子……体统何在啊！

怎敢怎敢……鬼卿连说六个怎敢，脸已涨成绛紫。忤逆书法的事绝不敢做，至于女弟子，我最后娶了她，您证的婚啊，师父。

我怎会给你等不周之人证婚？师父怒着，鬼卿只好退下。白术和山柰在旁示意,消停吧,鬼卿,浪子是回了头,风流债总归没还完,还委屈个甚?

再一日。还是正午的大海边。师父罩了顶藏青色八角帽。立春已过,南风从海上吹往陆地,湿冷反倒重了几分。北风才会吹开云层,南风只带来雾气,阳光像蒙了一层灰。不远处,鸥鸟的鸣叫升了起来,清影儵然。师父忽地开口,鸥将在仲春产卵。

三人惊喜不已,急切地俯下身,凑到近前。再看,师父已经睡着。

总有一年了,师父的脾气越来越坏,怒起来如火车头,直喷浓烟。

三人起初不信,师父乃岁月包浆之人,温润通达,不激不厉,怎么摔一跤就变了呢?暴躁发作之后,时发谵妄,认不得人,记不得事,三人找来本市最好的医生会诊,都说病得离奇。

一年前,师父气色尚好。瘦归瘦,风骨不倒。腰腿都是老毛病了,凭一支九节长箫,照旧行得急,不拖沓,一步是一步,或三步并两步。弟子们个个叹服,八十耄耋,仍能写蝇头小楷,体力、心力、功力、神力,一样也不缺,更不消说鼎盛时,大开大合入境,笔法纵横奇崛。

除了书法,师父还有两样沉迷之事——京剧和武术,对中医也略通三四。师父常跟弟子们说,世间事物,同类者有许多相异之处，异类者亦有许多相同之处。以书体流派作比，颜真卿楷书庄严持重，宛如舞台上的铜锤花面姚期。《三岔口》任堂惠、《十字坡》武松，这类短打武生，又会让人想到柳公权的矫捷与干练。

师父没有子嗣。师母也走得早，弟子们个个孝顺有加，再是虚名浪高，到了师父面前都得收声做事。师父最在意人品，张狂不得，谄媚不得，诡诈更不得——没有人品，何来书品？

师父过了八十，白术、鬼卿和山柰，每天早晚轮番来探，有时单个，有时约同，备好时令吃食，不聊世间纷乱，只听戏看碑帖。师父不喜大鱼大肉，三人只好跟着一起吃菜馄饨、混汤面、南瓜粥、糖醋蒜，吃着吃着，也离不开这口了。师父哪天头疼脑热，三人其中的一个必会住下，陪着过夜，侍候左右，才能心安。

去年惊蛰日，师父依旧早起，给房前的二分地松了土，翻了新。又站在那棵梅树下，沉肩坠肘，含胸拔背，上下相随地兜转了几轮，微汗渐出。若再往前二十年，是可以打一套内家拳的，师父笑着摇摇头，似已服老。就在一转身准备回屋喝杯茶的当口——也许转急了，也许脚下不平，突然就摔倒了。

师父从未住过院。这是第一次。花篮堆满整个病房。师父乏力说话，只在看到心爱的弟子时，眼里会划过流星一样的灼光，外人根本不会发现，除了白术、鬼卿和山柰。

师徒原本就是心意相通的，朝夕请益，不言之教，如父如子几十载。

不久便出了院。那一跤，不用说轻微骨折，连扭伤也没发生。各项指标稳定，几乎查不出什么差错。出院后，第一个月尚好，第二个月有点不对劲，到了第三个月，师父脾气大变，变得暴躁、健忘，再过半年，看见白术、鬼卿和山柰，偶尔会问，你们是谁？三人听了，脸色瞬间惨白。

师父一生勤于墨耕，家里除了碑帖善本、老毛笔、老砚台，就是创作的立轴、中堂、横幅、长卷、对联、扇面、斗方，历来追随收藏者众，有传言价值连城。师父偏羞于出手，总觉得不够好，流传得越多，越难为情。师父说，废纸一堆，博物馆肯收，已是最好的去处。

师父让三人去博物馆接洽。三人问，师父真的想好了？

你们的，小辈的，留念几件便好，多了无益，捐出去吧。

三人想给师父出传记。书学生涯八十余年，师父诸体兼擅，小楷的古雅、行书的流丽，都达到了极高境界。山柰说，师父在书法教育方面也成就斐然，培养了众多精英书家。鬼卿说，师父案牍劳作，念兹在兹的艺术本心更像一面镜子，让我辈时时自照，以正衣冠。

打住，打住！师父又发病了，几日暴怒，三人只能作罢。

三人还是不死心，等师父缓和下来，开始说服出版

《隶草诀歌》。师父早年的手稿驳杂，装订也粗疏，愈显学问不易，独创诀歌每每相赠晚辈，功德足以流泽书法史册。

这不是您一个人的事啊，师父。这回您得听我们的。

师父不置可否。

师父越不认得，三人越是守在师父身边，从早到晚。后来，干脆在师父的厅堂里又添一张大案，既可守着，又能写大字，就像少年时候。

除了陪师父去海边晒太阳，也陪师父听戏。三人原本无此爱好，直到师父说京剧里藏着书法的魂儿，三人才留了心，竖起耳朵。如此数年下来，也能听出个文生的褶子、武将的开氅、谋士的戏装。白术索性买来全套的京剧名段唱碟，在师父家里咿咿呀呀地响。西皮紧，紧在欢快或坚毅；二簧缓，缓在浑厚和沉郁。

下了一场春雪，又是惊蛰。师父的状态时好时坏，好三日，坏五日，再好一日，坏两日。一个月下来，只有三分之一的时间里，是那个好端端的师父。三人紧着整理手稿诀歌，甚至做起了口述实录之类的事情。三人自认为最明白师父，包括师父的家学、成长史和艺术观念，只可惜从未留下什么音像资料。师父一向不肯，不配合——现在，若知道弟子在录音，师父还会不肯。白术行事谨慎，将录音笔藏在离师父最近的地方。山柰、鬼卿的任务是引出话题，尽可能地自然而然，聊家常一般，让师父在不知觉间重提往事。

师父，听说您父亲是个大家，看墙上那些照片，您和他一个模样。

师父，说说您的师父吧。一个藏家有他写的牌匾，弟子见过，那真叫面目大方。

师父若好端端的，便会说，家父并非成名成家，旧时是个账房先生，楷书过硬，如此而已——师父每每这样提及，淡而化之。至于师父的师父，自幼受教于前清秀才，研读四书五经。20世纪40年代，由内地辗转半岛，初落脚时，曾以书法、篆刻润例收入为生，不凡的书法气度和鲜明的自家面目，很快在青岛港打开了局面。

师父，北屋挂着方帖，字字出奇，落款是"松菴"。松菴像个居士的名字。师父，东屋还有一幅松菴写的辛弃疾的《满庭芳·静夜思》。

"云母屏开，珍珠帘闭，防风吹散沉香。离情抑郁，金褛织硫黄。柏影桂枝交映，从容起，弄水银堂。连翘首，惊过半夏，凉透薄荷裳。"山柰读了一半，被鬼卿抢了过去，"一钩藤上月，寻常山夜，梦宿沙场。早已轻粉黛，独活空房。欲续断弦未得，乌头白，最苦参商。当归也，茱萸熟，地老菊花黄。"

松菴并非居士，乃一介中医，远近闻名，至少在我小时候是这样的。十六岁那年，松菴告诉我，辛公用药名连缀成诗，足足用了二十五味。

已经太久了，很多事、很多人我都忘了，不过，这首词里的中药我记得妥妥的，云母、珍珠、沉香、硫黄、桂枝、连翘、半夏、薄荷、钩藤、常山、独活、乌头、苦参、当归、茱萸、熟地、菊花……你们看，都在词里藏着呢。

三人连连称奇。除了一首奇妙的词，还有松菴的字，写成这样，胜过一代书家。

师父说，不奇怪。悬壶济世，化心迹于纸上，修成了那种独有的书卷气，最后是书如其人。

松菴可有后？不知谁问的，师父陡然沉默下去。

三人大气不敢出了。时间的声音覆盖下来，那是一大段的静，却带着巨量轰鸣。山柰起身换了泡新茶，这才有了茶叶舒展的声音。白术、鬼卿也回过神来，听见几句西皮散板，"到此来还恍惚衣香人影，一霎时禁不住神思昏腾"，其实那张唱碟一直没有停。

师父沉默良久，方才开口：很多事，说不清楚。师父看看三个弟子，还是讲了起来。

2. 少年不老

少年俊朗,力气也多的是,悠单杠嗖嗖带风,这还不算,硬要在单杠上翻跟头、叠罗汉,把旁人看呆,看到冒汗。有一年市京剧团招武生,少年险些就考上了。

考不上的真正原因,据说是父亲做了手脚。少年从考场上回来,见父亲逆光而立,好像是专门等在那里的。外面阴着天,老屋暗极,很快,父亲就完全黑掉了,变成一块大石头。

太野易闯祸,写大字吧,收收心性,日后也算是有一技之长。这些话,父亲平时说过,且不止一回——独独这回,少年听了脊背发冷,晚饭没吃几口,就爬到吊铺上偷哭去了。

老屋南北纵深,南门临街,三间穿堂,便是北门。北门开在天井里,日常出入用,前门常年不走,从里面反锁着。写上大字以后,父亲把北门外上了锁,营造一种家里没人的假象,日常出入改走前门,出入频次减至最低,里面仍然反锁着。发小们来喊少年一起去撒野,每每吃闭门羹,时间一长,就不再来了。

外面似乎不太安生,父亲怕少年跟着别人瞎胡闹,想用写大字拴住他。父亲下令,写满三小时方可吃饭,写满八小时方可睡觉。一开始,少年觉得无趣,满心委屈,甚至恼怒。父亲说,日日练,日日功,一日不练百日空。少年左耳朵进了,右耳朵出去。父亲在,装装样子,父亲不在,乱写一气,那字,不是上轻下重,就是左右分离。

少年总归又是怕父亲的——父亲不苟言笑,不事家务,很少过问姐姐们的事情,两只眼睛都盯在少年身上。单传第三代,对这个独子,父亲似乎有着用不完的疼爱与严苛。

老屋只有几扇东窗,太阳偏西,屋内即刻糊成一片,须开灯照明。可没人舍得这电钱。少年的记忆里,四周时常像个黑洞,高兴的时候,少年和蜘蛛、壁虎一起飞檐走壁,不高兴的时候,少年做墙角的霉斑。

写上大字就不一样了,灯早早地亮起来,纸墨笔砚,都笼罩在昏黄的光晕里。少年扑身其中,染了一层浅金,随后研墨,铺开纸,写。

父亲从外面回来,铁青着脸。父亲的日子应该不好过。少年未敢抬头,只用力写着。父亲浑身拍打几遍,下的都是狠力——少年甚至怀疑父亲在惩罚什么。这些做完,父亲才拖过高腿马扎子,在少年身旁缓缓坐定,两手端放在膝盖上,脸色渐渐回暖,偶有不被觉察的微笑。少年当然不会懂得,那难以觉察的微笑,是父亲在滞重的生活里,看到了希望。

　　南门北门一关,穿堂风堵死了,八月里闷热难当,一老一少索性光起脊梁,父亲打着蒲扇的手已经起了青筋,少年的骨骼是正在抬升的青山。提、按、顿、收笔,父亲一遍遍示范着基本笔画。逆、折、回、转,父亲一遍遍敲打着书写要领。

　　少年自有少爷脾气,写完一张,不甚满意,胡乱团起,随手一掷,毫不可惜。偶然回头,那纸团却不见了,原来父亲早已捡起,细细地摊平,留着,字缝里再写。少年当时只道父亲吝啬,待体味了父亲敬惜字纸的苦心,已是备尝生活艰辛的中年人了。

　　大字刚写半年,笔墨故事已经让少年听出了老茧。颜真卿和柳公权,父亲以为二人风神骨气居上,不唯书法如斯,人品犹然。至于赵孟頫,大约是做了元的降臣的缘故,字虽圆转遒丽,父亲却不太推崇。

　　又过半年,某天父亲心情好,从五斗橱的底层取出一块墨条,蜡染布包了几层。父亲打开的时候,缓慢而谨慎,似乎在打开什么家传宝物。少年一看,墨条黑不溜秋的,上面却有仨字,金不换。父亲把那只缺了角的端砚放在面前,说,看好,墨是要这样研的。

　　墨身垂直平正于砚台。父亲端坐着。看好,不要斜,更不要乱。看好,不能轻也不能重,不可快也不可慢。轻了、慢了，墨就浮了。重了、急了，墨就粗了。看好，粗而生沫，色亦无光。

父亲边磨边问，可记住了？少年点头。还有，磨墨端庄者，才有书写手法的平稳。少年再点头。

父亲像个吝啬鬼，消磨着那压箱底的黑金。口中始终念念有词，研墨之法，重按轻推，远行近折。父亲显然很享受这个过程，似乎多研几遍，便多几分满足。何谓金不换？少年不想听父亲的长篇大论，可又实在压不下好奇，还是问出了口。

《墨经》里讲，凡墨日日用之，一岁才减半分，如是者万金不换。清代有一种药墨，内含熊胆、蛇胆等五种动物的胆汁，还有麝香、朱砂、珍珠等八种珍贵的中药材，俗称八宝五胆。书写之外，可治皮肤病、关节痛，以珍贵的材料和精良的做工受人赞誉……

这么神奇？少年问。就是这么神奇。父亲答。

还有呢，父亲接着讲。田横岛那边有一种"即墨侯"，明嘉靖年间已为御用，是鲁砚中的上品。岛的西南方，那些制砚的石材，大部分时间藏于海底，立冬节气过了，大潮退到底，才能开采。每年只有一次机会，每次总共那么七八天，数量稀少，就越发珍贵了，不是寻常人家买得起的。那墨啊，磨之无声，涩不留笔，下墨颇利。上面的浮雕多为梅和莲，也有无雕饰的，便是"墨海"。

父亲讲着，已经眯起了眼。少年发现，父亲满脸期盼的表情，竟与自己想起红烧肉时一个样儿，瞬间，少年口中垂涎不止。

好墨千金不换哪。父亲发出指令，墨均匀地走着，由远到近，由外到内，走成了圆形、椭圆形。

父亲是个吝啬鬼，至少母亲这样说。

五年里生了三个女儿。第三个姐姐出生的时候，父亲已经耐心全无，急需一个儿子。如果还生不出儿子，宁愿再娶。母亲从此恨之入骨。

少年之前，有一个夭折的哥哥，属虎。算命的说，与属龙的母亲命盘相魁，有煞气。母亲从哥哥出生后就茹素积德，想不到，哥哥还是死了。少年的到来，对于父亲母亲来说都是一种解救，不然日子真的过不下去了。

少年四岁，父亲与母亲越发生分，吃饭还在一张桌，睡觉绝不上一张床。少年六岁，开始与父亲同睡，夜里呼噜声四起，少年不明所以。第一次，少年问是什么声音。是火车声，父亲说。第二次，少年又问是什么声音。是涨海声，父亲说。第三次，少年还问是什么声音。是恶风声，父亲说。

后来少年就不问了。少年渐渐知道，呼噜声是父亲活着的一部分。

父亲读过六年私塾，《古文观止》倒背如流。父亲十三岁走出鲁西南，跟着族亲闯青岛港，学徒经商，用毛笔帮商号记账,字是写了半辈子的。少年从没见父亲有什么嗜好,不抽烟,不喝酒,不乱交往——可母亲就是不高兴。

姐姐们都漂亮。乌黑的辫子在腰间荡来荡去。父亲不教姐姐们写大字。也奇怪,不教,姐姐们却个顶个写得好。间架结构都是天生的,秀气,也英气。少年匍匐在纸墨之间,姐姐们不屑一顾地走过去,轻飘飘丢下的总是一句话:写来写去,还是没个样子。

姐姐们也会偷偷谈论父母的过去。姐姐们说,父亲曾经有过一房。少年装作没听见,却早已竖起了耳朵。父亲早年闯青岛港,二十岁时一表人才,又写一手漂亮楷书,被第一任开油坊的岳父相中,说此人了得,若在从前最起码是个秀才,女儿嫁他,有个好姑爷,再给一笔钱入股宏泰土产公司,不愁他不养老。

婚后两年,父亲做上二掌柜,也管账,俗称账先生。婚后五年,生下一儿一女,原本好好的,第六年两个孩子就相继夭折了。油坊家的女儿伤心过度,抑郁而死。父亲二十七岁成了单身。那时的宏泰在业界名声很硬,做土产买卖的都来进货。凤门路赵家有五个女儿,清秀端庄,大女儿已到出嫁年龄,父亲知道了消息,就在进货、结账的当口,常给赵家送两瓶酒。老赵好酒,一来二去,更熟络了。父亲开始求婚,许诺养老。就这样,十七岁的母亲与素未谋面的父亲结了婚……

姐姐们赌气似的,书读得一个比一个好。父亲明说供不起大学，中专随你们去读。大姐考上了卫校，二姐、三姐考上了师范，一下子都住校去了。老屋忽然空荡下来，外面嘈杂喧嚣，关上门就是深山，做点不时兴的事情。不会有人知道，父亲锁上门，也是护少年于周全。

　　写字不临帖不行。只是那个时候，书店里已无帖，家里的也烧掉了，清末民初的几幅翰林条幅总算还在，父亲把它们剪了，剪成单个的字，次序打乱，读不成句，单字不成文，落不下什么把柄。父亲命少年照此单字临摹。

　　父亲还从大街上捡过法院的判刑公告。当年的重要公告都请人用毛笔书写，满大街张贴。坊间有高手，写得尤其好，父亲对高手的字很熟悉，一眼就能认出来。父亲似乎比任何人都关心公告，一有高手所写，就盼望刮风下雨，公告破损了，没法看了，赶紧捡回来让少年当字帖用。

　　父亲也跑到废品站找旧字帖。废品站隔了两条马路，有个熟人在里面管事，父亲带上少年，定期去找字帖、找好书。一待一下午，父亲怕打扰废品站的工作，就和熟人说好，将粗选的书刊字帖过磅，通常有上百斤，用地排车拉回去，在老屋里一边读一边挑一边剪。剪完后，过过秤，所缺分量用家里的废书报顶上，最后再拉回废品店。

　　少年越来越遵从父亲，父亲却不肯教下去了。问缘由，一说父不教子，一说执百家礼。

　　父亲开始带少年四处请教。老先生们大都隐没在世道的纷杂之中，尘埃不扫。又或者，尘埃就是老先生们搭建的一道硬壳，甲胄似的保护层。老先生们过于安静了，过于沉寂了，安静和沉寂变作老茧，掩埋了无数秘密。

想找到老先生，难啊。

父亲自有办法。逢过年，父子二人就出了门。三代单传，没有什么叔伯堂亲需要走动，加之父亲不喜交往，又瞧不上母亲家的几位连襟，所以，父子二人出门绝不是拜亲访友，而是去看各家各户贴出的对联。

看到好的，父亲就说与少年，好在哪里，妙在何处。有时同一副对联要看好几次，实在妙不可言，父亲心里惦记，夜里睡不实，忍不住，第二天终于敲开了人家的门，先说上一大堆吉利话，再请教对联出自哪位高手。一旦问到了写联人的地址，即刻带少年去拜访，从不耽搁。

3. 松菴其人

就这么来来回回，少年十四岁那年，父子二人一路打听着，找到了松菴。

从城市的中部往西，坡路渐多。父亲说西城属丘陵之地，有的谷壑填平，成了路；有的依谷势而修，也成了路。松菴家在谷底，去和回，都要经过一条陡峭的大台阶。去时，那大台阶从天而降，悬挂感十足，似乎一个闪失，就会滚翻下去。回时则像爬山，父亲拼上脚力和腰力，爬完这段大台阶，早已气喘吁吁。

野猫听见了陌生人的到访，在错落的屋脊之间，嗖地探出头颅，拱起脊背。走近一些，它们又倏忽转身，或钻入密道，或蹿上高墙，身形清奇似无骨，好像从来没有出现过，妖异至极。

沿地势而建的老房子，墙皮剥脱，门窗寒酸——破归破，欧式坡顶和花岗岩基座，都是少年不曾见过的。父亲说，殖民时期遗留下来的，已经换了数不清的房主。少年还想再问些什么,父亲制止一般地,说声到了。

这应该是所有老房子里面最破的一栋。松菴住在阁楼上。楼梯吱呀作响,有些地方已经腐烂,少年生怕下一脚就会坠落到底。各种各样的杂物沿墙壁堆砌,少年甚至能听到头顶的横梁上,老鼠正窸窣而过。尽管已经将动作竭力放轻,抖落的灰尘还是让少年打了几个响亮的喷嚏。再看脚下厚厚的一层,少年皱着眉头,心疼起自己的新棉鞋。

阁楼像个黑洞,充满了迷乱和危险——可内心里,少年分明感到一种探险的兴奋感正隐隐荡起。

敲开门,父亲蓦然一怔。松菴其人,瘦高个子,头发灰白蓬乱,绝不肯归顺。穿的是深色对襟袄,臂肘上打了两块补丁。少年觉得,松菴和自己见过的所有长辈都不一样。

父亲奉上桃酥二斤,油纸包着的,纸绳活结。桃酥里的猪油已经浸了出来,盖在上面的红纸也是油润润的,一路上父亲像提着盏灯笼。松菴接了。少年奉上习作,松菴也接了。

松菴并不急着看字。他拽开纸绳,摊平油纸,一手拿起桃酥往嘴里送,另一只手接着碎末子,边吃边念叨,万福临的,地道地道。

万福临老字号,创立于 20 世纪 30 年代,以经营京式糕点为主,当年请客送礼,若不是万福临,就好像不够档次。20 世纪 50 年代中期,万福临完成了公私合营,新厂子离凤门路不远，逢上东南风，站在老屋门口，香甜的味道可以闻个饱。少年一度盼望每天都刮东南风。

一起吃，一起吃。松菴执意让给父亲和少年。父亲推脱牙疼，不敢碰甜食。松菴说，替你父亲吃掉。少年有点慌。父亲示意，恭敬不如从命。

后来，父亲与松菴谈起书法，什么欧阳公于平正中见险绝，什么颜公化瘦硬为雄浑。少年一旁佯装谦恭，实则在偷偷地四处打量。入眼皆匪夷所思。裸露的木质房梁，横着竖着倾斜着，大部分为深褐，也有焦黑色，似是过火所致。还有几根，显然断裂过，修补的结果并不让人放心。墙壁多棱，切割出许多几何形状。越往高处越尖锐，少年抬头望去，阁楼顶部是一块烧灼过的巨大疤痕。

窗户很小，圆形的。窗前，破砖垒出高度，架着两张拆下来的旧门板。门板上杂草成堆，兜在瓦片中的，藏在木盒子里的，也有的铺满一块白布。四周黢黑，白布托衬，愈显郑重，好像被捧着的宝贝。少年不知此乃药草，只是闻到一股幽香，内心即刻明净许多。

旧门板斜对角是床。床上老妪皱巴巴的，像一块缩水的亚麻土布堆放在那里。

少年每周来见松菴一次。立春过了，谷底泛起淡淡的酵母味道，老树的新丫伸向虚空，墙头一丛连翘，蕊黄点点。

松菴写了一辈子欧体，父亲赞其左收右放，笔法穿插挪让极有法度。也是听父亲说的，松菴先祖世代行医，明洪武二年，从蜀地迁往莱州府，精研医术，单方尤妙。

少年不解。松菴到底是写字的还是行医的？

父亲说，好中医先有好字，好字透着医者的恬淡和慈心。患者见方知医，一手好字，赏心悦目，患者的病先好两成，心里起了敬重和信赖，觉得自己有救了。从方中就可看出一个医者之修为，字不正必术不精，严谨失度，只能沦为庸医。

少年似懂非懂。父亲又说，自古医儒不分，记着便是，日后会明白的。

松菴看病，早年有大方，动辄一二十味，一沓沓方子，都在老妪床底下的木头箱子里。落款、签署、钤印，诚诚恳恳，认认真真，这回已然成了少年的字帖。少年照着写，越写越觉得好，松菴的药方书法，走笔不苶，风格自成。

求诊求救的病人，都是应口碑所传而来——否则，这个天外黑洞一般的阁楼不会有人喜欢。少年亲眼所见，松菴单方治病，数次力挽沉疴。一次是病人感冒，呛咳不止，遍医无效。来求松菴时，已羸弱不堪，松菴为之细细诊脉，思量良久，在处方笺上居然只写了一味药——冬瓜子三十克，后面是一个括号，内有六字，炒熟研末冲服。病人回去依方服了，随后狂吐，吐出了大量涎沫，咳便好了。

一次是病人全身浮肿，肿得张不开眼，转了几家医院都束手无策。松菴一问，这人是个油漆匠，属油漆过敏所致。陪同的家属在旁等那精妙的方子，松菴大笔一挥，无肠公子三斤，捣汁遍敷。病人回去照办，浮肿也慢慢消去了。

少年问，无肠公子是何物？松菴说，古人给蟹取了四个名字，以其横行，则曰螃蟹；以其行声，则曰郭索；以其外骨，则曰介士；以其内空，则曰无肠，所以蟹便有了"横行介士"和"无肠公子"的称号。

再一次，是遭家暴的女人，被酒鬼丈夫打得瘀血青肿不散。来时用头巾捂着脸，只露两只眼。松菴这次没开方子，转身到旧门板前，取了留种的老茄子，撕成条状，用瓦片在炉子上焙干，皮、肉、籽俱全，研为细末，包了三包。写了一张方子，临睡前用黄酒冲服，取微醉为度。过了三日，女人传回话，瘀血全消退了。

没有病人的时候，少年就在破桌子上写起来。松菴在圆窗那里站桩，他不需要回头，便可知少年的书写状况，好像脑后长眼。不可太忙，不可太缓，不可太瘦，不可太肥。松菴只说十六个字，少年就被打醒了似的，赶紧稳住六神，继续写。

松菴也会留少年吃饭。都是粗食，吃了走，路上不冷。葱拌马蜂菜、荠菜土豆汤，味道鲜甜而陌生，另有一股泥土香气。少年吃出了汗。松菴说，上山采药草，顺手挖的春野菜。

老妪不喜交谈，只自言自语。有时候小声地说着话就睡着了。有时候在暗部一动不动，像个影子。

松菴不求章法而自得章法。写方子，他多用行楷，笔起稳健，笔断意不断，点画安排妥当，前后照应，揖让原则不失。

多年以后，少年悟得了笔墨真谛，方能理解那些方帖雅正何来。书卷气其实是修来的。药方的背后，松菴研磨了半生，加之先祖的气场延续，不知挽救了多少患者。松菴的修养到了，好的气息必跃然纸上。

少年起初也揣了份私心。来一次，要穿越半个城，松菴却只写一行两行、十个八个，就收了笔，不像在为人师父。

松菴装糊涂，只说，气到意到，意到力到，我虽写得少了，心里从来没有放下。写字不一定就是写字，写字也是日常的每一刻。

少年心里不屑，日常是什么？摇摇欲坠的阁楼，还是四壁獠牙一样的火痕？外面的人们都在低声谈论这里的不祥，觉得是个闹鬼的凶宅。

炉火正旺，补过的铁锅里炖着豆腐和鱼骨，松菴揭开盖子往里面放了数片白菜帮子，少年瞥见那是一锅奶白的汤。这难得的温润热腾说明不了什么。因为朔风正无孔不入，墙缝、窗棂、门边，哨音打着旋儿，尖利地划过——

少年不相信如此破败的日常能与好书法画上等号。

惊蛰那天,一场大雨浇灌而下。少年正在破桌子上写字,光线忽然更暗了,头顶几声春雷滚过,整个房子开始颤摇,仿佛要咔嚓一声倒下去,土崩瓦解。随后就开始漏雨,能用的器皿都派上了,越发不可收拾。少年替松菴着急,替阁楼着急,松菴倒是一副自若神态。

雨没有要停的意思。松菴将塑料布披在老妪身上,用另一块塑料布罩住药草。又跟少年说,挥毫似疾雨,雨天写雨字,自然就是老师,来吧。说话间,松菴写了数个"雨"字,逐一告与少年,小篆、章草、简帛、甲骨、金文、米芾行草。少年看见墨迹氤氲,奇妙的"雨"字与屋外屋内的雨重叠在一处,或骤急,或天真,都是从遥远的地方开始的。

师于物,得于心,悟于象。松菴说惊蛰雨是天作之美,地下的动植物被叫醒了,它们正在伸展胳膊腿,你听见了吗?

少年果然就听出了不一样的雨声。可看看眼前这一屋狼藉,少年实在不明白松菴为什么总是跟所有的人都不一样——明明该救雨了,却在赏雨;明明房子要塌了,还乐在其中。

又一阵雨声骤急,但见松菴脸泛欣喜,眼里精气十足,好像身处的并非寒家陋室,而是百草丰茂的山野。

4. 还有茱萸

有时会碰到一个女孩,与少年同岁,鼻子挺直,很有主见的样子;再一双凤眼,梢尾上扬,掩不住的清冽。女孩苍白,泛出了青青血管。辫子有些细黄,不比三个姐姐那般乌亮,加之身形纤瘦,左脚微跛,令少年无缘地生出几分怜爱。

第一次碰到女孩,是在晚春。玉兰和丁香已经开过了,芍药花苞渐起,老墙头上爬出了蔷薇。少年带着习作去见松菴,是为例行的周课。约好了下午两点半,咚咚咚,少年轻敲,来开门的便是女孩。

少年冲女孩点了点头,算是打招呼,女孩没有任何反应,似乎什么也没看见,好像进来的不是一个人,而是一阵风、一团空气。又或者,随便进来的是什么,与自己无干。

原来女孩是来学中医的。女孩抄方,书法流利周正,很有些功底,少年便不敢小看了。摊开纸笔,少年也一道写起来。松菴和女孩在写自然之神妙，少年在写笔墨之冲突，一时间，三支笔从纸上划过，逆行而上，似直通天涯。

师徒三人，整个下午都在写。少年感到一种从未有过的静谧，外面的世界已经不存在了，时间也停驻了，只有阳光从西窗照进来，很多翅膀在逆光舞动。

松菴告诉女孩，不要趋附于大方。那种一张方子几十味药的用药方式，实在有失中医悬壶的初衷。况且，像鱼腥草与板蓝根之类，若复方使用，效果却不如一味单方。茱萸啊，这世道，想配齐大方药草，是不可能的事情。

少年便记住了女孩的名字——茱萸。

茱萸从未正眼看过少年。茱萸如淡墨，氤氲着水汽；如长霜，凝结着冰花。即便在流火八月，茱萸仍然寒气未消，令少年不敢靠近。

八月里，茱萸穿灰色长裤，大约为了遮掩那只跛脚。一件月白的短袖衬衫，空空荡荡，不像姐姐们那样，胸前已经鼓起了小丘。

少年看茱萸，茱萸从来不与少年对眼光，板着脸，不悲不喜。茱萸的眼睛望向某个不知名的地方，似乎有个世界存在于这个世界之外。观察了几次，少年发现，除去对松菴毕恭毕敬，面对其他人，茱萸再无动静。松菴留吃晚饭，茱萸鞠两个躬，转身便走了。有时候，二人一起下课，茱萸虽跛，行动仍轻俏，少年跟在身后，发现茱萸一路无视而过。

终于有一天，少年忍不住，追了上去，并肩搭话：茱萸家离得远吗？

茱萸兀自走着，竟没做任何停顿。少年尴尬，又问了一遍。结果无二。少年不知如何是好。忽然少爷脾气就上来了，说，你我都跟松菴学，也算同门，这样冷淡，是为何故？

茱萸还是那般。少年脸红了，鼻孔嗒嗒出气，脑门也开始冒汗。少年侧着脸，两只眼盯住茱萸，正要问个究竟，忽然，迎面来了辆三轮，车上装满杂物，由北而南，一路下坡。闪开，闪开，刹车失灵了。车夫嘶叫着。

路原本就窄，少年走在马路牙子下面，只顾诘问去了，全然不觉危险将至，待反应过来，倒有些傻了。茱萸唰地一把扯过少年，把他扯上了马路牙子，几乎同一时间，三轮车呼啸而过，往路边的梧桐老树撞去，最后别在两棵树之间，这才停了。车夫没什么大碍，只脸侧手背蹭出了血。

走路当心，总好过说些无关紧要的。茱萸没看少年，扔出几句话，转身跑向车夫。车夫已经挣扎着下了车，人群渐渐围拢上来。过三个路口有药店，马上调配中药生粉，大量撒在伤口上，大黄、黄檗、黄芩、黄连、连翘、金银花，这六样，只管有什么，买什么。

一个黄毛丫头的话，谁会信？少年这时已挤进人群，看热闹的都把注意力转移到了茱萸身上。少年不知该如何力挺茱萸，着急，又无措。明明是热心肠，却被嘲笑，少年在心里鸣起不平。

茱萸这边倒是没生气。我是松菴的女弟子,你们应该知道松菴吧?

松菴是谁?哪个庙里的?人们笑起来。小丫头痴话连篇。

信不信由你们,该说的我已经说了,若装作不见,我会心里不安。说完,茱萸的眼前空无一物,或者,又恢复到视若不见的老样子,急速地消失在人群中,只留少年,原地愕然。

人群里冒出几句话。松菴,莫不是鬼楼上的那个?是他是他,听说他家床底下有死人骨架。听说疯老太太是他爹的小老婆,第五个。还听说,他吃自己的药草,吃疯了。

随松菴浮山采药草,茱萸最是欢喜,关于这一点,少年再木讷,也看得出。

"津润始萌,未充枝叶,势力淳浓。""至秋枝叶干枯,津润归流于下。"松菴面授,少年在写,茱萸也在写。少年不解其意,茱萸侃侃道,古人采集药草以阴历二、八月为佳,又说春宁宜早,秋宁宜晚,师父,这秋到底晚至何时?

茱萸的嗓音,匀净里起着筋骨,像上等宣纸,少年听了脸红心跳。

松菴掐指一算,说,再二日霜降,霜以杀木,叶落苗枯，正是采集牡丹皮、地骨皮、苦楝根皮的好时候。至于少年，松菴点拨，不师自然之法，怎解一个点仿佛高峰坠石，一道横竟如千里阵云，一根竖莫过万岁枯藤。

少年心向往之，却不知浮山所以然。怕茱萸瞧不起，少年不便多问。在茱萸面前，少年常常无端自卑。

回到家里，少年顾不上吃晚饭，拽着父亲，打听起浮山。父亲得知原委，兴兴头头地讲起来。浮山，东南往西北走向，长约五公里，宽约两公里，高处三百六十八米，属市区最高的山峰了。浮山妙在一个"浮"字，从海底升起来的，山南即是洋洋黄海，山脚下沿海岸线几进几出，都是小渔村。

彼时交通是个大问题。去一趟浮山，颇费周折，天亮就得出发，为省时间，头天晚上只能睡在松菴处。睡前，松菴将柞木把柄的小镐浸入水桶，以令其膨胀，第二天用起来带劲儿。

夜里少年梦见鬼影绕梁，哭泣声男女莫辨、远近不明，似有异物贴下来，端详自己，丝丝凉气喷在脸上，少年骇然惊醒，大汗透湿。四周并无什么异样，少年看了看，老妪拧成一团，像黑夜里的一个死结。松菴大作的鼾声，与父亲完全一样，如火车声，如涨海声，如恶风声。少年便又躺下，这一觉安然直到天亮。

师徒三人倒了四趟公交车，剩下的，那些不能称为路的路，只能步行。松菴将麻袋捆成卷，和小镐绑在一起。

少年的书包里装着玉米饼子和咸菜，还有父亲放进去的六个煮鸡蛋。茱萸单肩斜挎一个条状布袋子，里面竟是支竹箫。

黛蓝的山影越来越大，越来越具体，一种气势围裹上来，牵引着少年的目光往高处抬升，但见苍石青松、山崖峭壁，幽静和险峻叠加在一处。啾啾鸟鸣传来，闻其声妙，不见踪影。少年震慑于自然之美，也为茱萸的跛脚担心。

茱萸倒是自在，脸泛红晕，眼里映着大海的波光。茱萸笑起来——认识了这么久，少年第一次看见茱萸笑，笑得像飘在山腰的那朵胭脂云。师父，快看，桔梗。前边，板蓝根。还有那里，甘草！山谷里都是茱萸的声音。

少年识甘草，还得从一个月前说起。那天早晨，父亲母亲吵个不停，锅灶一直冷着，少年悻悻地出了门。那天不刮东南风，闻不到万福临的糕点香，少年心情愈加沮丧。凤门路上来回走了几遍，少年再无去处。自从写上大字，便跟撒野的发小断了交情，发小在做着什么，少年似乎知道，又不能确切地知道，只隐隐听说乔三打群架断了两条肋骨，王小的脑门缝了十多针，险些破相。

寂寥当街，少年唯一能去的地方，竟是松菴的鬼阁楼。少年甚至开始想念墨汁、药草、炭焦混合在一起的复杂味道，包括游荡其中的诡异气氛。

饿着肚子，少年穿过半个城，终于潜入谷底，踩着摇摇欲坠的朽木，每往阁楼上迈一步，少年都感到虚幻更强烈几分——松菴一定在熬制中药,味道之浓烈,几乎要把少年从歪斜的楼梯上掀下去。人们总在嘀咕的那些话忽然清晰起来,关于松菴尝试秘药,关于松菴把自己药成了疯子。

敲了许久,松菴才开门。药味扑面而来,将少年击倒,少年瞬间头痛眩晕,几乎人事不省。松菴连忙取甘草浓煎,给他灌下去,少年这才渐渐醒来。松菴说,没吃早饭,胃气虚弱,是扛不住药气郁蒸的。甘草能调和诸药之性,解百药之毒,是慈悲的草、中庸的草。

自此少年开始亲近药草。坐在藏黑的破桌旁,看松菴给病人按脉,深思沉吟,语调悠长。松菴的毛笔里,藏着一份不可说的天机玄妙。药草的苦香,游魂一样在鬼阁楼弥散,一株草、一丛须,不论从前,经松菴点化,在温热的陶罐里,就是真香了。

愣着做甚?没见师父累着。茱萸一阵冷语,少年才回过神儿来。

甘草根深,松菴必须深挖,少年赶忙上前,松菴嘱其不可刨断或伤根皮,少年领悟,挥动小镐自有分寸,形同习练悬腕控制笔力。

甘草挖出,和茱萸紧着整理,趁新鲜湿润,分出主根和侧根,去掉毛须根杈,整个过程忌用水洗。松菴说,荒山里,一时不会有人来,找块平坦石头,晒至半干,只管先去采集别的,回途经过,再捆成小把,带回晒成。

山路兜转,兜出沟沟坎坎。茱萸的跛脚并无不妥,少年放下心来。又翻出一个沟坎,三人皆汗湿了脊背。

松菴忽然大喜,前方树树红艳,浆果累累然,由远至近,由近至远,密匝挤挨,比天上的繁星还多。山茱萸!茱萸面露傲骄。原来这些浆果和茱萸有着相同的名字。少年近看,茱萸果似樱桃,较其长;如枸杞,较其饱。几只候鸟刚刚结束盛宴,鸟喙四周还沾着果浆。

松菴说山茱萸雅号"辟邪翁",晋代周处《风土记》中有"九月九日……折茱萸房以插头,言辟除恶气而御初寒"的记载。到了唐,佩戴茱萸的习俗更是盛行,折枝插于发髻,也作香囊随身佩带。

经了松菴点化,再看秋野上的根根草草,少年就觉得一件件正透出风雅墨香。午时已过,三人口干舌燥,复行数百步,溪水声响起,山泉水都是从山顶流下来的,洁净如初,师徒三人手捧山泉,一口气喝了个饱。

茱萸环顾四周,拔出几棵薤白,其实就是野蒜,就着山泉洗净,白绿相间,很是好看。薤白温中散结,宽胸通阳,健胃祛湿,野餐在此,最取薤白的抗菌消炎。对吗,师父?茱萸脸露得意。

漏掉一样,对味下饭呐!再有一碟炸酱,就美上天了。松菴脸上已藏不住为师的满足感。少年则羡慕茱萸什么都懂。溪水随山体流淌,峰回急下,尽头就是大海。

饭后,茱萸吹箫。空谷只此三人。箫声回荡,上跃云端，下达幽径。少年看茱萸似一棵玉树，如此瘦削，却又如此挺秀。少年的心，起了温柔的悸动。

少年以为，这一天，已经好过一生。虽然少年并不清楚一生意味着什么。

少年陶醉之时，茱萸的箫声却断了。茱萸为什么总要跟自己过不去？少年刚刚不过问了一句，箫声这么美，跟谁学的吹箫？

茱萸不答。不答就不答，少年已经习惯了。可茱萸脸色大变，从绯红变回苍白，一股寒气，逼得少年节节后退。刚才那句话似乎是个毒引子，让好好的一切都坏掉了。少顷，茱萸开口，师父，一味封喉的毒草，怎么没见？

药不对症都是毒。松菴有点不快。茱萸任性，与时间结着怨仇，松菴当然知道。

茱萸不依不饶。天仙子是致幻的佼佼者，始见《神农本草经》，"多食令人狂走。久服轻身，走及奔马、强志、益力、通神。"

找不到的，永远找不到。松菴厉声说话。这座山上到处都是地肤子，与天仙子很像，呈颗粒状，动效却迥异。从前我接诊，碰到过几例误将天仙子认作地肤子配方引起的中毒患者，轻则舌硬谵语，下肢无力。重则抽搐昏迷，麻痹而死。

为何要找天仙子？松菴嗔声质问。

想要走及奔马。茱萸答而不快。

5. 甘草慈悲

秋气肃降,转眼立冬,天地寒气渐重。松菴早早地备好了仙方活命饮,体质不同,方子不同,其实都是围绕着甘草做文章。咽喉肿痛,甘草与桔梗同用;清热解毒,甘草与金银花配伍;脾胃气虚,甘草与桂枝组合。

浮山回来,少年自觉见了世面,有豁然开朗之感。从前松菴所说的那些大道理,什么人即本草、本草即人,什么药理即事理、药性即人性,少年一度觉得像绕口令,浮山回来,才有了真切感悟。忽一日,少年说,黄连清苦,赤芍热情,白芍含蓄,甘草中庸——师父,我虽有姓有名,至今却无字,不如字甘草,可好?

松菴笑了笑,未置可否。

少年主意似已打定。师父,我发现,不论名贵或寻常,不论烈性子或温柔,即便像茱萸那样冷冷的性子,只要和甘草一起慢慢煎熬,都会变得温和平缓。师父不是说,甘草如和风细雨,能将自己的甘平之味慢慢渗入,润物细无声。

　　松菴听出来了，少年的所有铺垫，都是为了茱萸。

　　茱萸今天没来？再去上课的时候，少年看似不经意地向松菴问起茱萸的事情。她的字比我好，又会吹箫，甚至，很勇敢。

　　松菴正在研墨，没有抬头。

　　少年想继续问问茱萸的腿，是小儿麻痹后遗症，还是其他什么原因。话到嘴边，又觉不妥，涉及别人隐私，少年的家教不允。父亲常说君子讷言。

　　松菴开始边书边讲。甘草，看好。末点之锋遥指首点之驻，意思是说第三个点的锋芒要指向第一个点停驻的位置。如此以虚对实，尖起，顿起。尖起之撇，尖起尖收，故称兰叶撇。该撇始于行草和绘画，欧阳公大胆引用将其楷化，成为欧体的代表性笔画，细微变化，效果非常，区区小处，最能体会大师之妙啊，甘草。

　　少年惊喜。松菴在叫自己的新字。更惊喜的是，松菴竟然拿出一本欧阳公字帖，尽管那上面满布的霉点就像老妪手背上的斑。

　　冬阳透亮。下午，松菴坐在破案子前喝茉莉花茶，很受用的样子。松菴行医不挂牌，不收钱，病人的答谢之物都会接下。中秋节，少年提了二斤月饼，松菴还了一小袋花生和栗子，说是某病人乡下亲戚送的，带回去让少年的父亲尝鲜。师生情谊愈浓。松菴是喜欢少年的。少年更对松庵充满景仰。松庵比父亲大十多岁，性格上有和父亲相像的地方，也有相反的地方。父亲独善其身，松庵仁心悬壶，这一点最不同。

茶不耐冲，很快乏了。松庵又换一泡。松庵喜浓茶，会为之神采焕发。就像此刻，少年觉得松庵眼里有两把火。人们常嘀咕这是鬼火，少年却愿意被这两把火照亮，因为眼里有火的松庵，是灵光闪现的松庵，再遥远的事情也能打捞起来。

松庵喝了一口茶，缓缓说话。欧阳公曾留给晚辈一个用笔秘诀，是贞观六年七月十二日写的，"询书付善奴授诀"，现在看来，这段话是欧阳公写给一个叫"善奴"的人的。

"使人身之所及，每秉笔必在圆正，气力纵横重轻，凝思静虑。当审字势，四面停均，八边俱备；长短合度，粗细折中；心眼准程，疏密被正。最不可忙，忙则失势；次不可缓，缓则骨痴；又不可瘦，瘦当枯形；复不可肥，肥即质浊。细详缓临，自然备体，此是最要妙处。"

松庵摇头晃脑，诵到行云流水处，眼里的火越发旺了。

茉莉花香和茶香萦绕在一起，雾气腾腾，真是一个温柔的冬日下午啊，少年心里软软的，好像茱萸也在旁边。

下次见了，就告诉茱萸，我有字了，甘草。少年想。

还是下午。松庵审阅少年的，不，是甘草的习作。

松菴手中毛笔圈圈点点，满意多过不满意。甘草一旁站立，比从前笃定了许多。老妪的床头有袋橘子，是父亲让甘草带来孝敬松菴的。老妪在兀自剥橘子，很久了，还是没有剥好，老妪好像在认真地做着某种游戏。

一切都好端端的。忽然，叫骂声大起，楼梯被踩得乱响，污浊之气随之四处冲撞，少年能感觉到阁楼在摇晃。说时迟那时快，一帮野蛮人破了门。松菴漠然，眼皮抬也没抬，似乎所有的悲剧早已发生了一遍。

野蛮人破口大骂，一个老鬼指使一个小女鬼，害人性命。把小女鬼交出来！野蛮人掀翻了门板，药草满地散落，野蛮人又在上面狠狠地跺脚，直跺成粉屑。野蛮人砸掉砚台，折断老毛笔——砚台原本就是碎过的，这次之后应该不会再有修复的可能了。

松菴将眼里的火熄灭，一脸死灰。甘草心疼松菴，想起门后有把挖药草的小镐，拿来握在手上，两只胳膊架起，气势初生。野蛮人更怒了，火力急转，原来还有一个小鬼，狠狠地打！

叫声未落，老妪的床边就蹿起了火光，伴随着浓烟弥漫，势头迅猛，一股莫名的浓烈味道让人头昏胸闷，野蛮人大喊鬼火啊，四散逃去。

松菴和甘草忙着救火。水泼，棉被捂，笤帚扑打⋯⋯烟里火里闪躲腾挪，人物皆缥缈，魔幻得很，不知道的，还以为师徒二人身怀绝技。

总算消停下来。松菴和甘草背靠着床边，瘫坐在地，连同床上老妪，三张涂炭黑脸，四面狼藉疮痍，内心之苍凉自不必多说。

松菴挣扎着爬起来，浓煎了不知什么汤药，三人灌下，这才清醒。确切地说，老妪是被喂进去的，甘草两手扶住，松菴掰开嘴巴。老妪让甘草第一次意识到，生命可以轻薄无力得像一张受潮的纸。甘草只觉两手虚无，又不得不控制力道，否则老妪随时会被折断。甘草的后脊爬满了汗珠，因为紧张、谨慎，也因为震惊和悲伤。

等做完这一切，老妪和甘草的脸上都有了冲刷的痕迹，如黑泥滩上的河道。甘草的混沌、老妪的分明，汗渍和泪痕是两种不同的质感。松菴还是那张炭脸，如完好的面具，又或者，那层黑灰已结成硬茧，揭不下来了。

松菴不想洗。甘草用瘪掉的脸盆打来了水，松菴还是不想洗。甘草那时不会懂得，松菴正急需这副面具。黑脸总好过白脸，松菴冷笑一声，包公戏里的包拯，三国戏里的张飞，水浒戏里的李逵，不都是黑脸嘛。

甘草拿起笤帚收拾凄怆，灰烬打着旋儿，飞往阁楼的尖顶，鬼气十足。少年赶忙洒水，将地打湿了，那些黑风才消失。甘草扫到老妪床头，发现一团灰烬，结而不散。甘草猛然反应过来，刚才是老妪点燃了迷魂的药草，才让局面得以扭转的。老妪非同一般，深不可测。甘草再看，老妪早已睡着，经了此番折腾，似元气大伤，比平日里更枯瘦了。

师父，刚才烧着的是何物？

多问无益，写好你的字即可。

茱萸呢？刚才那些人是不是来抓茱萸的？

多问无益，写好你的字即可。

一瞬间天就黑了。四壁也是黑的。日常道具好像被陈墨浸染过，再也辨不出本来颜色。灯光制造出更多的暗部，松菴坐在灯下，变成了一尊锈掉的铜雕像。

茱萸到底在哪里？少年仍不死心。松菴见少年情深义重，愈加不忍，只好说了原委。

茱萸这孩子，心气太高，命也硬。老生子，父亲早死，留下万贯家学，也埋下了祸根。茱萸母亲毕业于音乐学院，是世家出身的女才子。茱萸五岁，已经识字了，冰雪聪颖，惹人疼爱。茱萸母亲清高，本来就招妒忌，又不善圆通，得罪了小人……说到底，都是宁死不苟活的烈性子啊！那年茱萸母亲抱着茱萸跳了楼，一个当场气断，一个瓷娃娃碎成了八瓣儿。

我与茱萸父亲一同长大，亲如手足，茱萸的名字还是我起的呢。农历九月生人，王维有诗《山茱萸》，清香寒更发。市立医院的大夫们用了十几个小时才把茱萸缝补起来，命是保住了，却说下肢可能瘫痪。我无法接受，发誓拼上老命也得把茱萸治好。

茱萸真坚强啊，治疗的痛、药汤的苦，那么小的年纪，竟忍得住，从来没掉一滴泪。想必父母基因里的优良都传给了茱萸，我暗暗高兴。边治病边学医，茱萸天赋极高。可是茱萸也传了那高傲的心性，仇恨从未消失，伺机报复，每次上浮山都跟我打听一味封喉的药草……茱萸的姑丈昨天来过，说茱萸跑了，我便已料到会有畜生打上门来。

甘草急急地问，茱萸现在可有危险，藏身何处？

松菴看着甘草，充满疼爱。茱萸是个鬼精灵，又从小随我习武学医，你不必担心。松菴起身，帮甘草拍了拍灰尘，捋了捋头发。又见甘草的衣服上烧出了几个火窟窿，松菴一脸歉意和无奈。走吧，这里以后不能来了。记住，人有骨头，字就不会孬。

甘草被松菴推出了门。

甘草在谷底站了许久。屋顶剪出天幕，寒星悄然跌落，万物沉寂的样子。刚刚发生的一切，有种不真实感。一只三脚猫跑过，甘草想象不出，它是如何从劫难里活过来的。

站了许久，直至错过了最后一班公交，甘草只能步行回家。甘草走啊走，越走越冷。不知茱萸如何了，甘草想，如果茱萸也冷，甘草愿意更冷一些，恳请老天让自己替茱萸受罪吧。

父亲母亲都没睡。甘草一进门，母亲就扑了过来，见甘草满脸黑灰，衣服上有过火的痕迹，母亲不知发生了什么，登时哭出了声。母亲一哭，甘草也跟着哭了起来。

父亲好像心里有数，叹了口气，并不愿多问。炉火一直留着，锅里是白菜炖豆腐，甘草哭完，摇头说不想吃。其实甘草饿得发慌，只是一想到松菴和茱萸也饿着，就决定不吃了。母亲烧好热水，甘草洗脸洗头，两遍下来，水还是黑的。最后又烫了脚，第一次走这么远的路，甘草的脚上磨起了血泡。

自此甘草沉默许多，似乎一夜之间便长大了，开始苦心学书。之前，甘草是为父亲学、为松菴学，或者不知道为什么学，从那以后，甘草开始为内心而学。

春节过完，甘草整十七，到了下乡的年纪。临行，父亲准备了两个箱子。一个樟木箱，是母亲陪嫁带来的，里面装着衣服被褥、纸书字帖；另一个药箱，里面放着笔墨砚台。父亲边收拾边嘱咐，字一定不能丢，要坚持写，写好字，总有有用的那一天。

甘草去跟松菴道别，特意买了万福临的桃酥，桃酥里的猪油已经浸了出来，盖在上面的红纸也是油润润的，一路上像提着盏灯笼。

楼梯的状况只能更糟糕。踩在上面，一步步通往阁楼，甘草的心跳乱了，紧张、暗喜，很复杂。这个旁人眼里的鬼地方，竟是自己的柔情所在，甘草第一次意识到世间的事情说不清楚。

甘草已经想好了怎么跟松菴打听茱萸的近况——甘草

不希望茱萸恰巧也在，那样的话，甘草会掩饰不住心底的秘密。甘草又希望茱萸恰巧也在，像之前的无数次那样，正在破桌子前抄写方帖。或者像第一次那样，甘草轻敲，茱萸开门，冷若冰霜，对他视而不见，甘草仍将是欢喜的。

　　这么想着，便到了房门前，一抬头，一把锈锁。甘草愣住了。松菴无处可去，两年来，松菴从不出远门，除了到浮山采药草。大半天过去了，没能等来松菴。甘草无奈，把桃酥挂在门把手上，怅惘而回。回家后甘草就病了，高烧三天，直到出发前才好起来。

　　务农的地方在两百公里以外。劳作非常艰辛。再晚再累，还是要写大字。甘草想父亲，也想松菴，想茱萸。茱萸让甘草心痛，爱了就会痛。甘草当时并不知道，爱是人间最痛的滋味。一边想着茱萸，还一边恨着茱萸，越恨越想，越想越恨。村后有小丘，丘上山茱萸成片，春天里开稠密黄花，伞状丛生，等到万物凋零之时，又挂满剔透红艳的珠果。甘草常常流连忘返，发誓日后娶茱萸为妻，茱萸如果不答应，他就天天去找茱萸，任其打骂、冷脸，甘草相信自己会把茱萸捂热。

　　农活枯燥、重复，同学们经常会累到浑身酸痛，许多人不适应，唯甘草兴致饶有。松菴师法自然的样子时有浮现，不知不觉间，甘草就对这大地上的事物起了敬重。春来丘上苦菜生发，甘草用劳力跟老乡换来一碗面酱，苦菜蘸酱让同学吃得满口鲜香。甘草则仿着松菴的口气，在一旁摇头晃脑，苦菜乃一味中药，名作败酱草，最是清热解毒，功效与蒲公英、地丁相似也。干农活儿，有人割破了手，甘草会找来七七菜，松菴说过，这种止血草药学名小蓟……靠着回忆和幻想，许多意义就这么产生了。也似乎只有这么做，松菴和茱萸才能不停地显现。

接骨草四五月开花，起初花苞淡绿如小米状，夏风刮起之前，纯白的碎花便如繁星了。和着药草与庄稼，一起风吹日晒，甘草黑了，也高了，骨骼坚硬起来，肌肉膨胀起来，再看天地万物、日月星辰，甘草已经看出跟从前不一样的意味。农人在高粱地里唱茂腔戏，闻声不见人，"噢嗬罕"，在风中兜转的尾音，夹杂着悲凉哀怨。甘草听见了，会在埝子上发一个长呆。有时候，甘草从地里直起腰擦汗，看看天空，在云阵中发现了一朵独特的云，水汽浓洇，甘草便确信这朵云来自海边。

甘草不敢闲。闲下来，心会被思念咬痛。甘草一有工夫便写大字，两个箱子摞起来就是桌子。同学们起初不解，干农活那么累，回来还写字，耍什么文气。有人开始捣乱，趁甘草不在，拿起毛笔乱比画，糟蹋毛边纸和墨汁子。要知道，甘草练字都是用报纸，舍不得毛边纸。甘草心疼得一夜没睡。

过几天从田里回来，甘草发现砚台也变成两瓣了，原来有人在墙上钉钉子，拿砚台当锤子使。甘草大恼，气血上顶,拳头握在半空,愤愤然准备打架——奇怪的是,甘草忽然停住了。

他似乎听见松菴在唤自己的字号,甘草,甘草。

是啊,甘草如和风细雨,能将甘平之味渗入躁急与暴烈。

6. 师徒墨耕

不知为什么,甘草有一种预感,那就是再也不会见到松菴和茱萸了。

下乡的集体生活,让甘草越发觉得,鬼阁楼的一切像场清梦。而松菴和茱萸,是一缕风、一片云,是寂空的两颗孤星,与众人皆不同,与世俗都不入。

两年后回了城。甘草一天也没耽搁,放下行李便去找松菴。还是跟从前一样,买了万福临的桃酥,桃酥里的猪油已经浸了出来,盖在上面的红纸也是油润润的,一路上像提着盏灯笼。

这一回,甘草的心跳更乱了——上一次的乱,是紧张和暗喜,这回,慌慌的、沉沉的,似乎每一次跳动都能砸断肋骨。

下了大台阶,沿谷底向东,再往北折,就看见了那座德式老房子。每次远远地看,阁楼坡地陡峭,老瓦零落凋敝,缝隙之间蒿草密集,别人眼里的鬼气十足,甘草却能看出一份孤傲、一份倔强。

北折之后，才走两步，甘草便愣在原地，满脸愕然无措。甘草不敢往前了，以为走错了地方，前后左右张望，重新核定坐标，没错啊。甘草只能怀疑自己的眼睛出了问题，为看清真相，便又往前走了几步。

甘草还是不能相信自己的眼睛，因为阁楼只剩下半截儿，另一半好似被大风刮走了，被大雨冲垮了，总之是瓦解的、粉碎的。甘草胸口冰凉，脚下瞬间被抽空，整个人沦陷在虚无里。他内心的某个地方正在塌陷下去，且永不可修复。

甘草跌坐在马路牙子上。桃酥的香甜气味引来了成群的蚂蚁。不知过了多久，甘草嗖地站起来，逮住一个遛小孩的胖老太。那个阁楼里发生了什么？

哪个？是说鬼阁楼吗？哦，老早就是那个样子啊。

里面不是住着两个人吗？

哪有什么人，一直空着，有个鬼哟。

甘草又逮住一个摆摊儿的瘦男人。瘦男人说，里面是住过两个人的，疯老头儿和疯老头儿的养母，一场大火之后，就都不见了。警察来过，没发现尸首。

什么时候起的火？

一年前。也可能再早些。

甘草最后逮住一个戴眼镜的中年男人。阁楼上的老中医去了哪里？

中年男人扶了扶眼镜，也许是习惯性动作，也许是为了掩饰什么，扶眼镜的同时，迅速打量了甘草几眼。甘草听见中年男人在叹气，很轻微。中年男人脱口而出的，只有三个字——不清楚。

半截儿阁楼，像一具焦骸站在那里，杀戮似乎已经结束，只剩地老天荒般的沉静。站在废墟之间，和枯蒿一起疯长，甘草甚至能捕捉到一股永不驯服的野力。

甘草想留下来，变成废墟的一部分。这里符合神话的所有气质，瑰丽又虚幻，悲伤而至尊。穿过那些残垣断壁，甘草感觉自己来到了浮山的峭崖。一种声音响起，是茱萸在吹箫。彼时，茱萸盘腿团坐，坐在一块倾斜的大石头上，身后一株五针松，疏影横斜。茱萸回头看了看松菴，隐隐得意，师父，吹一曲《鹧鸪飞》可好？

都好，都好。松菴盘腿坐在另一块石头上，身后是一株虬枝奇异的老梅树。箫声一起，甘草偷偷湿了眼眶，为了掩饰自己，只好眺望山下——其实什么也看不到，生活的悲欢离合远在地平线以外。

天黑之前，桃酥被留在一个虚拟的位置。甘草固执地认为，从前学字的破桌子就在那里。甘草从废墟中找出一块被火燎黑的石头。在别人看来，这块石头混沌如路边荒野的随便一块，可在甘草看来，这是一块有灵魂的石头。

甘草顶替父亲在土产批发站就业，从学徒做起。那个时候，甘草已是玉树临风的青年，高出父亲半个头。没人知道甘草叫甘草，人们都叫他李可真，或者小李。李可真有了秘密，秘不告人。成年人都是有秘密的，李可真得守住。

父亲身体大不如前。才两年时间，父亲便老了，李可真不能相信，也无法接受。父亲不再与母亲争吵。母亲一个人吵，越吵越没意思，老屋里终于安静下来。父亲基本不说话，饭也吃得极少，神采黯淡。李可真没有提起松菴。他不想让父亲再对世事心凉。况且，父亲若真的细问起来，他也是没有勇气说明白的。奇怪的是，父亲再也没有提起松菴，不知是忘记了还是在逃避什么。也许在父亲那里，松菴的故事不过是寻常故事。

姐姐们一瞬间就嫁了，姐夫们都是老实人。母亲的择婿标准首要是厚道、疼老婆，至于书读多少，会不会写大字，不重要。姐姐们照办了。过年过节，姐姐们一起回娘家，乌黑的辫子已经不见，脸上多出一层戾气，凑在一起说悄悄话的习惯倒还保留着。李可真从那里经过，会听见姐姐们说，嫁给自己喜欢的人，那得有多好的运气啊！喜欢是一回事，结婚是另一回事。

李可真白日认真工作，行事懂避让。上午八点上班，李可真从来都是早到半个小时，洒扫一番，打好开水。谁喊帮忙都应声儿，反正年轻人有的是力气，李可真想。

晚上回到家，便一头扎进纸墨笔砚。墨耕本无涯，李可真像反刍的牛，揣摩临习之时，松菴当年对于欧阳公用笔秘诀的诠释，不断浮现。"细详缓临，自然备体"，强调的是以虚静心态达到审美创造的境界。四"不可"，追求的是中和法度，至于如何才能掌握好这个"度"，就像做人一样，全看努力和悟性了。秘诀所云，看似是笔法，又关笔势，连书写者应具备的心态也涉及了，真乃大妙。

李可真已经写了整十年。从少年写到青年，一天都没停，即便年除夕，也要写上两个小时。因为会书法，李可真成了土产系统的名人。小到写通知、写板报，大到写横幅、写标牌，领导都会点名找他来写。同龄人也羡慕得紧，都说小李有两把刷子。单位的会计与大姐同龄，为人随和，每每对他赞赏有加，可真的字漂亮。会计叫他可真，比小李亲切许多。可真是否还想再与高手切磋一下？会计说起话来总是文绉绉的。

会计说，结婚之前，母亲家有个邻居，写牌匾的，早年闯青岛港，凭书法、篆刻吃饭，名气很大。这个礼拜天我正好回娘家，可以带你过去看看。此人姓庐，也是老先生了，人称庐老。

庐老的年纪与松菴相仿，六十出头，穿一身灰色中山装，脚上是黑布鞋，个头不高，却神完气足，一口浓重的青州腔，悠悠地慢。初登门拜访，李可真就从暗沉的色调里找到了熟悉的感觉。包括几样老家具，樟木、榉木、松木，和自家老屋里的一个模样，都是木筋显露，都是风斑深刻。

一张大桌,占去了半个屋,至少扮演三种角色:全家人的饭桌、庐老的工作台、两个儿子的床。李可真带了习作,庐老在桌前逐一看过,只说了句"有点皮毛"。后来的许多年里,李可真每一次请教,都听不到什么过激的批评,也没有过头的表扬,若写得尚还入眼,庐老只一句"有点皮毛",算是肯定了。

一箪食,一瓢饮,陋室如斯,庐老苦中作乐。上门求书者络绎不绝,好多匾额碑碣、古文诗词楹联就此存留民间。庐老是京剧迷,尤爱三国戏,凡来闯码头的名角儿,庐老都能想方设法弄到票子,实在不行,也要找门路进去。懂字画的行家,拿戏票来换字,诸如此类没少发生。

桌子上方的墙壁,凿出一方空间,是专门放收音机的。礼拜天下午两点到五点,播放固定的戏曲节目,这个时间段的庐老,写字篆刻,举手投足,都有藏不住的神采。这个时间段的庐老甚至不愿意说话。知道内情的,也不会去打扰。

五点钟节目结束,庐老好像忽然从戏院回来了似的,逮着李可真,大谈尚小云的《玉玲珑》、程砚秋的《春闺梦》、马连良的《空城计》、黄桂秋的《春秋配》、顾正秋的《生死恨》、云燕铭的《打金枝》。唱念通笔法,京剧的声腔,书法的运笔,都是一回事。说到意犹未尽处,庐老也会唱上两句"我本是卧龙岗散淡的人,论阴阳如反掌保定乾坤……"

转眼就是初夏,天光越发悠长,蔷薇绕满了花墙,风一吹,甜了半条街。

下班后,李可真从单位步行到庐老家,有时买点时令水果,有时空着手。晚饭就在庐老那里吃,都是家常,庐老不会让妻子额外准备。饭后,师徒二人去散步,随老街起伏,走过梧桐树的密匝,一路上无话不说——看见什么说什么,想起什么说什么,但具体说了什么,李可真又觉得模糊不清。直到物理性的时间起了化学反应,有了时光况味,李可真方才意识到,那一路走下来,都是庐老给予的不言之教,关于做人、关于写字,最终在笔墨之间留下了深痕。

礼拜天更是要在庐老家从早待到晚的。大桌子上各据一角,师徒二人,抬头是写字,低头还是写字。说话是写字,不说话还是写字。大桌子本来就大,这样一来,就被师徒写成了无边无际,从魏晋写到隋唐,又从两宋写到元明,师徒二人仿佛正背负着虚拟的天下。

庐老乃人间通人,篆隶真行草,五体皆能,用笔圆润坚挺,处世也端庄沉稳,所谓人字合一,庐老是真的做到了。朝夕请益之中,李可真逐渐拼凑出庐老的书艺脉络:幼时随前清秀才研读四书五经;二十岁前主攻楷体,大字从颜真卿入手,小字师从二王兼及赵孟頫;来青后,常向书画名家孙沾群、前清名宿张公制、山东大学教授黄公渚等前辈名家请教,书艺更臻成熟,从此再也没有离开书法。

庐老有句口头禅,要凭写字吃饭,先按规矩做人。盖印章的时候,这话就起了仪式感。庐老自己做了一个专用的皮质小垫板,平整且稍有弹性;用印时,仔细垫于宣纸下面;印章是否饱蘸印泥,也要检查几遍;最后用无名指先找位置,才盖下去;同时,嘴上必振振有词,规规矩矩地写字,规规矩矩地做人。一枚饱满、清晰的印章,方摆在那里。

李可真自小得了父亲家教,得了松龛的自然法理,又浸染于笔墨,这份颐养与天成,让他面相周正,举止有度,庐老看在眼里,越发喜欢这个弟子,时常送出几支老毛笔。老毛笔如同墨耕的老犁,笔杆上浸染的墨迹叠加在一处,浓淡深浅,更显遒劲。毛笔也是祝福的信物。一杆毛笔足以撑起无数文人的傲骨,让汉字如同明月般照亮千秋。

只要来了兴致,庐老就会带着弟子去文物商店和古籍书店转转,里面的陈设经常换,李可真有生第一次看到了齐白石的原作珍品、明清对联和条幅。每次去,庐老都要与店员聊上一阵子,经理也一定会从办公室出来,声声庐老叫得紧,很是恭敬。文物商店的经理是个中年人,戴眼镜,世家出身,通常会告知一些书坛新动态。末了还要加几句庐老的美谈,似乎是说给李可真听的,似乎别有他意。

比如，经理说，庐老的小楷书签真是一绝啊，长十厘米，宽仅一厘米半，庐老在上面微书鲁迅诗词、毛主席诗词，极尽精到，得其一帧则幸，在齐鲁传为佳话。庐老您有时间再多写点啊！

眼花了，不行啦！庐老指指身边的李可真，让年轻人写！

在庐老家，李可真常会碰到几位老先生，都是书画界的大人物，却也低调得很。那时没有电话，问安谈艺，只能靠频繁走动。老先生们都是不约而来，坐坐就走，如行云洒脱，君子之交的淡泊，李可真都看在眼里，记在了心上。

其中有位林老先生，也是六十出头，穿中山装，提着黑色皮包，两眼灼灼，头发灰白蓬乱。庐老说，林兄的魏碑那叫一个悲伤。李可真不解。庐老接着说了下去，魏碑美在气象浑穆、点划峻厚、意态奇逸、骨法洞达，这些我做不到，也写不出，林兄此生倒是尽兴，把悲伤变成了巨大的力量。

这番话，让松菴的样子忽然闪现出来。松菴平生所为，大抵也是离不开意态奇逸和骨法洞达，原来，这样的人叫作悲伤的人。李可真一直想问庐老，可否听说过城西有个老中医，欧体绝世，几次话到嘴边，又咽了回去。

林老先生来得愈加频密，每一次待的时间也长，原来在与庐老商量书法培训的事情。刚刚改革开放，老爷子们意气风发，决意为书法传统延续光大做贡献。李可真眼见着林老越说越激动，满头乱发横在当空，那意思，就是被后生们不解书理真道给急的。

"职工书法短训班"很快在工人文化馆开了课。庐老带头，几位老先生齐上阵，授课没有报酬，听课也不需要学费，此举开一方书法教育之先河，更奠定了青岛地区新时期书法发展的格局，日后的精英书家都与这个培训班脱不了干系。

后生们年龄参差，有的与李可真相仿，有的已经三十好几胡子拉碴。每天下了班，他们从城市的四面八方往文化馆汇聚，一时间，文化馆仿佛成了岛城的最大磁场。庐老融通各派自成一家，另几位老先生各领翘楚，后生们全都傻了眼，字，原来是这样写的，不禁群情燃燃，眼界大开。

李可真边打下手边随堂研习。"书法以用笔为上，而结字亦须工。盖结字因时相传，用笔千古不易。"庐老讲到赵孟頫书法观念时，后生们用笔最见端庄，点画与牵丝重轻分明，墨汁也蓄得紧，随运笔之轻重快慢而注出，湿而不胀，枯中有润，不设色却墨呈五彩。

培训班三个月为一期。第二期开课，有了女后生。李可真负责核对名单，猛然看到登记表上有个"朱玉"，心便颤起来。等到朱玉进了教室，李可真的后背已经暴汗，他把双手关节捏得噼啪作响，强作镇定。这个朱玉，竟与茱茱萸如此相像：鼻子挺直，很有主见的样子；再一双凤眼，梢尾上扬，掩不住的清冽。当然，朱玉脚不跛，穿一双红色半高跟鞋，走起路来哒哒作响，像匹骄傲的小马。头发也是刚刚烫过，乌黑油亮。

整整一晚上，李可真都在走神儿。朱玉就是朱玉，人家是和新婚夫婿一起来的，跟那个茱萸没有任何关系。但是，朱玉的出现，让李可真再也无法逃避，李可真一直爱着茱萸那个鬼精灵，爱得要死。

这两年，介绍对象的没断下。小李一表人才，又行事稳妥，有对象了吗？同事大姐和邻居大姨，问得越来越频密。母亲也跟着催促，只有父亲会出面帮腔，先立业后成家，字没写出个门道，结婚急什么？一言不合，父母又吵了起来。

李可真不肯去相亲。他在等茱萸。这是谁也不知道的秘密。那个鬼精灵，脾气臭，脚还跛，谁敢娶她，迟早会出现的。漫长的等待中，李可真已经习惯了心痛。

似乎只有痛，才能衬得起爱。

既然学了书法，就要坚持到底。培训班上，或师徒独处时，庐老这样说。庐老从未高声大嗓，以不变应万变，淡泊于世，优游于艺，再平常不过的事了——平常事还需要敲敲打打吗？

李可真以此学范，深得精髓，主攻蝇头小楷，三年后一举成名，在全国首届书法大赛中拔得头筹，是获奖者中最年轻的。各方关注如海啸爆发，李可真蒙了，这么多年，他只跟自己比，跟庐老朝夕请益，跟二王和晋唐大家学，并不知道外面的世界是怎样的。

媒体蜂拥而至。去过土产批发站还要再去老屋和母校。有的记者让李可真谈感受，李可真说，大赛的消息知道得很迟，交了一幅小楷习作而已，获奖是个意外。这段话让记者很不满意，认为李可真对国赛有掉以轻心之嫌，非要重新采访，李可真推辞了。

那些日子里，亲朋好友纷纷登门祝贺，父亲却淡淡一笑，提笔写了"学无止境"四个正楷大字，贴在案头墙上。不久春节，父亲素有写对联的习惯，便写一副"勤谨传家久，诗书继世长"，除夕夜，同李可真一道贴在新油漆的门扇上。

过完春节，父亲就病了。父亲一生平淡，像一块墨，一点一点地磨尽了自己。到了中秋，父亲几乎不再醒来。还有多久？李可真心里明白，父亲难以闯过明春，却又不愿意相信。

父亲临走的前一晚，忽然来了精神，两眼放光，从床上坐了起来，真儿真儿，唤个不停，大谈处世规矩和做人准则，也谈做小买卖的不易、生活之维艰。真儿，父亲唤，随后开始提及小时读书情形，难得的一脸满足，甚至有些快活，不由得诵起《古文观止》中的文章来。这时，老屋也似乎明亮些许,父亲微眯着眼,轻声而又流畅,抑扬略带顿挫:"庆历四年春,滕子京谪守巴陵郡。越明年……"直至"沙鸥翔集,锦鳞游泳;岸芷汀兰,郁郁青青……"李可真便知,父亲又回到了童年的私塾里。

  天亮时分,父亲走了。

7. 仍然不是尾声

师父絮絮而谈,直把弟子三人听傻。鬼卿快语,最藏不住心思:怪不得师父有一枚闲章,"甘草记",还有一枚"遍插茱萸少一人"。

师父这次没有嗔怪什么,只眼睛半闭,似乎累了。

山柰指着那排老毛笔,北狼、南羊,每一支笔都饱蘸沧桑和心血,现在总算知道它们的出处了。还有博古架上的那块石头,之前还纳闷,它到底有什么独特之处呢?

白术接着说,只道庐老爷子的书迹刻石在崂山留存颇多,真行草隶皆精彩纷呈,为重修太平宫书写《重修太平宫记》,为下清宫所书魏体碑铭《海印寺遗址》,都是其刻石书法的代表之作,却不知庐老爷子还这么迷恋戏曲。

是啊,好字儿换戏票,送戏票的真是赚大发了。鬼卿说完自觉失言,吐了吐舌头。

还好,师父面容平和,已经起了微鼾。

三人对自己的密谋相当满意。待取出事先藏好的录音笔，白术骤然两眼圆睁，脸色大变——录音笔不知何时没电了！三人即刻慌了神儿，蹑着手脚来到隔壁，关上门，重启录音笔，回放后发现，从师父下乡返城去探望松菴，惊呆于谷底，往后的全没有录上。

白术被山柰和鬼卿一顿埋怨。鬼卿夺过笔，恨不能掰断了解恨。山柰打圆场，急有何用？想办法补救是关键。这时师父的声音响了起来：人呢？

三人复又围绕到师父身边，装作什么都没发生。

师父好像休息过来了，兴致再起。既然山柰刚才说到老笔，我就再多说一点，每次啊，握住这些老笔，似能感受到师父们运笔之后的余温正在自己手中。父亲，松菴，庐老，留给我的老笔都有余温。

庐老一直在写，写到九十多岁，看不见了，才停下来。师父说。无论何种书体，到了庐老手上，总能流露出典雅秀劲之气，想来也是品格所致，正所谓人书俱老。

弟子三人连声称是，亦颇有感触。白术说，每次看庐老爷子的书法，人会立刻安静下来，写得极干净利索，没有一丝飞扬跋扈，内敛且有韵味，耐看啊。鬼卿说，现在某些书家，水平没见有多高，看作品便知其人已是傲得没边了。山柰说，应该好好看看老爷子的东西，哪怕学习一下如何用印也是极好的。

三人当然见过庐老爷子。那年冬至，书法百年大展，老爷子黑袄黑裤、鹤发白雪，干练而利落，是个人间的老神仙。自己的师父和众师伯师叔簇拥左右，书坛上的前辈都齐了，气场扑面震人，却又都行事老派，个个儒雅温润，足见庐老爷子书法品德皆高尚，才教出这般厉害的弟子。都说老爷子一生践行君子之道，讷言慎行而古道热肠，人有所求，不论贵贱皆尽力帮衬却不求回报，书界同道无不尊崇。

白术、山柰和鬼卿还记得，庐老爷子走的时候，葬礼上没有哀乐，放的是《空城计》。"我本是卧龙岗散淡的人，论阴阳如反掌保定乾坤……"马连良的唱腔，婉转中不失苍劲，高峰坠石，又着地无声，那一刻，生死纵有顿挫，阴阳也已无界。

庐老爷子仙逝一周年，捐赠展同时启幕。按照其生前夙愿，其五十幅精品无偿赠予市博物馆。无私的家国情怀引发了全社会的深深谢意和敬意，人们前来瞻仰捐赠作品，亦是来膜拜庐老方寸精微的笔墨造诣。白术、山柰和鬼卿，甚至不能相信自己的眼睛，老爷子九十岁书写的精品，无不气力饱满、生动醇厚。尤其珍贵的是一幅小楷扇面，气韵如此高古，如若不是神来之笔，一个九十岁的人如何抵达？

庐老爷子活了九十九岁，始终保持着天真与淳朴，良善的心志为老爷子带来了福寿与好身体。白术、山柰和鬼卿曾在展览现场一起感叹，庐老爷子那一代完整地解读了古典书道，重学养、重功力、重襟抱。

说话间天色已经黑透，师父情绪不减，白术想到科技城买支新录音笔，怎奈一直脱不开身。三人着急，也惋惜，今天这些话，师父以后能否再提起，真的不好说了。三人只恨自己没有过耳不忘的本领，又恨自己没学过速记。

审世间事物，居精神所安，遇不顺亦能委婉处之，淡然不事张扬。

鬼卿不解，刚才师父说的这句，是戏里的词，还是自己的话？

白术嫌弃鬼卿，师父在说自己的师父呢，这都听不出来？

山柰认为，师父说的是从艺标准——写字者，写志也。

师父讲完故事，沉睡了两天，醒来沉默不语，只专心临池。

弟子三人围拢在旁边，不放过师父如何用笔。师父将三人赶走。说了多少回，不要学我，篆隶真行草，秦尚象、汉尚形、魏晋尚韵、唐尚法、宋尚意，样样都是经典。

弟子三人商量好了似的，谁也不肯走。师父没再说什么，继续写了下去。这两年，师父已经写不了蝇头小楷，行草风格倒有突变，传统面目里多出当代意味。尤其是病情稳定以后，用笔不拘法度，偶有涂抹——当然，涂抹也是用笔，好似高手月下舞剑，一收一放一凝霜，唯性情与自我。遥想王羲之与友雅集，饮酒作诗，心怀喜悦，微醺之际,一口气写出《兰亭集序》,虽有八处涂改,恰是心情流露处,反而成为天下第一行书。

醒时,弟子三人继续陪师父去海边晒太阳。谷雨将至,花事稠密,有的刚开过,有的打着骨朵。鸥鸟开始北迁,海边安静了许多,喂鸟的游客也散了。

这一天,师父看着海平线不说话,弟子三人也看着海平线不说话。师父好像意识到了什么:我是不是太严厉?看你们个个拘谨的,连句话也没有。

鬼卿第一个开口。师父,我哪敢说啊,怕您生气。

往后,师父再也不生气了,只管说吧。师父似乎回到了从前的样子。

鬼卿放下心来。师父,徒弟见您近来喜用狼毫间毫,偶有老笔秃笔,有时下笔全凭心意,水迹太肥,全无字形,细看倒也别有生趣散淡,洇开的都是原始与天真。

山柰说,我也感觉到了,师父,您乘兴产生笔势,一派天然。

白术说,写到一半,侧锋逆行,违背笔性,又能在收笔时归于中锋,挽危局,出奇制胜。

师父哈哈大笑着,真是这样吗?我竟没有觉察,感谢诸位方家点评。好啦,回去做顿好吃的吧。小院里的蟾蜍草再不吃就老喽,坊间管它叫蛤蟆皮,别看表面疙疙瘩瘩,倒也是一味消炎解毒的中药,专治慢性支气管炎。今晚用它裹上玉米面糊糊,平底锅里煎一煎,煎到两面金黄,蘸蒜泥。

师徒四人,一派从容淡定,谈笑不止,恰是夕阳染金,他们走在里面,好像披挂着金甲。回到家,白术陪师父听京剧,清凌凌的京胡声中,送出唱念做打,霓裳翻飞。山柰、鬼卿在厨房准备晚饭。

山柰一向有雅兴,食不厌精,鬼卿负责打下手。不知怎的,就说到了故去的师母。三十年前,白术、山柰和鬼卿还是顽劣少年,被各自的父亲拎着来拜师,师父仪表堂堂,正是三人现在的年纪。师母总在厨房里忙着,做一手好菜,却不太爱说话。

鬼卿说,初二那年暑假,我调皮闯了祸,怕父亲揍我,来跟师父求救。师父就在客厅里给我支上床,我住了整整一个礼拜。师母每天变着花样做好吃的。饺子分荤素,荤有荤的包法,素有素的造型。师母最拿手的是单饼卷芽菜,那饼筋道,有嚼头。

山柰也对师父的家宴赞不绝口。还记得吗?大学的第一个寒假,你带回来的是北京烤鸭,白术带的是稻香村糕点,你们都在北京读书。我从杭州回来,带的知味观醋鱼。师父请吃饭,都是师母的手艺。一道清蒸红加吉,一道海捕大虾,器皿也是成套的骨瓷,釉色雅致,凉菜里有春卷……

忽然,山柰、鬼卿停住了,互相对望着,幡然醒悟一般:那个茱萸,就是师母?

不对啊，我记得师母的脚不跛。

师母清瘦，气质优雅，像个大家闺秀。

你再仔细回忆一下，师母的脚是不是有点异样？

大学毕业后，在外闯荡了几年，再回来的时候，师母已经走了。那时我们各自忙着结婚生子，后来又忙着索取功名，早就把师母忘了。

记忆中，师母像一幅淡墨，是用最轻的笔勾勒的，一抹轻轻的寒、一笔袅袅的烟，却又有种说不出的从容和淡定……

厨房里的水汽渐渐蒸腾，鬼卿和山柰的记忆，终究一片模糊。

往事还有许多许多，李可真没提。或许累了，或许忘了——或许，苍茫此生又如何讲得清楚呢？

年龄越大，李可真的心上越写满了辽阔寂静，岁月在别处是堆积的褶皱，在李可真这里，则是无尽平和；每一次回头，都是对命运的宽容。

父亲最后，已经不认得人了。许多年后，庐老也不认得人了。他们都问李可真同样的话，你是谁？不停地问。

庐老住院期间，李可真日夜守护，跟当年守护自己的父亲一样。一天，昏睡多日的庐老醒了，床头被摇起，庐老斜靠着，嗓音低沉沙哑，用的是昔年与弟子对谈时的目光。往事流淌，说着说着，庐老忽然问，你是谁？

我是可真啊!

可真啊!你真是我的好学生啊!

庐老竟涕泪不止,仿佛枯井涌出了泉水。李可真慌乱无措了,流泪了,嗓门大开看似很兴奋,实则是在掩饰内心的悲伤——李可真不愿错过这片刻的虚妄。只一会儿工夫,床头摇落,庐老又开始了漫长昏睡。

庐老走了以后,李可真一直想梦到他。真正清晰地梦到,却也只有一次。庐老穿中山装,脚上一双黑布鞋,还是初见时的模样。梦非常短,随后便惊醒了。

好些个下午,李可真枯坐于书斋,太阳斜斜地照着,所有物件都变得明透起来。在书案边,李可真感到庐老又回来了,正坐在自己对面,逆光里递来一支老毛笔,笔杆上的墨迹,浓淡深浅。

因为毛笔,墨耕得以延伸,神话不至残缺。在这师徒二人身上,一个时代的传承与文化都凝聚在笔锋上,李可真仿佛从师父那里继承了一笔巨额的遗产。不,它们无穷无尽。李可真甚至希望自己也能作为庐老的一件作品,作为"全豹"之"一斑",让世人得以管窥庐老的高洁之境。为了这样一件作品,李可真始终在践行君子之道。

每念庐老,李可真都会念起父亲——就像每念父亲,都会念起庐老一样。书房北墙,挂了三幅肖像,分别是父亲的中年、父亲的老年和庐老的老年。李可真四五十岁时,人们说他与照片里中年时的父亲一模一样。李可真七八十岁时，人们说他与照片里老年时的父亲一模一样，也与照片中的庐老一模一样。李可真望着镜子，满意地点了点头，发现自己终于长成了自己想要的样子。

至于三幅肖像旁边的那张，人们只道是寻常的黑白风景，石头与树而已。人们不知这是浮山上的一株老梅，虬枝奇异，沧桑深刻；人们更不知，老梅便是李可真心中的松耷，在柔软又坚硬的生命深处，李可真始终掩藏着一个不需要倾诉的秘密。

想当年，斩获大奖，一夜成名，李可真越发想念松耷，私下里没少打听，结果都是查无此人。松耷不属于谷底。松耷心向自然，不会在俗闹市井停留，去那种地方找，除了触及伤感，李可真认为再无意义。

松耷一定把情致留在了浮山。那里云罩峰顶，雾漫叠嶂，还有松耷心爱的药草和山泉。松耷生死不见，李可真只能提二斤桃酥上浮山，盘坐于树下，替松耷吃将起来。入口香甜酥脆，还是老味道。回想起第一次拜见松耷，仙风道骨的老中医竟像个馋鬼，李可真便笑了，笑中飞着泪。自此李可真每年都要上几回浮山，七十岁之后，腿脚不灵了，才罢休。浮山也是模样大变，从前山脚下灌木丛生，碎石满坡，周围田野空旷；现在，高楼大厦逼至山腰，车水马龙的轰鸣里，再难听到泉水欢唱了……

也算前缘再续，李可真中年以后迷上了京剧，若非父亲阻拦，或许当初他就去了京剧团。真儿，该写大字了。

父亲跟庐老一样，从无高声大嗓，却也不容抗拒。整个夏天，老屋密不透风，父子俩光了脊梁，还是大汗尽出。少年李可真在赌气地写，父亲在一边扇着蒲扇。姐姐们从旁边走过，撇撇嘴，哎哟，少爷！

父亲的日子并不好过，只是装作什么也没发生。人生无常，父亲没有把这句话早早地告诉他的真儿。人生无常，本是每个人迟早要发出的感慨、面对的挫折，何必那么早让真儿知道呢？父亲忍了又忍。

老年的李可真，经常犯矛盾：一边想早点到另一个世界与师父们相见；一边又想替师父们在这人世多活几年。时间洇散，唯有借《鱼肠剑》里的两句唱词释怀："一事无成两鬓斑，叹光阴一去不回还。日月轮流催晓箭，青山绿水常在面前。"

后来，世人喜欢这样谈论李可真，字甘草，书法界大名鼎鼎的人物，讷言敏行，功夫都在手上、心上，三十岁拔了全国书法比赛的头筹，从此一发不可收。青年时期钟情小楷，中年以后多以洒脱的行草书示人，书法与生命相互补充，彼此制衡。甘草先生爱书法就像爱着他的生命，自称是"因书法而荣幸"的人。

那些晨光的熹微，那些月黑的暗沉，四周都是浑然的静。宣纸展开，老笔逆行，李可真便听见了启幕的声响。幕一启，就是几派大家气象，不用开口，亦不用抬手，已经样样都有了。老戏骨的金玉之声，唱尽人间的幽咽恨意，寥寥数句，满场的浑厚铺张，仿如天地泼墨啊，李可真在深处叫起了好。

《中国作家》2021年第8期首发，《小说月报》2021年第10期、《长江文艺·好小说》2021年第10期、《中国当代文学选本》第7辑转载。

贺中祥 题字

楔　子

潮汐起落，绕岛而行，南来的叫前海，北去的归后海。前海后海都是海，却又是不一样的海，至少在老家伙的掌故里，分明如泾渭。

这一天，老家伙们照常晒太阳。三五一撮儿，七八成堆儿，嵌于明丽处。

凡能出来晒太阳的，任他古稀耄耋，腿脚都还稳扎着。有的沿栈道挪步倒行，似乎想让时间回车。有的把钓鱼这件事也一并做了，尽管钓上来的是蓝色水滴。

晒太阳有讲究，腹为阴，背为阳，静脉和穴位都在后背上。老家伙们将背脊冲阳，眯着眼，不耽误吹牛侃山。人来癫疯的，竟将衣服撩起，露出老年斑、肉赘、瘊子，露出时间的褶痕和锈迹。不好看也要露出，为的是晒晒命门和肾枢，这俩穴位在腰背正中，晒了补肾气，肾气一足百病除。

却也终究是老了，肾再好，又能好到哪里去？一边晒太阳一边指点天下,才最要紧。从国际到国家,从四面至八方,从古延今,老家伙的心要操碎了。有道是老而慈悲为怀,可争论起来那互不相让的劲儿,就好像肾气从未丢失过一样。老烟嗓、老枪嗓、老风嗓、老牛嗓,管他什么嗓,都是嗡嗡的,声带里装满回音。

也会说到身边事,说前海后海之差异。早些年,前海的姑娘绝不肯嫁到后海去。这些年,前海的房价要翻出后海好几倍。前海打造旅游码头和中央商务区,到处有网红打卡地,城市封面都在前海。后海适合拆迁安置,建的是港口和工业区。

栈道不远可见小型浴场,一弯月牙滩上,沙细如粉,色泽泛金。放风筝的、打旁练的、露营的、卖贝壳的,闹哄哄都在那里。逢天文大潮,浪头怒怼到更衣室前,沙滩不见了,人声才能消停。这种时候,栈道上亦不敢待,浪头有魔性,每年都会卷走人,眨眼就是生死。通常在天文大潮过后的第三天,相安无事了,老家伙们重新回到晒太阳的地方,指指眼前的海——

一个说,除去天文大潮,每月农历的初一、十五以后,两三天内,都会有一次大满潮。

另一个说,涨潮时间每天都不同,十五天一个轮回,回到原处。

再一个说,总是这样的,一天会有两次满潮两次低潮,满潮低潮之间隔六小时。

还有一个说，满潮也好低潮也罢，涨得再高落得再低，还是得有平潮期，绝了，大海呆住，不涨不退，一动不动。

是日处暑已过，燥意渐退，风干松起来，任谁的腰腿肩颈都轻快不少。等初阳染红海面，老家伙们已进入吹牛皮时间，忽地，沙滩上热闹开了，咋呼声骤起，过鱼般密集。

那边怎么回事？

好像拖上来一只海蜇。

几问几答过后，老家伙们并未丢下自己的事。老了就要笃定些，还有什么没见过的世面？海蜇而已，这季节漂在浅水区不足为奇，正忙产卵呢，性狂爱蜇人罢了。

那边，海蜇被抬上岸，众人围拢，性格外向的即刻呼喊出口，尚能稳住的亦言表惊诧。众人打起赌，关于海蜇的重量和尺寸。

赌十斤散啤，赌两盒好烟，赌一顿烧烤。

赌着赌着，脸红了，脖子也粗了，原来都是当真的。

几公里外，常年有早集，好事者油门一踩，跟撬裤脚的借来软尺，跟鱼贩子借来秤。经现场测量，海蜇直径超一米五，重逾一百六十斤。咋呼声再次猛烈起来。赢了散啤的，输了好烟的，最后约定当晚烧烤店不见不散、不醉不归。

这当刻，海蜇瘫泄于沙滩，眼见着缩水。不知哪个

"脸基尼"大姨在喊：快切了吧！分分，回家拌着吃。

众人一致赞同。

好事者折回早集，还软尺还秤，再借西瓜摊的刀。

最后，谷子被捧在中心，像寿星过生日切蛋糕一样，将海蜇大卸无数块。见者有份，又是一阵咋呼，终被浪潮声盖过。

谷子与海蜇成了宇宙中心。快递小哥、钓客、酒鬼、剪头发的托尼、饺子馆的老板娘，各色人等将这奇闻不断转发，一份前海独有的生活秀，在秋日里持续发酵，很是杀口开胃。

等到打听明白，老家伙们就再也稳不住了。一个说，谷子果真厉害，竟毒过了海蜇。另一个说，个头儿巨大，蜇住要害能损命哪。再一个说，谷子到底怎么拖上岸的？还有一个说，后海长大的就是野，不服不行。

说着，神情皆复杂起来，明明是在夸谷子功能特异，却又难掩不屑。

在海边，人混脸熟，名字可记可不记。

谷子倒是容易被记住。

谷子玩海，三百六十五天几无缺席，零下九度的寒潮来了，他也要下海浸上几分钟——如此这般，谁会不记得他的大名呢？

当日，天堪堪放亮，谷子已在栈道上，压腿、绕膝、沉肩，给出漂亮空飞。栈道与海面落差三米余，谷子的腾空足够舒展，腰腹是紧绷的，却又不会一紧到底。留有余地，方能找到良好的入水角度，这个他最懂。入了水，屏一口气，再潜二十米，浮出水面，志得意满。

此跳法名曰"大飞燕"，非高手不能为。几个"脸基尼"齐齐叫好，谷子挥挥手，与老娘们交换了友谊。原打算再蝶泳几番的，不远处突然漂来大堆透明物，经验告诉谷子，是海蜇。等到近了前，这海蜇的大，完全超出所料。毕竟是浅海，少见哪。

海蜇不笨，感觉动静异常，转身就往深处走。

谷子扎个猛子潜下去，使出一把劲，想抓住，可这货太滑。眼见要溜，谷子急了，右手猛地插到蜇头里面，用力将其钩住，比榫卯还结实。

海蜇逃不掉了，谷子一边划水一边往岸边拖。

海水浮力大，借浪涌推送，尚能拖动。一出水面，谷子才意识到单人根本对付不了。赶紧叫来四个常年游泳的壮汉，使出合力，才把海蜇抬上岸。仅是搭把手的工夫，壮汉们的手上胳膊上——凡碰触过海蜇的地方，瞬间起了麻密红疹。谷子与海蜇搏斗半天，竟毫发无损。

谷子也纳闷，难道自己这层皮和别人的不一样？小蜇无感，就算哪次蜇狠了，上岸抓把沙，擦掉沾在表皮的毒液，基本就无事了。

坊间传言，谷子能以毒攻毒。也有知根底的，说谷子在后海野滩长大,打小生吞糠虾屎蟹,体内早就生成抗体了。这说法与老家伙们一致,复杂的神情也相同,明明是在夸谷子功能特异,却又难掩不屑。

谷子不介意。这么多年,他已甘心接受自己在许多时候成为一个笑料,当然他也会成为奇谈。

由谷子说到后海,老家伙们就再也控制不住自己了。

后海乃糙野之地。是处风野、浪野、滩野、人野。祖孙三辈住前海的也难逃俗戾,可一旦说起后海,就忽然变得像个世家子弟,好像祖上读书都读出了名堂似的。

从前,后海根本就不算海,哪有什么阳光沙滩,全是大雾,冬天冻死人,呜呜西北风能把重物刮跑。后来有了工厂,后海就更不是海,废水一排,成了烂泥滩,麻麻癞癞的。大烟囱直冒黑烟,街上走一趟,衬衫领鼻孔眼都黑了。前海呢,皮鞋一个礼拜不擦还能照见人影。

后海的若在旁,就会顶真起来。别看人老了,玩后海的永远口音硬、脾气冲、体格精瘦。少年的他们在海里扎猛子讨生活,老年的他们在岸边垂钓抬死杠,沧桑深刻于法令纹,那强硬的走势,仍在表明内心的不服。他们说,海是双面的,前海是面子,后海是里子,一个也不能少!当年若无那些制造业撑着,海再蓝也不能用来过日子,哼!没有后海,岛城长不大。

偶有透辟于俗世的老家伙,实在听得不耐烦,清清嗓子开始断案。吵什么吵,也不怕年轻人笑话。岛城建置才一百三十年,往前翻,都是移民。你爷爷跟前海没关系,你爷爷的爷爷连前海什么名堂都搞不明白哪。

众人怔了怔,透辟的老家伙继续清嗓子断案。明洪武到永乐年间,为当朝守卫所的官兵,携了家眷,来到鳌山卫、浮山所、灵山卫,算是第一拨移民。1897年,德国人强行闯入,修铁路建码头,第二拨移民就扑了过来,卖劳力拼脑子,扎下根,娶妻生子。

众人安静下来。透辟的老家伙,嘴角已积起白沫,越说越来劲——第二次世界大战,日本入侵,战火不断,岛城在大陆尽头,比中枢要道好活命,移民再起,几个县的流亡政府、流亡中学都来了,省流亡政府也来了。这么说吧,从1897年到1949年新中国成立,一拨拨的移民,就像海里的浪头,一个接着一个,一个高过一个……

众人偃旗息鼓,开始打听彼此祖籍,何时来的,为何来的,怎么来的。一来二去三回四转,竟找出一些或平行或重叠的家族轨迹,熟谙的越加熟谙,陌生的亦不再陌生,气氛异常松动。

不出所料地,最后都归到了洋流和鱼群。这个时候,众人皆温柔,眼里浮动着光。原本就该如此的,在前海后海交接之地,环岛海流带动起海底沙泥,水质混沌才能鱼种纷繁,鱼群的穿梭不停就像岸上的喧嚷不息。

"还是后海好啊,早年吃不饱,后海泥滩里的虾虎又肥又多,捞一盆可以当干粮了。"一个说。

"管他前海后海,海边的人总归有吃的,海货就是粮食。"另一个说。

"海里的东西挖不光也捞不完,下次涨潮又送来了新的。"还有一个说。

1

老家伙们没说错。

20世纪70年代中期,后海岸上一片灰蒙厂区,相当枯燥。大风卷起机油的味道,在厂区之间形成旋涡。少年谷子只恨自己生错了地方,为此,连自己的父母也一起恨了。

这个冯家老三,自小野于滩涂,肚里有虫,脸上长癣。翻过纺织厂宿舍北墙,便是后海滩,数条污水在此汇入,滩泥又臭又肥。屎蟹、泥蛤、糠虾,肉身肥大外加味道鲜亮,谷子把它们当零食,搬开石头,抓住就往嘴里塞,像现在的熊孩子吃辣条一样。

1955年国庆节,冯家长子出生,十大元帅授勋刚结束,冯父认为儿子的名字里应该有"元"。二子1958年出生,冯父认为儿子的名字里得有"跃"。老三1961年出生,自然灾害不少,粮食比天大啊,冯父便在儿子的名字里加了一个"谷"。老四1963年出生,全国人民学雷锋,

"学"字正当其时。老五1970年出生，属意外之喜，繁衍之事该收尾了，"季"字等在那里。

冯父同时认为，日子变来变去，海永远不会变，海能让人活命，于是便有了元海、跃海、谷海、学海、季海。

大名起好，冯家父母却叫不惯，平日里只喊大元、二跃、谷子、四学、小季，邻里亲朋乃至后来的同学同事，也跟着这样叫开了。

冯父毕生的讲究，似乎都用在了给儿子起名这件事上，除此之外，他是一个没有耐心的父亲，一个夏顶烈日、冬吹寒风的铁路巡道工，每天八小时，二十公里，雪雨无耽搁，体能和意志被极大地考验着，下班回家不嗞溜二两老白干，难以将息。可一嗞溜，暴脾气就上来了。五个儿子，至少有四个饭量惊人，且顽劣，且不爱读书，都没少挨打。

冯母跟冯父一样暴躁。纺织挡车工，三班倒，常年淹没于噪声里，在纱锭车之间小跑，加上孕生之苦，体能和意志也被极大地考验着。儿子们吃饭时才会出现，大多数时间是找不到的，对此她已疲于应对。晚上临睡前，数一数，五个，不少，关灯，一天便过去了。

唯独赶海的日子，儿子不嫌多。

赶海通常发生在大风骤停的第二天。原本满涨的海水，只一顿饭工夫，就不知跑到哪里去了。

岩礁和砾石裸露出来，虾兵蟹将、鱼贝海藻，数百米内外都是它们。

众人从大杂院奔出,轰隆隆地往海边去。推小车有之,挑扁担有之,挎篓子拎钩子,妇孺皆不走空。

须知道,在后海人家的认知体系里,赶海水平高低与生存能力强弱,二者关系是等同的。选女婿,兹事体大,亦从赶海下手。谁家姑娘追求者众,那就一人丢过去一只藤条篓子,让他们下海挖蛤蜊。能干又会过日子的,上来时不仅篓子满满,还额外多了两小"麻袋"。原来,为摘得花魁,尔等灵机一动,裤子脱下,裤脚口扎紧实,里面塞满蛤蜊。

幸好那些年都穿粗布裤头,肥肥大大,若是现今的紧身三角裤,沾水就贴身,伤风败俗,这样的女婿也是没人敢要的。

海货的叫法,是后海自己的叫法,前海人若来了,恐怕听不懂。辣游、花游、鸡鼎、海青、海黄、牛毛、骆驼毛、海麻线、海紫儿、谷穗菜……多到不可思议。众人手忙脚乱,却也乱中有序,笑声、骂声、啸叫声、打屁声,嘈杂而洪烈。

一旦涨潮,分贝便也达到了最高值。找儿子的,喊爸爸的,叫姐姐的,骂老婆的。只是内容指向再复杂,总有统一的后缀——涨潮啦,回家啦。

冯家齐上阵,一筐筐的海货背回了家,众人都是羡慕的眼光,儿子多,管用,好收成啊!

那个时候,谈论海货,就像在谈论粮食。

也有说话败兴的,比如收成再多也经不住大饭量,比如日后娶媳妇的钱哪里来,等等。

赶完海,虾子做虾酱,鱼杂做鱼酱。上讲的黑头挑出洗净,铁丝穿鼻,风里甜晒,兴许要到年关才能吃。海螺、海蛎子直接倒入大锅,点火开煮。海菜梳理清洗,去泥沙杂质。有点闲工夫,冯母会包顿地瓜面海菜包子,多数时候图省事,加一把苞米面做了疙瘩汤。

谷子偷溜进厨房,一勺猪油藏碗底,凝脂雪白瞬间溶于热汤,浮起一片油花儿。

日子有所改善,是大元、二跃就业以后。

就在后海的重型机械铸造厂,大元当了翻砂工,二跃当了钳工,都属重劳力,尤以翻砂车间环境恶劣,壮汉也撑不了多久,有门路的都在托关系换岗。大元乐于现状,只因那里五班倒,时间充裕,可以干点副业。

什么副业?

每天大潮退尽,到齐腰深的水域挖蛤蜊,俗称"下大抓"。

工具说简单也简单,说精到也精到,拢共两件。一件,轮胎改造的保险圈,上捆渔网;另一件,长杆铁网抓,可以理解为焊着铁杆的笊篱。

遇好潮水、好运气,一挖一麻袋,不是空话段子。

上岸后，或去集市卖鲜，或回家大锅蒸煮，扒肉晒干，不日再换钱，既可帮衬家境，又可攒钱，早日娶上媳妇，搂着睡觉。

赶海不分昼夜。夜里配一个嘎斯灯，其原理跟工厂的气焊大同小异，乙炔燃烧形成一道火焰，亮如白炽。

大元、二跃配备齐整，逢大潮退尽，提灯顺"海道"向深处走。"海道"是后海奇特的自然现象，潮落时，随"潮脚"显现。也怪，同是从岸边去海，四周滩涂泥泞不堪，一腿一腿地下陷，唯独"海道"坚硬异常，铁锨都铲不动。

大元、二跃干上了瘾，等到各自攒下三百元，瘾头就更大了。当时人均工资三十五元，多数家庭都是透支的，临发工资那几日须借钱聊度，三百元已接近天文数字，兄弟俩半夜都能笑醒。

厂里工种熬人，每天丢失大量体液和电解质，下了班原应该补觉养神的，否则长此以往必致内耗。哥俩终归太年轻，被荷尔蒙顶得上蹿下跳，气盛得很，偶有心率加快、胸闷气短，也是不管不顾的。他们说，不打紧，精血满着哩，有的是气力。

那段时间，冯家正在走上坡路。大元、二跃挣外快，高兴。谷子凭游泳特长进了区少年体校，也高兴。教练说，这孩子有点意思。

所谓有点意思，是指谷子腰长有力，身体呈流线型，天生是游泳的料，扔到体校苦练几番，定能一力胜十巧。

教练没看走眼。不出一年，谷子就在全市的少年游泳比赛中得了冠军。可他顽劣不改，沉不下心，每天应付完教练规定的内容，便偷懒耍滑，追女生打群架，再也不出成绩，不久被退了回来。

糊弄完初中，谷子揣着烟盒般大小的毕业证，走出校门。接下来，他不再是学生，也成不了工人，只能四处游荡，做临时工。谷子却不知愁，在心里庆祝这份自由，并跟父母许诺，像哥哥那样"下大抓"贴补家计。最拮据的日子已经过去，谷子还是孩子，挣钱与否，冯家父母并没当真。

毕竟进过专业队，谷子擅深潜，而深潜是可以摸到鲍参和大螺的，这些海货值钱，一次就顶哥哥三次的利润。谷子交给父母一半，自己偷偷留一半，跑去上街的老字号吃将起来。

上街有饭店、照相馆、电影院……其繁华程度不输前海，后海几代人对于美好生活的追求都留在了这短短几百米。三盛楼的灌汤羊肉蒸饺，现蒸热卖。与蒸饺最搭的是羊杂汤，料放得足，大块羊血肉碎浮于汤面。谷子呼呼下肚，第一屉顾不上品味，第二屉才知肉香膻浓。以此类推，他还吃过美林烤鸡和老沧口糕点。

气血两旺之际，吃饱了不发散，攒出邪劲就麻烦了。

好在，除贪吃，谷子亦爱游走，从上街拐到下街，那里有十余家纺织厂，谷子逐个兜转，碰上严肃的门卫，亦能想办法从眼皮底下溜进去。

游走的内驱力究竟来自哪里，谷子不明所以。或许想去远方，可远方太远；匍匐于生活，老老实实，他又不甘。站在厂房与厂房之间的凹口，风像皮鞭一样抽打过来。与此同时，他的胡子钻出了皮囊，一天比一天坚硬。

厂区里气味复杂，煤油味、柴油味、未洗净动物纤维的臊味、工业香料味……有时极其微弱，不易察觉；有时直呛鼻咽，让呼吸肌快速收缩，肺内产生高压，声门突然开放，气体由气道暴发性呼出，令他咳嗽不止。

厂区附近有一座桥，众人将其称为火车站桥。过了桥，就是化工厂，谷子曾和发小逾墙而入，到废料堆里寻找铅丝或碎铁，用来制作火药枪，或者只是卖到废品收购站去。后海人家仇恨化工厂，西北风一刮，整条街都是刺鼻的，家家户户门窗紧闭。遇上东南风更糟糕，住下风口的半夜会被怪味呛醒。

从那座桥往西三五百米就是火车站，谷子听见火车进出时的鸣笛，接近凄厉的嘶叫。

2

冯母所在的纺织五厂,谷子闭着眼也不会迷路。

厂门分南北,南门为正。广场垂直线上一排日式厂房。沿藤萝花廊往北,直通食堂。食堂外墙上都是黑板报,两米长方,少说也有三十块。食堂门口有个篮球场。篮球场旁边是大礼堂,公休时间免费放电影。大礼堂再过去就是澡堂。

总之这片区域谷子最喜欢。他曾在里面洗过澡,看过电影,吃过食堂——曾掩护漂亮班花混进来共享以上福利。班花的家靠近化工厂,若不洗澡,长辫子会被熏臭,谷子于心不忍。每次看到班花从澡堂出来,小脸嫩白粉红,谷子就想上去亲一口,摸摸她胸前正在鼓起的小丘。

澡堂往北是织布车间,往东是粗纱、梳棉车间,再往东是细纱车间,往南是后纺和前纺车间。谷子很少往车间方向走。车间里噪声很大,说话靠喊,冯母的狮吼应该是在里边练成的。到了夏天,车间温度高达五十摄氏度,热浪外涌，似能将周围空气点燃。

在谷子游走的平行时间，冯母或许在机器喧嚣、毛絮纷飞的车间奔忙，或许下了夜班在家补觉。谷子从来不能确切地知道她正在做什么。做什么也都不足为奇。纺织厂动辄四五千人，女工占去五分之四，做什么或不做什么，冯母与其他女工不会不同。

制冷车间靠近北门，旁有水塔矗立。几乎每个厂区都有水塔，它们来自20世纪30年代，无论从哪个角度望过去，这些巨物都在傲视整个后海。塔高二十余米，下宽上窄呈梯形，四周用立柱支撑，钢筋混凝土结构，顶端设方形储水槽，靠高度差形成自然引力，将水送往工厂各处。

再就是高耸的烟囱，比水塔还要高。粉尘从里面冒出，四处飘散。与此同时，海上飘起了化肥船的臭味。

当然，一切会在秋天变好。

秋天，风来自云端，带着纯正的清新感，绝不是那些盘错于工厂之间的低矮又黏稠的风。黄昏一旦霞彩漫天，后海便扑了胭脂，坚硬的东西都模糊下去。

谷子站在岔路口，听见轰鸣声骤然响起。起初是犹疑的，渐至清晰、锋利——下班的人流从各个工厂汇聚过来，形成人潮，溢出自行车道，气派地往前推进着。

当时每个工厂都配备澡堂。下班前脱下工装，工人们把自己洗得干干净净，轻松地跳上自行车，说起粗鲁的笑话。常有男青工忽然停下，单腿点地，眉头微蹙，全神贯注地点燃一根烟，整个过程帅气十足，谷子便叹服了，恨不得一夜变成二十岁。

某次，谷子看见一男青工，浑身兜满了风，臀部已离开车座，身体大幅度摇摆，平衡感极好地左冲右突，终于追上目标，用二八大金鹿车头别住了另一辆车头。两个男青工将各自的自行车当街推倒，随即对打起来。

整个过程没说一句话。

未及谷子回过神儿，双方的鼻子已经血流如注。

夕阳遍洒，将这刻雕镂如金，女青工的尖叫响彻整个后海……谷子方才意识到，被追上的那辆自行车的后座上，原本有一个女青工。她刚刚洗过的长发还没有干，湿答答地贴在红色连衣裙上。

谷子站在当街，被新鲜的血腥气和潮湿的香气同时击中了。

女青工玉琢般的脸，说不清在哪个位置——对于她，谷子的记忆始终是恍惚的、虚化的，以至于不能确定究竟在嘴角、眉心还是眼梢，有颗美人痣。

看热闹的人围了个水泄不通，形成梗阻，像死疙瘩。

女青工脸色惨白，眼神破碎。

谷子生出一种愿望，比同情还要重一些，应该是心疼。他想冲上前去安慰她，解救她。

后来，谷子一直想再次遇见她。因不知她在哪个厂上班，谷子开始寻找，游走成了一件不知疲惫的事情。直到秋风变冷变硬，女青工仍没出现。

又一个无所事事的下午，谷子看了场电影，惊觉于女主角和那女青工的相似度，眉眼间有媚气，亦结愁绪，黑色大波浪长至腰间——那是一副马蜂才有的细腰。

电影没看完，谷子便离开了电影院。他已经被某种虐心的情感俘获。站在灰突突的街道上，如孤行的小狼，毛发俊逸，眼中泛起忧伤的蓝光。忽见路边邮局的书架上正售卖电影杂志，不出所料，里面有一整版的女演员剧照，他迅速买下，向厂区跑去。中途稍做停顿，再买一盒大前门烟，同时编好了说辞。

我表姐和这个演员长得一模一样，就在你们厂，大叔你可有印象？

谷子先敬烟，接着把剧照送到门卫面前。碰到老实的门卫，会想一想，摇摇头，说没有这样的女青工，太漂亮了，不可能有。碰到浑不懔的门卫，会一把抢过烟，同时送出一脚，笑骂起来：小流氓，别在这里耍聪明，花花肠子想骗我，没门儿！或者，小流氓有这么漂亮的表姐，干脆别叫我叔，叫我表姐夫得喽。

入冬以后，谷子依然没能找到那个女青工，他感到失落。找到了要做什么？谷子不会有勇气上前打招呼的。可一想起那天她惊慌无助的样子，谷子的保护欲就满格了——此欲念愈强，自责和自卑愈重，他知道自己根本没有能力为她做什么。

直到北风上岸。

北风上岸，一路砍伐，人人肩膀内扣，脊背拱耸。棉衣扩充出臃肿感，下班的人流更加庞大了，骑行速度也慢下来。突然，摩托引擎声轰鸣，谷子应声望去，见车手戴头盔，穿长款皮衣，装备很完美。后座女人搂着他的腰，装备同样完美，褐色长靴几乎闻所未闻，只在电影里出现过。

自行车流分叉，让出通道。有人开始起哄，有人甚至摘下手套，把手指放进嘴里吹出响亮的口哨。摩托车呼啸而去。有人唾骂，真是个浪货。有人大喊，看啊，后海第一辆摩托！

谷子确定，那女人就是那个女青工。即使戴着头盔，面目不清。喂——谷子脱口而出。这一声，极其虚弱，即刻被嘈杂声覆盖了。

等到谷子终于搞清她在橡胶厂工作时，她已因旷工被除名，与人南下做生意去了。所与之人是男友还是暧昧不伦的人，说法很多。

谷子拼凑的碎片信息还包括：她是橡胶厂舞蹈队的台柱子，多次报考专业团体，每每告败。她就此恨上了命运，言行举止越发叛逆。

美貌在当年是个错误，地痞流氓对她围追堵截。她不断地恋爱或许是为了找到能够保护自己的人。男人们为她争来抢去。到头来,坏名声却成了她的。她决定找个"老大"镇住。"老大"却把她当作礼物送给了更大的"老大"……她好似进入了恶循环,再也清白不起来。

她叫曲小莉。

男工们说黄色笑话时频频提及。

谷子站在外围,手指攥得嘎嘣作响,脖颈暴起青筋。

男工们都是重劳力,头发粗硬,疙瘩肉似铁,惹不起的角色。然而,几天后,说话最下流的那两个,还是被人扎破了自行车胎。

这以后,谷子决定学点真本事。

少年们在后海打群架,做大哥或做小弟,一见面就炫耀新伤疤,这些都让谷子提不起兴趣。谷子进过游泳专业队,拿过冠军,一个猛子能潜出二十米,自认为本事比尔等大多了。谷子想,他们不过是倒卖录像带和走私表,用酒瓶子爆头,马路上堵女孩,在手臂上烫一圈烟疤——没正经能耐!

谷子崇拜的,是一个叫大漠的拳击手。在后海的传说中,此人天才早成,从省田径队入选拳击队,不久以拳击队队长的身份赴上海,参训"华东地区拳击班"。眼看要出成绩了,因运动员意外死亡事件,1959年拳击项目从全运会取消,省拳击队解散,大漠被调到省跳水队。不承想,因高台跳水时耳鼓膜破裂,伤愈后大漠又被调到了省马术队。就在这命运起伏之中，大漠集结多项所长，爆发力、柔韧性与节奏感，引而伸之。

20世纪70年代，大漠回到后海，将沙袋挂在自家窄院，嘭嘭声响起。那以后，不断有人慕名前往。大漠收徒弟讲眼缘，练拳先练心，他秉承古训，"短德者不可与之学，丧理者不可与之教"。几年下来，后海无人不知，大漠身怀绝技，徒弟亦身手不凡，一人制服五六个不在话下。

奇遇大漠是在公交车上。谷子很少坐公交，他无急事，不赶时间，瞎晃荡看光景，游走是最好的方式。但那天中午他的确跳上了一辆公交车，两站刚过，一莽汉与一男子在狭窄的车厢里发生了龃龉。

莽汉自恃壮如黑山，完全不把白净男子放眼里。那男子刚说了句"不该与妇女抢座位"，莽汉已挥出拳头，男子倏地闪过，提出下车后较量。公交车到钢厂时，莽汉揪住男子下车，不少看热闹的也跟着下了车，谷子在其中。

男子脱掉棉衣，轻捷地划了几步，只几拳过去，莽汉便应声倒地。

围观的众人齐声喝彩。忽有喊声，是大漠啊！未及众人反应过来，男子已消失在路口。

谷子事后得知，被击倒的莽汉乃钢厂周边一霸，无人敢招惹，这一回劫数难逃，大漠三两拳击中穴位，让莽汉在床上躺了好几天。

谷子是带上游泳奖状去拜师的。这个举动日后再看难免幼稚，但在当时，谷子想不出还有什么资本可以让大漠收下自己，他只想表达虔诚。除奖状，他还买了一只美林烤鸡，响当当的后海老字号。

大漠目光深邃，走路架势沉稳，透着与身份不对等的文气。他告诉谷子，若无迅猛进攻，无缜密防守，竞争者将遭到拳的羞辱和惩罚——但是，大漠又说，学拳击不为逞凶，只为制止逞凶，这规矩不能破，你能做到吗？谷子赶紧点头。

大漠又说，做人做事要江湖，不逾越我刚才所说的规矩，就是最基本的江湖道义。谷子继续点头。

作为选手，那年代未给大漠展示才华的机会；作为教练，他的人格魅力影响了几代人，成为后海佳话。

从十七岁到十九岁，因跟在大漠身边，谷子远离了荒诞。而他的同龄人，停课辍学后纠集成群，走在街上自带痞气，满嘴脏话，烟不离手，留着脏兮兮的长发，也有的剃成光头，把流氓习性当英雄气概，堕入歧途的有之，犯下重罪的有之，搭上性命的亦有之。

包括冯家老四，夏夜里与几个同学从录像厅出来，衬衣和铁棍都拎在手上，露出单薄青涩的肚皮和胸膛，瘦蟹一样横行。谷子见后回家告状，当时冯父已喝红了眼，一脚把四学踹在地上，吼叫道，让你学雷锋，不是学流氓，看你再敢没正经！

那天冯母在纺织厂上夜班，邻居已睡下，又被吵醒，动静太大,他们怕出人命,纷纷上门劝阻。冯父当众说,养他这么大,与其在外瞎混让别人砸死,不如死在亲爹手上。

天亮后,冯父右手肿胀明显,疼痛钻心,去医院拍片,显示两根掌骨骨折错位。酒醒后的冯父方才想起,昨夜四学跑得快,自己有两巴掌拍在了门框上。

四学离家出走,一周未回。谷子去录像厅找,混混们都说不知道。不是被他爸打死了吗?说完一阵哄笑。

谷子懒得与他们一般见识,扭头便走。最后是在火车站桥洞子里找到四学的。四学又饿又脏,脸上瘀青仍可见,咬着牙,冷咻咻地喘气。

谷子说,你有恨,想打赢我,那就先去学点真本事。

3

谷子顶替母亲就业不久,冯家的好运气就用完了,厄害突至,似乎要将他们一一击倒。

那年谷子二十岁,挺拔的身形已成,头发茂密乌亮,鼻子高贯丰隆,忽略半脸青春痘的话,应该算帅哥了。许是胸大肌厚实的缘故,海魂衫穿在他身上,胸口那里似有一抹浪在涌动。

冯母病退,谷子顶替她进纺织厂做了换纬工。工种自是繁重的,可年轻,日子有念想,也就不觉辛苦。

下班后洗完澡走在厂区,他常常吹起口哨,都是电影音乐,《叶塞尼亚》和《追捕》,还有《卡桑德拉大桥》《爱情故事》。他甚至能吹出加强音、抑扬音、断音、颤音,颇有种风去风留的自在。

班组长一张黑皮,头顶谢、个子矮,孔武有力,说话没正经,总在坏笑。他说,谷子洗这么干净,当心被"母狼"叼走,撕巴了下酒!哈哈哈。

谷子知道"黑皮"在嘲讽那些纺织女工,她们泼辣能干,却也不拘小节,行为方式过于大咧,似乎只有这样才能消解繁重劳作之苦。

午休时段,黑皮玩笑开得咸湿,动作辣眼,女工们嗔骂怒笑,一波又一波,似能将纺织厂掀翻。

仲秋夜逢退大潮,女工几人结伴,顺着常走的海道,到滩涂深处挖蛤蜊。滩涂离岸几百米,尿急的只有就地解决。第二天,黑皮非说自己昨夜也在现场,月亮明晃晃的,照见好几个大白腚。肥燕,我看像你的。肥燕耍赖,不是我,是胖萍。胖萍恼羞成怒。最后只好锁定崔贵妃。

黑皮偶有正经,小眼聚光,是跟谷子说起纺织厂历史的时候——从20世纪二三十年代开始,后海纺织业就出名了。先是德国人瞅准这个好地方,开了第一家纺织厂,等到第一次世界大战,日本人来抢地盘,把德国人打跑了。说起来也真扯淡,俩土匪跑到别人家打架,太嚣张。日本人后来一口气开了九家纱厂,赚大发了,我妈当年就是童工,我姑也是。1945年,日本投降,日本纱厂就全归咱喽,上海有三十几家,青岛有九家,天津有七家,"上青天"的排序知道吧?嘿,没有人不知道。

黑皮还说悔不该当初没学维修,掌握一门过硬技术的话就可以干"保全"了。金保全,银保养,知道吗?纺织厂上下数他们牛掰,不但娶走了厂花,还能娶到厂医和纺织小学的老师。他们只上长白班,没有生产指标压在头上,每天干上三四个小时就基本完事了，其他时间看报、吹牛皮、干私活，没人管，真是个肥差。

谷子很快发现，黑皮只说对了一半。出于好奇，谷子曾特意跑过几次"油房间"，就是保全工放工具、换衣服以及休息的地方，里面光线昏暗，机油味直冲脑门。隔壁还有一个巨大的风机，风机运转时的噪声好比飓风过境，轰鸣之下无法正常对话。保全工们油污满身，尽显疲态。纺织厂的机器长时间处于高湿和雾尘状态，且连轴超负荷运转，保养维修若跟不上，会出大问题，干保全哪来什么清闲。

有一老保全，瘦得像匹老马，胸前挂花镜，眉头锁着，总想要设计出更合理的零件。可机械设计制造是有门槛的，初中文化限制了他的创造力，发明一次次无疾而终，他也成了厂里的笑柄。

谷子却抑制不住内心对他的钦佩之情，见面敬根烟，也是故意做给那些嘲笑的人看的。

冯家五子，三个进大工厂；四学运气最好，参了军；老五小季读初中，是块学习的好料——冯家父母松了口气，感觉日子快要熬出头了。

人人尽知大元的婚期定在元旦。未婚妻是食品厂的，样貌虽普通，为人处世倒妥帖，订婚之后不断地给冯家送实惠。食品厂内部处理下脚料，散鸡蛋黄冰冻成形，蛋糕那般厚实，送至冯家，冯母用来炒大葱炒韭菜，满口货，过瘾。海捕对虾的虾头也是下脚料，送至冯家，炖白菜炖豆腐，漂着一层红虾油。还有猪下货、鸭头、鸡头之类，大元订婚后，冯家每周都能吃上一锅大料酱炖的好卤货。

大元的帅气，远近闻名，一说像高仓健，一说像佐罗。听上去有点分裂，毕竟两位明星隔得太远，但这恰恰说明大元综合了东西方美男子的特征。大元人品也好，在厂里干活从不计得失，年年都是先进。众人开玩笑，冯家父母偏心，最好的种子和土壤都给了大元。

为置办一个新家，大元使出了蛮荒之力，得空就去海里"下大抓"，从潮水里捞钱。婚期前半年，大元连轴转，三头六臂也不过如此。厂里五班倒，他满负荷，从未偷懒，要知道那些年国企统购统销，人浮于事混大锅饭的不在少数。

下了班，若潮水不合适，他便收拾婚房。一间狭窄的筒子楼宿舍，被大元装修一新。大元还置办了电视机和缝纫机，打好成套家具。书柜样式尤其时髦，榉木的，五层。

"我儿子以后得上名牌大学，当医生，当老师。"大元曾这样跟未婚妻说。

"你怎么知道是儿子？"未婚妻娇笑。

"必须是儿子。"大元目光热切而坚定。

就这样好端端的，却也不知何故，事情忽然朝着反方向发力，且携带了最毒的暗器，甚至是夺命之刀。那是中秋节后第三天,午夜大潮退尽,滩涂裸露在月亮底下,像一幅史前图画。大元下中班回家,垫几口剩饭,就装戴齐整地赶海去了。二跃那天没去,上夜班。

从十六岁到二十六岁,只要潮水合适,后海野滩就是大元的乐土和梦乡,别人捞上来的是海货,充其量叫作欢喜,他捞上来的是未来——直到那夜,他捞上来死亡,将潮汐变作了墓志铭。

谷子平生第一次经历生离死别。原来死亡是灭绝,也是变造,将他变造成有难的人、有憾的人、有恨的人。从此看云不仅仅是云,听风不仅仅是风,谷子的人生再也单纯不起来,就这么不明不白地沧桑掉了。然而一切才刚刚开始。

在这之前,死也不是多么特别的事,后海人时常挂嘴上。街痞们的口头禅是"找死啊"。大人打孩子时会说"打死你"。冯母骂冯父"怎么喝不死",冯父骂冯母"死老娘们"。每场台风过后,都会传来有人淹死的消息。就在刚刚过去的夏天,纺织厂有个女工热死了。去年曾有人卧轨,曾有人打野兔摔下山崖,几天后才被发现,尸体已经发臭。忘记是哪个冬天了,邻居老孙全家一氧化碳中毒而死,好在都面容安详……

可是这一次,死的是大元。

在惊惧、恸哭、疯呆的间隙,冯家开始还原事情的经过:凌晨两点,大元已经把滩涂上的蛤蜊挖尽,绑上"高腿子"，类似于踩高跷，往潮水的深远处走去了。也有一种说法，大元是想把滩涂上的好位置留给别人。

"高腿子"有两根，约两米长，分绑左右腿。都说富贵险中求，想一抓一抓地上钱，得用"高腿子"。好的时候是真好，可一旦踩入恶泥拔不出来，就会越挣扎越危险，终致栽倒溺毙。

大元就属于这种情况。

当时正在涨潮，滩涂上的人们开始回撤。涨潮了，回家喽。

这应该是大元在人世听见的最后的呼唤。

以大元的水性和经验不该出现这种情况。大元是不是长期过劳而突发什么疾病的？就像人们猜测的那样，常年体力透支，埋下了隐患。

谷子再也无法得到答案了。

那夜月光奇美，大元被潮水吞没之前，一定披上了银缕。

大元离世之后，暴躁的冯家父母忽然软弱下去、沉郁起来。刮南风的返潮天，他们双双躺倒，不是胃痛就是头痛，甚或并不知道究竟哪里在痛。

尤其冯母，一病不起。办病退的时候，多是为了成全谷子就业，她的身体无大碍。大元的死，太突然了，冯母瞬间坍塌。灰发人送黑发人，任谁听了都不忍接受如此惨烈的现实，何况这个身在其中的母亲。

一只鱼鹰在后海上空孤旋，叫得瘆怪。众人安静下来的时候，总能听得见。紧接着，朔风开始横扫，都说天气冷得过早，霜降刚过就冷了。冯母时常哭泣，谷子上前擦拭，竟摸到一脸冰凉，不禁心头大惊，难道不应该是热泪吗？

体重从一百二十斤降到七十多斤，冯母只用了两个月。她自尊心很强，打定主意不出门，不让人看见，不联系同事和邻居，把自己封闭起来。她原以为大元的人生会如中秋月一样圆满，以为日子将这样下去，以为会在大元的婚礼上穿新衣拍全家福，并很快成为祖母。

又过去一月，冯母开始绝食，连翻身之类简单的动作都做不成了。冯家急着送医，冯母死志已存，气若游丝地说，不去了，我要早点和大元见面。

大元未婚妻在殡仪馆哭晕后，再没露面。她甚至不曾探望冯母。大元尸骨未寒，就传言她谈了新男友。冯家不敢相信。从前的殷勤是装的？谁都知道，凭大元堂堂的仪表和品行，应该娶个厂长闺女，再不济未来岳丈也得是个厂办主任。

当初这女子倒追，情商颇高，除了送来食品厂的下脚料，还帮冯母拆洗被褥，为冯父织毛衣。久而久之人们才改了口，漂亮不能当饭吃，啧啧，还是大元找的会过日子。

对于她的后续表现，谷子曾表达过不满，说这样也好，她心硬，不讲情义，我们家倒解脱了。冯母却道，她还年轻，忘记冯家才有出路。

在大元本该结婚的日子，也就是1983年元旦，冯母离开了人世。这一天，从此成为另种形式的纪念日。

头七刚过，二跃发生工伤，右手被电锯截去两根手指头。养伤期间，他用那只好手把家里砸了个稀里哗啦。

二跃几乎和大元一样帅气。独独小儿麻痹症让他左腿微跛，走起路来有顿挫感。这一顿一挫，似在暗示性情的不稳定，今天自卑明天自负，常年自私，且敏感多疑。冯母在世的时候，五个儿子里面最迁就二跃，总觉得那只跛脚是为娘犯下的错。因担心条件相当的城里姑娘苛待二跃，曾托人从渔村给二跃介绍对象，二跃心气高，一口回绝，冯母愈加不安起来。

家境突变让冯父在酒鬼的路上狂奔。以前喝酒或为排解工作劳苦，这之后，喝酒只为对抗命运的叵测。等到谷子到了父亲的年龄，他才恍悟，父亲当年被吓傻了、击垮了，只是在儿子们那里、在众人面前不肯承认，又无更好的掩体，唯有借酒壮胆、装疯、逞凶，在迷幻恍惚之中，活下去。

也是从那个时候，冯父开始将铁路上的一些废弃物拿回家。冯母的床已空，冯父将废弃物堆放其上，小至生锈的煤油信号灯，大至一块废弃枕木。

一开始，谷子以为这是要攒废品换钱，冯父却说，人也好，物也罢，哪一样不是说没了就没了，说朽了就朽了，眼前的能留则留吧。

　　冯父难得这样平静说话，话里深幽，竟像个读过书的人，一时间将谷子震慑住了。

4

谷子忽然被推到最前面，成了冯家的顶梁柱、精神支撑者，同时兼顾做饭洗衣、买煤买粮、储备过冬菜蔬之类，事无巨细。

冯父被酒精浸泡着、麻痹着，消瘦，不洗澡，眼角总在发炎，状如老狗，越来越糟。

二跃搬去了厂宿舍，半月回家一次，情绪低迷。二跃已经不再赶海"下大抓"，并且总是将右手放在口袋里，包括夏天。

四学在福建海岛当雷达兵，刚去的时候会往家写信，收信人是冯母或大元。大元出殡，他请假回来过一次。冯母出殡，他又请假回来一次。之后的探亲假都没再回来，信也几乎不写了。

小季功课紧，已戴上近视镜，他看不惯冯父，瞧不起这个家，叛逆期早早地来了，变得沉默寡言，经常露出孤僻神色。

这个家似乎真的不对劲儿。究竟哪里不对劲儿，谷子却又说不清。

明眼人一语中的，缺女人。纺织厂那些大姐，开始热心地给谷子介绍对象，小伙儿长得多精神，又没歪歪毛病，谁嫁就是谁的福。

谷子推托不想那么快成家，诸事都没理顺，乱糟糟的，别拐带人家姑娘下水。

大姐们文化底子薄，却经了社会历练，眼尖嘴利，一旦看出谷子不同俗常，她们的热心便搁置了。

繁重劳力之余，工友们甩扑克、喝大酒、吹牛皮，脱光膀子吆喝破了天，谷子却皱起眉头，瞧不上这些平庸。那个时候，厂区之外，新鲜事物欻欻地往外冒，电大、夜校、倒爷、下海、万元户、迪斯科、拉达轿车……突然间，一些人的生活状态大变。

谷子内心也燃起了火，不想再重复过日子。可真要做出什么改变，又岂是那么简单。所谓心中有志，现实无着。谷子想上电大，翻了两天技术员的考试材料，便气馁了。谷子打算摆地摊，托人搞来厂家内部处理的日用品，卖了半月就歇菜。无商业差异性，一味拼价格，谈何利润呢？除非开出长期病假，去南方跑单帮，倒腾尖货，谷子又做不到。

倒是二跃，他的决绝很有毁灭性。这个自负又自卑的二跃，这个命运不济的二跃，这个薄有小才的二跃，干了一件众叛亲离的事——与机械厂的厂医私奔了。

厂医比二跃大了整整十岁,是个白净女人。五官淡淡的,举止轻轻的,特别之处是那一头乌黑长发,用手绢绑在脑后,散发出淡淡的木香气。

据说她祖上在诸城开有几处大药房,曾是出了名的富庶人家。她读过正经医科,因家庭成分之类,毕业后进不了大医院,只能做厂医。

那丈夫是工宣队队长出身。厂医一来就被他盯上了。而厂医只求能在陌生的城市安稳下来。婚后厂医生了两个女儿,婆家不满,丈夫家暴。厂医其实一直过着与平静外表不对等的糟乱生活……

私奔发生,众人有了谈资,似乎只有说出来,才能各自安抚巨大的惊诧。据说二人去了广东。彼时私人诊所刚兴起,他们要自立门户,开始新生活。几年前,厂医娘家曾偷偷地寄给她一笔钱。这笔钱婆家半点没有得到。有了钱,厂医就更决绝了。甚至对两个女儿也无留恋,只因她们长得与父亲一模一样。

三十六计走为上。厂医了解婆家德行,没什么好交涉的,打了草惊了蛇,一辈子都不会再有未来。二跃也决定认领不归路,因为他非常明白,留在原来的生活中,他的爱情是不会得到准许与祝福的。

事发后,那丈夫带壮汉找上了门,气势汹汹。谷子从小有体育专长，又练过拳击，纵来者不善，也不是他的对手——但二跃有错，谷子铁定了心，不还手。

左脸挨一巴掌，谷子笑笑说要不要把右脸也给你。右脸又挨一巴掌，那帮人还没有消停的意思，出于防御本能，谷子拉开了架势。

冯父一直坐在桌前，头顶有盏低瓦数灯，昏光笼罩，让他看起来格外阴沉。

谷子拉开架势，冯父便知不好，任谁的一巴掌打在谷子的铁拳上都会骨折，到时候，事态就变了。冯父赶忙制止：给我放下！

来者未必敢动真格，嘴上却骂得难听。目的只一个，激怒谷子。

忽然间，冯父拿起桌上的老白干，迎头砸了自己。

由于无可指摘的准确，酒瓶肚子在坚硬的额骨右上方碎裂，玻璃碴子纷飞。冯父登时血流满面，血腥气伴随着劣质酒香气四散开来。冯父沧桑之声仿佛后海海面上低吼的北风：教子无方，老脸不要也罢！

众人全都傻了眼。

围观者越来越多，邻居都站在冯家这边。有的说，老冯有个三长两短，你跑了老婆还得再坐牢。有的说，自家事管不好，冲着别人要什么横。有的说，还不赶快送医……

寻衅报仇者见势不妙，骂咧咧地走了。

谷子找来一条毛巾给冯父包扎。小季下晚自习回来，被狼藉场面惊呆。谷子说，愣着干什么？随后二人架起冯父就往医院去。

一路上冯父都在叨念，可惜了我的酒，可惜了我的酒。

冯父缝了七针，外加轻微脑震荡。医嘱卧床休息一周。

父子三人，再回到家，已是半夜。小季沉默不语，冯父唉声叹气。

谷子催促他们睡下，自己却睡意全无，胸口堵得难受，心发焦。收拾完玻璃碴子，顺势做起大扫除，想赶走晦气。他钻到犄角旮旯把陈年老灰都扫净了，又将几件家具擦拭得木筋清晰。谷子发现，冯母的空床上，与铁路有关的废弃物件又被冯父塞满了两麻袋。

不知觉已凌晨四点，再过一个小时，就要上早班去，索性不睡了，枯坐窗前，看天光渐渐放亮，各种声音细碎密匝，无远无近地团卷，终于一片混沌。

谷子知道，二跃是个读书的料，却没赶上好时候。去年二跃考电大，把复习材料过一遍，就考上了。不像谷子，见铅字头痛，从课本、书籍到车间设备手册，都远远躲着。

二跃还写一手好字，画画属无师自通，小学五年级就能把《西游记》小人书临摹到八成像。就业一年后，二跃才华渐显，开始参与设计厂里的黑板报。当时传媒不发达，报纸有限，工人们要看新鲜事，主要靠黑板报。加之领导也重视,各厂的黑板报是文化门面,市里经常组织比赛。

二跃与两个工会干事各有分工。哪一期特别好看,工人们不看署名,便知出自冯跃海之手。他曾将舒婷的《致橡树》抄写在黑板报上,楷书俊逸,配图生动,班前工后轰动一时。

二跃梦想着能从车间调到工会,却又谈何容易。个中微妙关系,不是短时间能打通的。工会主席看好二跃,想让他参与厂报筹备,最后却是副厂长把亲戚塞过来,顶了二跃的位置。

二跃为此愤懑,生产线上走神,最终丢掉两根手指头。

谷子感觉自己把事情的来龙去脉理顺了——二跃发生工伤,与厂医的接触多起来。起初二人只是医患关系,后来就起了微妙变化。二人原本都是自负又自卑的,惺惺相惜,一日千里,不是没有可能。

关于二跃私奔一事,谷子没有写信告诉四学。谷子想,既然四学和这个家疏远,那就疏远吧,这个家的确不是那么让人爱。

没拆线冯父就喝上了,谷子劝也没用。冯母都没管好的事情,做儿子的更无把握。不过,谷子知道,冯父应该是被思念所困。有好几次,冯父捧着冯母的照片偷哭,甲胄之下竟也藏着温柔。

谷子佯装不见,内心却对婚姻多了一层理解。谷子想,把父母终生连接在一起的，是某种比爱情更牢固的关系，这种关系的稳定替代了爱情的安慰。

冯父身体每况愈下，尽管这是冯父不肯承认的现实。"熬到六十岁退休没有问题。"冯父说。每当出现不适症状，气短、胸闷、背痛、手麻，冯父都会这么说。

冯父五十七岁生日当天，谷子做了蛤蜊芸豆鸡蛋卤的长寿面，拍了蒜泥黄瓜，炸了花生米，买了只美林烤鸡。家里只剩冯父、谷子和小季，三人坐定，冯父忽然苦笑一声，说这张桌子再也不嫌挤。谷子听了心里难受。哪怕是最亲的人，走着走着就走散了，只是没想到这么快。这几句话，谷子咽了回去。说出口的是，爸，喝酒。

谷子特意买了瓶老白干。冯父平时多打散酒，只过年过节才舍得喝瓶装。小季吃完饭去学校上晚自习，剩下谷子和父亲，一斤装的老白干很快见底。出了一遭遭事，父子间的关系倒是在极大地好转，甚至可以坐下来说说话了。

冯父讲了冯家的过去，他的父亲，谷子的祖父。这一晚的冯父，话锋之密集，能盖过一生。

谷子觉得祖父并没有死。这或许跟父亲活着有关，谷子想。父亲在喝酒，就像是父亲的父亲在喝酒。父亲醉意泛起，仿佛祖父正醺醺然。后来父亲的声音越来越小，终于醉倒了，这个时候谷子才觉得祖父真正死去了。

通过讲述，谷子才第一次串起父亲与铁路之间的缘分。冯父说，1942年春天，他刚满十六，随族亲闯码头，通过一个日本翻译介绍,花四十块"袁大头"买了一张试卷,考进了日本人占领的胶济铁路。从擦火车做起,凭年轻力壮干活儿踏实,一年后开始看锅炉,再一年便考上了司炉。

"一个装上水的蒸汽机头足有两百吨,驾驶着这么个大家伙,嘿,那感觉。"

冯父眯起眼,脸上浮动的表情,并非得意,而是一种羡慕,好似整晚讲的都是别人的故事。

谷子由此得知,司机、副司机、司炉三人合一,相互配合,在火车头上缺一不可。汽笛长鸣处,白色蒸汽带来的画面感壮观而神秘,冯父当年也曾勇猛无比。

可是,冯父后来还是做了巡道工。"到底因为什么?"谷子问。放到以前,谷子是不敢问的。这件事情家里没人敢提起。

"说起来话就长了。新中国成立前你爷爷做过保长。其实都是为了养家糊口。你爷爷可从没干昧良心的事,不打人,清清白白,但后来还是进了学习班,没三个月高血压爆了管子,脑梗死了。我去理论,动了手,受了处分,最后调离'火车头'。

"事已至此,窝囊也没用,你们一个个地出生了,我也得养家糊口啊……当年,我在暴雨中巡道,巡着巡着,发现前面有塌方,铁路线被埋,十万火急!我向火车来的方向跑,跌倒爬起来再跑,流血了也不知道……最后火车紧急制停,我挽救了国家财产和百姓生命,得到上面嘉奖,工资加一档,嘿嘿。"

冯父生命中的最后半年,记忆力开始丢失,几乎忘记了那些不幸和遗憾。忘记是从忘记一颗废弃道钉或一块残缺的标识板开始的。冯父抚摸着那些宝贝废弃物,再也记不起它们的专业名称。

最后,冯父同样死于脑梗,他熬到了退休,也熬完了人生。

在殡仪馆,冯父已完全变样——与谷子童少时代,视网膜最初留下的可靠记忆中的冯父,千差万别。最初的冯父,块头很大,肩膀又宽又厚,身体结实如牛,脸色紫红紫红的,眉毛很浓,不是两道,是两丛。

都说孩子悬在父母头上,一个孩子一把刀。大元死,带走了冯母;二跃跑,带走了冯父。谷子害怕起来,挡土墙和防浪堤倒了,生死之间变得了了然。

有时候,谷子又觉得他们都活着。

因为有人想念便可以活着。

谷子始终记得,八月的晚风吹过拦浪堤,空气温热而黏稠。后海的夏夜总是百无聊赖。男人们光着膀子,在路灯下打扑克。冯父也在里面,已经杀红了眼。冯母衣衫不整,穿着四分五裂的塑料拖鞋,正在百米开外的西瓜摊上讨价还价。

5

进入 20 世纪 90 年代,后海工厂开始大面积停产,焦虑的气息笼罩下来,低低地压着。

谷子本想在三十岁生日这天好好哭一场的。三十岁只能让他感到害怕。后海坊间有话,"男怕三十,女怕十八",家没成,业没立,怎会不怕?谷子想好了,把自己灌醉再哭,借酒浇愁或借酒发疯,都不至失去成年人应有的尊严。

裂变之痛很快将这些淹没了,就像浪潮淹没每一滴水珠。人人都在着急,都在自觉或不自觉地滑向充满着困惑、混乱与无限可能的市场之海。

厂里有头面的,张口谈论的必是什么体制改革、企业改制,什么薪资减半、停薪留职。工人们越发不安,都说饭碗变了,铁的变成瓷的。这当口,中年人最局促,他们已到天命之年,父母或许拖延于病榻,叛逆的儿子或许正光着膀子露出文身。新行业在崛起,却苦于学历、技能、年龄的限制,都是抓不住的机会。

有人疲于奔波，有人潦倒惨淡，大部分人能做的就是摆摊、卖菜、维修，推着流动早餐车立于北风中……前后左右这么一看，谷子觉得自己没权利怕，痛也不行，得想办法。

1991年春天，谷子停薪留职离开后海，投奔的是当年少体校游泳队的"刺鲅"。刺鲅这个外号至少说明了两重意思，一来游泳速度快，二来行事有个性。谷子被少体校淘汰，刺鲅则一路苦练，过关斩将，直练进国家青年队，在全国锦标赛上拿下金牌，退役后到航校做了教练。当然，刺鲅不甘心只做教练，搞了条二手快艇，托关系办下营运，以谷子的名义做起海上观光旅游。刺鲅跟谷子说，你来管理，赚了钱三七分。

所谓管理，其实是谷子自己管自己，既要揽生意，又要载客游览，日常维护也都在日程上。快艇泊浴场周边，无现成码头，谷子经常背客上下，十足辛苦。

日晒风吹倒也罢了，最狠狈的是雨天，别人都往屋里跑，谷子得往海边跑——那个年代的快艇没有排水阀，需人工排水，否则就会下沉。

谷子自知无退路了，唯苦中作乐，如此，倒也真的乐和许多。

当快艇疾驰，剪开海面，无尽的蓝像绸缎一样包裹上来，谷子腋下就生出了翅膀。风里总是清新，夹杂着不知名的花香，绝无后海的化工味道。谷子喜欢把快艇开到飞起，听女游客夸张地尖叫，任水幕斜挂，在阳光下幻出七彩，像一道道彩虹雾障。

五月到十月都是旺季，谷子持续暴露户外，晒到黑里冒油，像被大自然腌制了一般。刺鲅在浴场借了半间更衣室，供谷子暂住，实为满足游客看海上日出日落之愿望，不然每天前海后海往返，谷子要在公交车上耗去两三个小时，也是耽误赚钱的。

游客天南地北，口音芜杂，南方人说话尤其难懂，谷子却无端地生出好感。他与他们聊南方的天气，还有日常习俗，越是听不懂越要聊，只因心里牵挂着陌生的南方——四学在福建当兵，小季在南京上大学，偶有书信往来；二跃走得不光彩，一去不返，也不知在广东过得怎样。

冬至以后，生意进入休眠期。谷子将快艇拖上岸，打专用蜡、刷防污漆，等开春再战。回到后海的家，灰尘已落了几层，蛛网结在墙角，都是久不住人所致。

谷子蓦地伤感起来。

从前那个拥挤的家，那个混合着汗臭与脚臭的家，混合着劣质酒气的家，混合着后海特有的锈铁味道的家，已空空荡荡。

赶在小季放寒假之前，谷子决定收拾收拾，好有个家的样子。他刷墙，漆地板。窗帘也换了，床单、被罩都是新的。搞海上观光游比在工厂上班多赚不少，谷子想让小季高兴，又给他买了件时兴的面包服、一个新款拉杆行李箱。

小季回到家,大叫什么情况,笑得很夸张。谷子带他去老字号,逐个吃将起来。小季调侃谷子发财了,谷子说以后会的。

小季没干过体力活儿,肱二头肌不发达,性格也内向。但他从小读书好,闷声不响,自有主张,让人不敢小看。

现在,小季已长出斯文气质,健谈开朗,眼神像被点亮了一样。小季打算考研。谷子说,你只要能考上,我就能供下来。小季认为可以半工半读,加上补贴,谷子不用再给他寄生活费了。

兄弟二人忽生相依为命之感——这感觉,到了除夕尤为强烈。

除夕大早,二人出门,给父母和大元上坟,拔草添土,请回家。路上铺着白霜,好像昨夜被人细细地撒过盐。那些大烟囱都静默了,在高处挂着几朵愁云,似也积着泪。

下午包饺子,小季打下手。谷子包得不好看,馅料却讲究,猪肉白菜木耳和韭菜虾仁鸡蛋,荤素齐全,就像冯母在世时那样。

天黑前,放两挂小钢炮,摆供上香。兄弟二人端起酒杯。谷子祝小季心想事成,小季要谷子早日给他找个嫂子。谷子一怔,随即点头称是。

二人一起守岁。炉火上烤着花生和栗子,毕剥作响。谷子沏了壶茉莉花茶,并嘲笑自己老了,以前这可是父亲的专利。

后来他们说到四学。大年初一，雷达站会举行升国旗仪式。谷子说。不知道四哥下次什么时候回来。小季说。

当兵三年，四学请假回来三次，都是出殡。送走冯父的第二天，四学就返程了。半月后寄来一封信，信中说自己已转为技术兵种，将继续驻守海岛，复员转业遥遥无期。之后，四学便把探亲假让给其他战友了，一连五六年没回来。

四学参军那年十九岁，到东海舰队当雷达兵，驻守的小岛只有零点三平方公里，四周都是潮水声，夜里吵得睡不着。即使在后海边长大，四学仍难以适应。岛上没有自来水，用水全部来自降雨和地表渗水。岛上各处放着储水的塑料桶，遇上旱季，很长时间才能接满一桶……四学曾在信中说，小岛孤悬海上，日子是重复的。

后来小季睡着了。谷子听见窗外的爆竹声零零星星，响到天亮。

1993年夏天，三个台风先后过境岛城外围，带来疾风骤雨和大浪。快艇游览全部叫停，浴场关闭。警戒线始终没有撤下。旺季赚大钱的计划落了空。刺鲅将烟屁股狠狠地摔在地上，嘴里骂着鬼天气、丧门星。

谁也没料到，更猛烈的秋台风正在路上。

秋台风都是狠角色。大海好像忽然被某种邪恶力量控制了,黑浪如铁般坚硬,一次比一次更用力地砍向陆地,将防浪堤冲垮,将观光亭卷走。废墟上堆起肮脏的灰色泡沫,似数只怪兽在不停呕吐。黑浪甚至涌进了更衣室,谷子栖身之处一片狼藉。快艇总算是安全的,提早搬去了高地。

七月八月连续没有进账,谷子焦躁不安。幸好,小季暑期在南京打了三份零工,赚出了自己下半年的生活费,不然谷子得跟刺鲅借钱汇去。

小季好,谷子就好,守着大海能活命——台风将各种小海货打上岸,谷子躬身逆风,连滚带爬地,捡来蒸了当饭吃。他自是经验丰富,台风天不能顺着风向,否则极易被吹到海里去。

谷子甚至不忘挑出大个头虾蟹,给刺鲅送去一盆。刺鲅揶揄,行,兄弟,老天爷爱你,饿不死。

刺鲅有所不知,对于谷子来说,比胃囊更饿的是内心——内心总有空落感。

回更衣室的路上,谷子好像又被打回了原形,那个在后海厂区游走的少年,风雨中越加仓皇,火车进出时的凄厉嘶叫再次响起。除此之外,急雨砸在脸上身上,眼睛生疼睁不开,他全无知觉。

谷子很想念大漠。几乎在他离开后海的同一时间,大漠被省拳击队请去做了编外教练。谷子给大漠饯行,徒弟几个轮番敬酒,说感激的话。场面热络之时,谷子心里却不好受。大漠一走,后海就没有亲人了。

这些年,大漠亦兄亦父,更是谷子精神上的导师。大漠曾经送给谷子几本俄罗斯文学名著,嘱他工余时间多读书,谷子哪里看得进去。大漠并未强求,只是说,你不喜看书,也罢,记住"万事归于善"便好。

道理谷子都懂。大漠所说的"善",更含着"忍"。心字头上一把刀。从眼前讲,谷子须忍过这场凶猛的台风;向四周望,他得忍过计划经济向市场经济过渡的盲痛;往远处看,不知以后遇到什么,只要活着,该受的屈儿,都得忍。

风在撕碎一切。云头似兽,分明露出了獠牙和血口。谷子却不躲不避,歪歪斜斜地任其抽打。他似乎想明白了,又似乎只管豁出去,要亲身体验一下最坏的结果,直到内心升起某种悲壮的情绪。

秋台风过后,市政部门忙于清理和重建,赶在国庆节前夕,终于平复如初。

谷子就近加入施工队,给人家扛活儿,做满一个月,赚来的钱买回二手材料,自己焊接了烧烤炉子和架子,打算白日做完海上游览生意,晚上摆摊儿卖小吃。

众人谈论起台风仍唏嘘不已。一边为震山撼岳之势后怕,一边为那些殒命的人摇头叹息。还好的是,节日来了。

节庆气氛能掩饰伤痛。阳光金子般响亮。老天爷或许在为不久前的坏脾气道歉,一早一晚会送来胭脂彩霞。气温始终维持在十八九度,小风温柔。持续到十一月中旬,都是这样。好天气就意味着游客不断,旺季延长,海边的生意人高兴坏了。

那个时候,围绕着浴场周边,做快艇游览生意的共有三家。谷子先来的,加之体格壮硕,水性奇好,半年后已晒成一尊黑炭。另两家一打听,只道是后海人野,浑不懔,惹不起。

没承想,谷子主动递烟,并乐于分享经验,诸事搭把手,一副侠义心肠。只是末了,话都夯在实处。各位弟兄,咱们看天吃饭,价格都是公开的,谁也别哄抬。宰客更要不得,名声坏了,谁也不会好过。

当然当然,另两家点头称是。如此这般,便友好相处起来,从未出现过抢客现象。

刺鲅听说后,很不高兴,见了谷子直摇头,"有病吧你?买卖不竞争还叫买卖?你是开山鼻祖,有定价权,他们得听你的。再者,你是专业队出身,快艇翻了能把人救上来,就凭这点也应该提价百分之二十。"

"他们的快艇翻了,我照样会去救!"

谷子一句话把刺鲅噎住了。"我在说价钱!"刺鲅吼。

"我也在说价钱。"谷子不弱,"能救人不算优势。我能救自己的游客,也能救他们的。谁会见死不救呢?所以,没法提价。"

刺鲅甩掉烟屁股,气哼哼地走了。走出去没几步,又扔回来一句话：总之钱不能少挣，我等着分。谷子回，少不了你的。

除去快艇生意，浴场周边还有卖吃食的，比如卖苞米的女人。从农村嫁到城里，没有工作，嫁的又是残疾人或鳏夫，总得想办法贴补家计。

凌晨四五点，她们先到农贸市场批发一麻袋苞米，回家煮熟，等到九点钟沙滩上客了，便开始兜售。

运气好，下午三点卖完，她们高高兴兴回家。运气不好，天快黑了还剩一半，她们便哭丧着脸，坐在路灯下，啃苞米，彼此诉苦。最倒霉的是碰到"浴场管理处"的男人，男人会没收她们的苞米和箱子，凶巴巴地驱赶。

卖贝壳的女人与卖苞米的命运相似，除了年轻些。她们脖子上挂着几十条项链，两只手腕也挂满了，好似移动展台。有一个化浓妆的，嘴唇猩红、眼圈荧绿，用东北口音垮垮地叫卖："贝壳项链，旅游纪念。""浴场管理处"的男人不会驱赶她。不但不驱赶，还时常与她打情骂俏。人人都看在眼里。谷子听说，他俩有奸情。那些传言把细节抠得很细，说他们专找月黑风高之夜，大满潮，沙滩无人的时候……

6

谷子也卖起了吃食。食材无成本,都是捞上来的当流海货。

住在更衣室,低头抬头都是大海,而大海可以提供什么,谷子再清楚不过。他追着"潮脚"挖蛤蜊和蛏,用鸡肠子钓螃蟹,钓鳗鳞鱼。等收了快艇生意,天擦黑,现烤现卖。

游客从快艇上下来,与谷子的关系已经被海风催熟,再围坐于折叠小桌前,都是自然而然的事情——他们发现这个小老板着实热情、爽快,值得信赖。

谷子烤各种贝类。贝类肉质细腻爽滑,闭壳肌部分颇有咬劲。配料有麻辣、蒜蓉两种,融于贝类本身的汤汁,一个"鲜"字几乎要把黑夜照亮,众人好吃到忘了身家。

烤着烤着,谷子时常会感到恍惚,多年前在后海野滩上,他和大元、二跃赶完夜海,常用燃烧的乙炔烤海货,焦香之气弥漫了整个后海。

春秋两汛，谷子穿着帅气的水胶裤，踏着没过大腿的潮水，打出旋网，青板鱼就扑扑棱棱地来了。这鱼永远长不大，一般体长二十至四十厘米。或者说，还没等长大就已落入鲅鱼腹——作为鲅鱼的上好食物，青板鱼来了，鲅鱼也会追打着来。

秋天的青板丰腴多脂，却也多细刺，不适宜红烧、清炖、白蒸，用来烧烤再合适不过。逢大汛，每天能捞上五六十斤，谷子就甜晒保存。

风越来越大，越来越剔透，两天就能把鱼吹晒成半干。烤时，全程无油，也能吱吱冒油泡，烘至焦褐，外表内里一酥到底。

倒也神奇，谷子自制的简易烤炉和烤架，烤什么都入味。带着炭气的焦香飘出许远，任谁闻见都是欲罢不能。寻味而来的，亦常有。日子一久，竟多出几分神秘色彩。都说浴场有个谷子，会玩会吃，人品也正，一副热心肠。

谷子的好生意，让"杀街"那帮人眼红，拉起了仇恨。

那帮人亦是浴场周边卖吃食起家。帐篷底下，支开桌子，卖原汁蛤蜊和海凉粉，卖鱼丸汤和馄饨。幕后老板都是妄想暴富的聪明人，骑着大摩托来去如风。守店的有混混，也有监狱释放人员，脸上带疤，臂上文青龙。"浴场管理处"向来睁一只眼闭一只眼，他是欺软怕硬的孬种。

随着摊位不断扩充，吃食的花样也在增多，很快气候渐成，小吃摊升级为小吃街。当时海边几无饭店，外地人要的是潮水味,本地人要的是某种体面,生意因此红火起来。

没承想,只半年工夫,小吃街因宰客忒狠,成了"杀街"。一条活鱼,动辄一两百元,比普通人的月平均工资还高。海货只标注"时价"二字,为的是看人下菜碟儿。欺生尤烈。外地人吃着吃着,忽觉有诈,却为时已晚,看店的多一脸凶相,人生地不熟,谁想给自己找麻烦?吃下哑巴亏,过后骂娘解解恨而已。

唯独谷子的烧烤炉上,价格实诚,场面祥和。烤出来的面包鱼比杀街便宜七成。贝类就更便宜了,相比之下,跟不要钱似的。这些消息很快传到了杀街。幕后老板跟手下说,去看看,那个迷汉到底会不会算账?

话音落地,五个混混就来了,皆膀大腰圆。

谷子不想打架。一则他不想给刺鲅添麻烦;二则他想好生赚钱,格外珍惜在前海谋生的机会。可混混说话难听,让谷子滚回后海,不然就打断他的腿。

谷子强压着火,"诸位有话好好说。我卖得便宜,不是为了挤对谁,只因成本低,利润也少。我自己捕、自己烤,小打小闹,小毛小利,不贪心,也就不亏心。"

"少废话!滚还是不滚?"混混们上来就砸烧烤用具。

谷子说且慢,诸位应该也是走江湖的,砸烂我家当,砸断我的腿,你们名声不好听。要不咱们比画比画,若能让我告饶,我立马滚蛋。

混混们不知深浅，胡乱大笑，只道天底下还有人乐意找打。

在夜色笼罩的沙滩上，谷子潇洒地滑步，似踏着咚咚鼓点。左直拳用于引诱及扰乱，紧接着右直拳重创，几组散打拳击，将混混们逐个打翻。

混混们爬起来，单挑不行，就一窝蜂往上冲。谷子仍潇洒地滑步，脚下鼓点密集许多，只见直拳迅猛，防守巧妙，绊摔利落。精彩的细节莫过于谷子以左脚为轴，右后转体一百八十度，右脚上步至对方两脚后，成马步，左手变立掌推右拳，用右肘猛击对方后腰，趁对方身体后仰之机，以右手锁其喉。

也不过五六个回合，混混们全都躺在沙滩上起不来了。

谷子自是有数的，倒了就倒了，不会出事。谷子想要的结果是制服，而非打伤。整个过程，他眼前浮动的，竟都是多年前大漠在后海钢厂教训莽汉的画面。

谷子对自己的表现很满意。

明的不行，他们只能来阴的。杀街上道号深，谁人不知。

翌日傍晚，谷子刚收了快艇，刺鲅就出现在更衣室，黑着脸。

谷子便知事情不简单。

原来领导找刺鲅谈过话。外面有传，刺鲅与人合伙搞海上观光游览。领导说公职人员做生意,轻则处分,重则开除。领导还暗示刺鲅已被列入培养梯队,应加倍努力才是。

谷子点点头:听懂了,杀街的杂碎背后捅你刀子。

刺鲅闷声低吼道,千万咬死,快艇是你一个人的生意。就你一个人!另外,从今往后,收起那些破烂烧烤,不然他们会弄死我。

谷子无任何犹疑——行,照你说的办。

依谷子个性,定会杠到底。但现在必须保全刺鲅。刺鲅上有老母下有小儿,蓄妻养子的当口,顶真不起。况且刺鲅正等提拔,要进步。

临走,刺鲅又啰唆了几句:知道谁干的吗?就是那个开桑塔纳的官少爷,仗着老子权势,在杀街捂下好几个门面,把生猛海货养在玻璃缸里,鱼虾王八,上下游动,号称小水族馆……这贼子太嚣张!

一切算是消停下来。就着晚日的血色,谷子一个人在沙滩上,谁也不看,静静的像一块石头。

好潮水来了,谷子便会忘掉这些肮脏事。他在更衣室顶上晒鱼,时间一到,拿去集市卖掉。人人夸鱼晒得好,他会毫不吝啬地分享经验——晒到七成,拿到海里透一透,再接着晒,才会口感艮悠,不至干硬发死。

春也去,秋也去,冬天便来了,又是一年将尽。谷子把快艇抬上岸,保养妥当。小季信中说,春节不回家了,留校复习，正月初八研究生开考。谷子给小季寄去一大包干海货，电汇了一千块钱。

原本决定大雪节气过了回后海。结果，大雪这天发生的事情，参与构建了谷子的后半生。

大雪无雪。天从早晨开始就阴沉着，云层越来越厚。海也是灰的。

到了下午，北风升级，白浪翻卷着撞向拦浪堤。谷子爬上更衣室平顶，收起最后一批晒鱼，呆望着前海湾。再来就是明年春天了，他摇摇头，时间太快，不扛混。

风声潮声混响之时，整个世界都是空的。可是，有个"红点"闯进了谷子的视线，正在拦浪堤上移动。

细看，应是个穿红色面包服的女人。谷子不敢相信自己的眼睛。疯了吗？"红点"根本不躲浪头。

"红点"简直就是不要命了。谷子喊破嗓子她也无反应。谷子正打算去把这个死活没数的拽走，谁承想，一排大浪过来，水沫飞溅处，"红点"已经不见了。

在离岸二三十米的地方，"红点"起起伏伏，再来浪峰，肯定就被吞了。谷子从更衣室顶跳下，拎起救生圈，飞奔而去，同时大喊救命啊，来人啊。

到了拦浪堤，谷子将救生圈狠狠掷出，一猛子扎进去之前，先用十秒钟脱掉了衣服和鞋——穿衣服下水，等于全身绑满沙袋。

"红点"已被浪头打晕，某种意义上降低了救生难度。最怕那种徒然挣扎的，会把救人的一起拖入海底，这种事情不是没发生过。

谷子曾在游泳队学过专业救护，侧游拖带和反蛙泳拖带交替使用，拼全力让"红点"的口鼻露出水面。救生圈也帮了大忙。岸上闻声赶来的两人，一起拖拽着，最后总算上了岸。

十二月的海水不至刺骨，人被浸泡后，却经不住岸上的北风，直吹得牙齿打战，瞬间失温。谷子顾不得这些，给"红点"做起紧急处理，排除肺部积水，清理口中异物，口对口进行人工呼吸。

当时"110"刚创立半年，市民心中还没形成概念。移动通信更无从谈起。在找到公用电话亭报警和直接去医院之间，谷子毫不犹豫地选择了后者——后者抢时间，救命要紧。

垫付了医疗费，"红点"被推进急诊室，谷子这才想起打电话报警。

警察来了，让谷子说说情况。谷子说，姑娘掉到海里，我把她捞了上来。她应该不想自杀，只是在岸边溜达溜达，可浪太大，一下子被卷了进去。

警察让谷子去所里做笔录。

谷子说，把她一个人扔在这里不合适吧？等她醒来，问清楚了，通知家属，我再跟你走，行不行？

警察看谷子浑身透湿,脸色都变了,便提醒谷子通知家人,送件衣服过来。

谷子不想节外生枝,说了些孤家寡人之类的话,只好给刺鲅打了个电话。刺鲅说要等到下班以后。

"红点"苏醒后发起了高烧,确诊吸入性肺炎。天黑之前,她的父亲和姐姐张皇地来了。看上去,应该是个知识分子家庭——父亲瘦鳞鳞的,戴黑框眼镜,礼貌和气,却也有种不易接近的清高;姐姐在极力克制情绪,压低声音说话。

谷子呆立一旁。在海里拼命的时候,他恍然看见了另一张脸,只因情况紧急,容不得多想。现在,他终于可以确定,并且为此惊异,"红点"的五官简直就是曲小莉的复刻版——只不过,曲小莉多出的妩媚,到她这里变成了清雅。

似有一股暖风,吹过脊背、脖颈和后脑,直吹进谷子的心魂,湿衣贴身的寒凉,一并消失了。少年谷子所不解的,现在,老青年谷子终于弄明白了,曲小莉在他心里既不对接欲望,也非暗恋,而是一种温柔,带着忧伤的温柔。

这个时候,刺鲅来送衣服,一脸不解与不耐烦。谷子懒得解释,匆匆换上,跟着警察走了。

第二天上午,"红点"的姐姐从派出所打听到更衣室位置,找谷子还医药费,同时带了礼品。她自称姓叶,在电业局工作。见谷子手上缠着纱布,脸上也有伤痕,歉意更重了。

谷子说，我皮糙肉厚，不打紧。你妹妹好些了吗？

"红点"姐姐说要住院一周，自家妹妹任性惯了，刚说两句，又不落痕迹地收住了，话题再次回到感谢上。

谷子转身装了一袋子甜晒鱼。姐姐当然推辞。谷子说，你的我收下，我的你也应该收下，都不见外……哦，我叫冯谷海，后海人士。

姐姐笑了笑，在派出所时已得知谷子的信息。

谷子是在两天以后去医院看望"红点"的。

那是冬日里独有的晴好天气，干燥，清冽，开阔。天空一蓝到底。梧桐树的秃枝上，挂着一些梧桐果，已失去了水分，点点缀缀，荡荡悠悠，颇有童话感。

轻推开病房的门，谷子看见冬阳漫洒于西窗，到处都白得耀眼。她的病床在靠窗位置。谷子逆着光走过去，她正好在光圈里，似有一种绝望气息，严密地包裹着她。

谷子迅速扫了一眼床头卡上的信息——姓名叶简兮，年龄二十六岁。

开口之前，谷子越加局促和紧张。

"你好，小叶。感觉好点了吗？"

病房里很静，还有几个病人在休息，谷子不敢大声。

叶简兮缓缓回头，看了一眼谷子，面无表情，又转向窗外，好似不识眼前的救命恩人。

谷子不知该如何自处了，备好的宽慰话已经忘记。他尴尬地笑着，将礼物摆上床头柜。时兴的黄桃罐头，还有红宝石一样的苹果，大小均匀，带着浓郁甜香，显然是精挑细选的。

最后，谷子拿出一只硕大的海螺壳，足有巴掌那么大，里面植了佛甲草，密而齐整，莹绿如翠。谷子说，佛甲草特别好养，不怕冷不怕热，水多水少都无所谓，到了春天能开花呢，是黄色的小花儿。

谷子还想解释大海螺是自己深潜时的意外收获，又觉多说不妥。只道小叶放心，很快会好的，需要我做什么，让你姐招呼声。

这个时候，叶简兮才缓缓转过头，声音极其虚弱，语气却极其坚定：你为什么要多管闲事？

谷子一时语塞，支吾着：这个问题以后回答……现在……好好休息，早日康复。

出了病房的门，谷子在走廊里坐了一会儿。救人的时候，他并不知道叶简兮与曲小莉长得像。这些年他没忘记曲小莉，但也不再想起。离开后海之前，当年的班花曾来找过他，伊嫁人又离婚，似乎都在匆忙之间，饶是如此，少妇风姿仍具有侵略性。那晚月色如洗，二人赤诚相对，谷子抚摸着她的美妙胴体，像抚摸着一去不返的青少时光。

班花希望谷子可以接盘。谷子对班花亦有好感，愿意在其生活里扮演不可缺少的男性角色，分担着帮衬着。但谷子自觉前程未卜，尚无养家糊口之能力，就说先去前海干几年，有了眉目也不迟。

班花还是急了。这可以理解。女人的花好月圆就那么几年。追求者不少，花心的小老板、油腻的小领导，班花都看不上，只爱谷子的帅气和正气。可谷子又让她恨。她不傻，找谷子哭闹两场，就此作别。

谷子变成了老青年。刺鲅嘲讽他高不成低不就，谷子没争辩。有什么好争辩的，事实如此。曾有一个在浴场卖玉米的小媳妇，模样俊俏，见谷子常年住更衣室，卖完玉米会来聊几句，喝口热水，后来主动帮谷子洗了几次衣服。谷子不想欠情，包下她卖不掉的玉米，连吃了三天。小媳妇欢喜，说自家妹妹二十岁，水灵灵的，高中毕业在镇邮局工作，你若娶来，咱们就成亲戚了。

谷子哈哈尬笑，说自己只有初中毕业，这把年纪了仍一无所成，岂不是害了人家小姑娘？

诸如此类的事情还有好几件，在此不必赘述。总之，直到救下叶简兮，谷子方才明白，他一直在寻找内心的温柔，就像寻找月亮抖落的锦缎。都怪曲小莉，让他开张没开好。其实又怪不得，人家根本不知道他的存在。要怪就怪他心性至此，无可奈何。

走出医院大门，迎头碰见了叶家姐姐，她锁着眉，疲态尽显，手上拎着大包小包。谷子问过才知，她公公也在这里住院，癌症晚期。

谷子说,小叶出院时我可以来帮忙。

叶家姐姐打量着谷子,不动声色。谷子高大、周正,有气力,尤其对妹妹的事这么上心——当然,她已经看出来,不是上心那么简单。

叶家姐姐早已分身乏术。丈夫是远洋船员,一年有大半年不知漂在哪个大洋。孩子幼小。母亲病逝。父亲孤冷。公公绝症。婆婆一直住在省城女儿家里,身体也不好。妹妹不食人间烟火。她真的累了。于是,她悠悠开口:三天后出院,家离这里不远,五站路。

谷子和叶家姐姐约好,三天后,上午十点来帮忙办理出院手续,并留下了 BP 机号码。"有事随时呼我。"他说。

7

　　叶家住在一条倾斜的老路上。

　　老路不宽,从南往北渐渐抬升。两侧的刺槐沿地势生长,树身粗壮,虬枝交错,一看便知是上了年纪的。违章搭建把那些老洋楼的立面结构弄丢了,只有蒙砂红瓦和山墙上的装饰,仍保留着某种身份象征。

　　诸如此类都在谷子的成长经验之外。后海马路上最常见的是铁路道口。早年没有高架桥和隧道,道路与铁路平面交叉形成了铁路道口。值守人站在那里,火车即将通过时,挥动红旗或红灯,提醒车辆行人离开轨道。后来有了手动栏杆,值守人也是不能少的,捡煤核的妇女好像都不怕死,拉煤车隆隆地过去了,她们跟在后面小跑。

　　关于铁路桥洞,谷子亦记忆深刻。桥洞底下经常积水。雨季,海水顶托加周边汇水,地势低洼处积水能没到胸口。雨水箅子都是打开的,有一年警示护栏被冲倒,有个孩子掉了进去,寻到尸体时,已在五公里外的排水口。

前海没有这些。因处丘陵地带，有的路围着山腰，有的路开了山谷，最常见的是长而陡峭的石阶，也有盘旋上升的小胡同。凋敝感自是难逃，却也不可小觑，刺鲅早就说过，都是有故事的。

以叶家所在的院落为例——当然，这是日后谷子做了叶家女婿才获知的，房子建于1913年，最早是一个德国船舶机械师的花园别墅，二战后被买办资本家购入，送给了三姨太。叶家祖辈曾是三姨太的账房先生，也就传下来几间房。

两间房子在一楼，连着小院。小院七八平方米，有一株丁香树，亦是上了年纪的。树下散放着陶泥花盆，菊已开到败处。角落里垒着煤池子，上面还有几只花盆，盛着初冬的寂寥。

叶父退休前在黄海研究所工作，专攻海洋生物，骨子里有科学家的孤僻清高，加之经过被动或主动地改造，已经看不出喜怒。

叶简兮完成了物理意义上的康复。灵魂却是死的。她面无表情，不接话，不与任何人对接眼神。

前前后后，只叶家姐姐在张罗着动静。

谷子说，姐，需要我做什么，不必客气。

谷子已得知叶简兮的姐姐叫叶纯兮。说是姐姐，其实比谷子小，三十岁刚过。

叶纯兮笑了笑：怎么好意思麻烦你呢，冯师傅，没什么事的。说罢,自觉不自觉地朝煤池子瞅了瞅:煤都是花钱找人送,真的没什么事,冯师傅。

谷子马上明白了,叶家未买冬储煤。

20世纪90年代,全民烧煤,家家户户揣着购煤证,拉着地排车,去煤店排队购买。在这件事情上,前海后海没有区别。煤店方圆一里,黑色车辙清晰可见,众人跟赶大集似的,有的甚至全家出动。

买煤是个体力活,就像赶海一样,儿子永远不嫌多。把煤从煤店拉回来,没个把力气是不行的。谷子记得当年在后海,大元曾做了一个钢铃车——用四个轴承做轮子,固定在长方形木板上,前边有一根绳子方便拽拉。兄弟几个轮流上阵,手上都勒出了紫红杠子。

那天下午,谷子一个人拉着叶家的冬储煤,上坡下坡之间,躬身前倾与倒身后仰交替行进,不断地调整力矩以寻找平衡。

等谷子将煤搬入煤池子,弯着腰一块块码整齐,天色已完全黑尽。他热气腾腾地站在丁香树下,浑然不觉寒冷,直到叶纯兮招呼他吃晚饭。

谷子婉拒。理由是身上太脏,赶着回去换洗。

第二天傍晚,谷子又出现在叶家,背来一麻袋冬储大白菜、几条晒好的海鲈。

叶父终于放下手中的《参考消息》,抬起头,摘下老花镜,他觉得有必要仔细打量打量这位冯师傅。

谷子被请进屋里喝杯茶。是红茶,白瓷的茶盏。绝不是冯父用搪瓷缸喝了一辈子的茉莉花茶。谷子从中品出了松烟香和干果香。

这个时候,叶家的结构已经了然。进门是狭长过道,两个房间东西并置。厨房和卫生间在走廊尽头,那里有扇北窗。叶父住西间。叶简兮住东间,门一直紧紧地关闭着。

过道墙上,挂着三幅画,类属印象派油画风景写生。谷子当然不会知道这个专业术语,他只觉好看,有梦幻感,好像到了遥远的地方。画面右下角,有两幅落款是"简1988",另一幅是"白1986"。

叶父房间陈设简单。书桌、床和衣橱,老旧里仍见匠工精细。沿墙一排书柜,存书,也存生锈的器件。细看,有罗盘、老船灯、水浮司南、船用雾号……谷子瞬间想起了自己的父亲,以及父亲留在家里的几麻袋铁路废弃旧物,不免心头一凛。

除此之外就是海洋生物标本了。镶在框室里的,泡在福尔马林里的。甚至还有标本填充体——铅丝制成的鱼体纵剖面骨架,支撑起鱼皮,让鱼鳍舒展,口部微张,牙齿显现,眼珠替代品亦逼真。

谷子乐道:叶叔好手艺!不知我那些海鲈算不算标本?

话题很自然地打开了。原来他们都是赶海人,只不过,一个物质主义,一个理想主义——同一件事,没文化和有文化，差别还是蛮大的。

叶父淡泊人间，却痴迷科普，一直想把这些标本捐给水族馆。对方不要，嫌观赏性不足，但这丝毫没有降低他作为编外顾问的热情，继续帮着水族馆写展品条目。

是晚聊到开怀处，叶父和谷子恨不得连夜就去海边。他们从海鲈说到了石鲽。仲冬，北风三级，海面上波平浪轻，石鲽正侧躺在海底。

"小样儿，"叶父眯着眼，忽然一脸疼爱，似在提及某个相熟的幼童，"小样儿喜欢冬天，冬天水质清澈见底。冯啊，石鲽作为典型的底栖海洋鱼类，潜伏于泥沙里，无大群集结和远途迁徙习性，仅在深浅水域之间做适温洄游。"

"对，对，叶叔，这货藏沙里不动弹，只露两只眼，我们后海叫它'沙板儿'。"

"小样儿，两只眼都长在右侧，体色随环境变化，等猎物，也可避天敌，都是生物进化自然选择的结果。"

"对，对，叶叔，我们后海还管这货叫'斗鸡眼'。"

谷子和叶父，你言我语，说着同一回事，却完全不在一个频道，奇怪的是，他们照样能说下去。

叶父说，"脊椎动物中，身体左右完全不平衡的只有鲽形目鱼类，又叫比目鱼，你知道吧？"

"知道，叶叔，我们后海管它叫偏口。"

接下来，叶父开始往高深里说：比目鱼一词，现存的古书中，最早见于《尔雅》。《尔雅》是中国第一部按义类编排的综合性辞书,训诂学的始祖。里面的《释地篇》就说到了比目鱼,原话是"东方有比目鱼焉,不比不行,其名谓之鲽"。

谷子频频点头,内心却在偷笑。相较于比目鱼的来头,谷子更愿意研究煎炸火候。这货肉质洁白,味美而肥腴,口感很是独特。

但此刻叶父需要一个忠实的听众,谷子必须做好。

叶父继续高深着:《释地篇》同时提及了五方怪异之物,包括东方比目鱼、南方比翼鸟、西方比肩兽、北方比肩民、中央枳首蛇。后人研究发现这五物大都为传说,并非实有其物,除了比目鱼。因为缺乏科学依据,比目鱼的长相费了古人不少心思,有的比目鱼眼睛在左,有的在右,古人认定二者必为雌雄,可相互结伴,彼此贴合,有眼的一侧都朝向外部世界,以解决游动不便的问题,故而有"两片相合乃得行"之说。

叶父仍在高深着:比目鱼"合而后行",古人认定是夫妻和睦恩爱的象征,开始为它们作诗,什么"凤凰双栖鱼比目",什么"得成比目何辞死"……哦,对了,清代戏剧家李渔还借此寓意写了一部才子佳人的爱情故事,剧名就叫《比目鱼》。

后面这些话,谷子着实听了进去。

寒冬料峭,沙滩表层冻结,礁石亦如雪山白头。

谷子和叶父出现在海边。叶父专业高深，谷子实战丰富，二者互补，生趣猛然增多起来。尤其是沙滩与礁群接壤地带，暗礁环抱的小片泥沙地，大面积沙滩包围的孤礁周边，以及带状礁岩的间隙，让他们很少遭遇劳而无功。

叶纯兮有点吃惊，她没想到父亲这么快就接纳了谷子。父亲半生沉迷自我世界，不问多余事，怎的忽然待见起"粗人"了？叶纯兮不反感谷子，只是按照叶家一贯的认知，无论如何，谷子都会被划为没有文化的"粗人"。

谷子对妹妹叶简兮有意思——很有意思，叶纯兮早就看出来了。妹妹的清高孤冷比父亲有过之无不及，为了爱情可以赴死，恐怕死了也不会忘记那个赵既白。

"粗人"自不量力，叶纯兮内心有个声音在偷偷地鄙夷着。

可眼下，这个"粗人"又是叶纯兮所急需的。娘家婆家，早已让她分身乏术。若抛去文化水平和后海出身不谈，其他方面，谷子也算百里挑一的好男人。相貌、心地、人品、能耐，可谓样样出众。有谷子，叶家就有好帮手，自己甚至可以全身而退了，叶纯兮盘算着，是不是要帮助谷子去闯叶简兮那一关。

不日北风渐停，气温大幅回升。午后，叶简兮那扇紧闭的门终于打开了。她似乎是从里面飘出来的，冬阳照过去，她苍白薄软如纸片。

叶父、叶纯兮和叶纯兮的幼子，正在厨房里吃午饭。

幼子四岁,名叫归航,以此呼应他那常年漂在远海的父亲。

石鲽鱼炖白菜豆腐,汤色奶白,热气蒸腾,里面放了粉丝,白胡椒提味。旁边有一碟冬腌的豆豉咸菜,一碟油炸花生米。主食是叶纯兮蒸的馒头。叶父饭桌上历来讲究,日子再穷他也要求有个样子,一顿饭总要凑齐三个盘子,哪怕半块腐乳算一盘,一根酱瓜算一盘。叶家姐妹耳濡目染,亦是如此的。谷子则从小吃相野蛮,后海人习惯于当街扒饭,声响大得很。

"小简,好些了吗?快吃饭吧。今天的鱼真新鲜,冯师傅和爸一起钓的。"

很显然,叶纯兮试图将一切淡而化之。叶家从未承认叶简兮自杀。他们咬定那天浪头太大,她被卷了进去。谷子跟警察也是这么说的。这或许是叶家最感激谷子的地方。当然,感激也不会说破,彼此心照不宣便是了。

出院半个月,叶简兮第一次好好吃饭。饭桌上的气氛有些不自然。叶父小心翼翼。叶纯兮故作镇静,说学校那边已去过两次,马上期末考了,校长同意你寒假结束再上班。

叶简兮是一所重点中学的美术老师。学校靠文理科冲击升学率,美术作为副科只限于初中部。很多时候,叶简兮像一个杂工,就像现在的美术老师要负责公众号美编、摄影、电子屏一样,20世纪90年代的美术老师负责校园文化环境,包括黑板报、美术字、宣传画,开会布置主席台，文艺会演做布景。

叶简兮毕业于师范学院美术系专科，因早恋而放弃了成为文科本科生的可能。

早恋的对象就是赵既白。

赵既白属天才早成，也具备天才的所有缺点——自私、冷血，敏感且多疑，同时野心勃勃。五岁他便能临摹徐悲鸿的马。初一开始画大卫石膏像，光影塑造感把控之精准，令老师目瞪口呆。十六岁，赵既白几乎把自己长成了大卫，高鼻深目，形体挺拔，头发自然蜷曲，墨云般浓密。加之天然的忧郁气质，以及沉默带来的神秘感，赵既白无疑是前海老城里最靓的仔。

赵既白没有父亲。据传他是遗腹子。也有不好听的声音，说他是个野种。他住在德式老宅的阁楼上，他外公留下的房产。他母亲在前海唯一的涉外饭店做西点厨师。公私合营之前，那家饭店是他外公创办的……种种虚实不定的说法，只能让赵既白更像一个出离的带伤的王子。

十六岁那年初秋，赵既白和叶简兮考取了同一所高中，分属不同班级。赵既白深得美术老师喜爱，下午课后可以去美术教研室画画。美术老师跟校长保证，只要允许成立美术小组，定会为高考升学率出力，怎么说每年也要考上两三个。校长信以为真，或者说，校长认为在无须投入的前提下，允许几个学生到美术教研室画画，至少不是坏事情。

因为画画，赵既白拥有了某种特权：头发明显地长过那些男生，海风一吹，小烈马般不羁；衣服经常蹭满颜料，气息却是洁净的，不像那些满身汗臭脚臭的男生。他的眼神坚定，总是望向某个地方。如果顺着那眼神寻找，似乎是一片鱼鳞云、一个红屋顶，又似乎什么都不是。

无数少女的心被俘获了，包括叶简兮。

那个时候，叶简兮脑后吊着马尾，脖颈颀长，嘴角倔强。

很多人的五官要等到二十岁才渐至清朗，叶简兮不是，她没有婴儿肥的过程，一早便玲珑剔透。与少年赵既白一样，少女叶简兮亦难掩骄傲。若细看，不过一袭寻常衫裙，甚至是叶纯兮的旧衣裳，却不知为何，当她走过那排老洋槐，若恰在五月，花期便融入了她的身体。

赵既白放学后在美术组画画，女生们皆知，唯独叶简兮敢去探个究竟。结果被美术老师喊住，请她做头像模特，让赵既白和另外两个同学围其左右，画速写画素描。就这样，赵既白在写生的过程中迷上了叶简兮——叶简兮则同时迷上了赵既白和画画。

叶简兮跟美术老师说，我可以来做模特，前提是我也要来学画画。

美术老师不同意。离高考只有两年半的时间，她缺乏基础，万一弄不好，美术类没戏，文化课也误了，岂不鸡飞蛋打？

这个时候，赵既白悠悠地说，我可以帮她。

美术老师为难了。他不能确定叶简兮有没有美术天分，但他完全可以确定叶简兮是个优异的模特。那张脸天生有故事——有故事的脸画起来才过瘾。另一方面，赵既白是美术老师押下的宝，作为美术组首届高考生，两年半后，赵既白的成绩就是最好的说明书。美术老师是过来人，少年少女那点情思看得明明白白，他怕赵既白分心。

一切还是不可阻挡地发生了。

叶简兮课余来美术组画画，天分不亚于赵既白。基础虽弱，造型写实欠功力，却能旁开一路，画出天真和梦幻，被美术老师赞有夏加尔之风。她的色彩感觉极好，每一笔颜色安放在哪里，似能得到神谕。

起初叶家父母极力反对。叶简兮功课不错，日后参加文科高考胜算在握，女孩子学个文史哲，会有好出路。学画画当艺考生，只有高考无望的学渣才会选此下策，这在当时是共识。

叶家父母不给钱买画具，叶简兮就赌气不吃饭，局面越来越僵，直至某晚叶简兮离家出走。适逢天文大潮，大浪哗哗轰响着，叶家疯找到天亮，筋疲力尽，后来被邻居发现叶简兮独坐岬角尽头，浑身透湿。

那个时候，叶母的风湿性心脏病越发严重，正准备办住院手续，叶父已顾不上这许多，打算妥协。叶纯兮给父亲找台阶下，说小简有灵气，学画不失为一种选择。叶父点头：怪只怪我从小太宠她。

青春年少样样好，说的就是叶简兮和赵既白。从此他们做伴，户外写生，背着画架行于当街，像两个世外的少侠。每当赵既白拉开架势，或潇洒地用排刷铺色，或谨慎地用小号笔刻画，其时其地其人，半脸不屑，满心虔诚，叶简兮的崇拜就会从心底轰隆隆地升起。

二人并未被荷尔蒙控制，表白也没有过早发生。都是内心清高之人，想做出个样子来，考上梦想中的美院，去艺术殿堂朝圣。非浙美不上，几乎成了赵既白的口头禅。还有，什么浙江美院的雕塑系是国内老大，什么要到那里做中国的罗丹——口出狂言时，赵既白尚不知梦想通常是用来破碎的。

浙美雕塑系每年只招收八名新生，过程比闯独木桥还艰险。是年赵既白没能考取，但兑现了自己的承诺，他曾跟叶简兮赌气地说，如果考不上浙美，去哪里都不重要了。不如你去哪，我去哪。

他们最终被省城的艺术学院录取。叶简兮读专科，赵既白读本科。美术老师旗开得胜，校长二话不说就辟出一间独立画室，美术小组从此有了专属领地，赵既白叶简兮成为后来者的美谈。

赵既白没有表现出更多失落。整个夏天他几乎都在商业街画广告牌，长时间暴露于户外，晒到黑瘦。叶简兮负责打下手,每每抬头,看见攀爬在高处的赵既白,被太阳的光晕围绕,拿画笔的右手和拎油漆桶的左手,都连带着透明羽翼,好像古希腊的爱神。

禁果藏在赵家阁楼。那个八月的下午,赵母或许正在西点案台前熬制焦糖巧克力,或许正在做普雷结面包,穿着白色工装,面无表情。平行的时空里,阁楼窗户都打开着,银杏叶的绿意探了进来,带着一种明亮如水的光线,尘絮像海藻和海草一样满屋子飘荡,燥热的风正穿过他们的身体。

叶简兮的连衣裙也是白色。赵既白用了很长时间才打开拉链。后来回忆起来,那个过程似乎有一生那么长。叶简兮闭上眼睛,致幻于甜奶油的气味——这也是她当初第一次来赵家时所辨别出来的独特气味。

"你们家怎么甜丝丝的?"

"不奇怪。我妈每天下班总要偷几块蛋糕回来。"

8

叶纯兮提供给谷子的版本,当然是含糊其词的,避重就轻的。

叶纯兮说,叶家起初非常排斥赵既白,那孩子面相太冷,带着入骨的傲气。后来之所以松口,一是考虑到他和小简同读一所大学,寒暑假去去回回有个照应;二来,叶母久卧病榻,叶纯兮面临毕业忙于实习分配,也就没人顾得上小简了。

赵既白毕业回来,在大学谋职,顺风顺水的事情,别人羡慕还来不及呢,他却总别扭着,说难忍周围俗戾之气,决意要考浙美雕塑系研究生,离开此地。小简当然不愿意,她想结婚。

叶纯兮停了停,望向窗外,吞下了后面的话。后面的话是——因为那个时候,小简怀孕了。

窗外冬阳煦暖,光斑跳荡。这是1994年的第二天。

谷子和叶父再一次完成了潮间带探宝。叶父正在丁香树下制作当年的第一批海洋生物标本。福尔马林的味道从窗户缝隙飘了进来,与蜂窝煤的味道、豆腐炖鱼的味道,混合在一起。

叶简兮把自己关进房间,好像不存在一样。

叶纯兮和谷子在厨房准备午饭。说话的时候,他们坐于餐桌前,间或起身压压火,让炖鱼这件事变得缓慢一些。

叶纯兮决定帮谷子接近妹妹。既如此,就得让谷子知晓,妹妹迈不过去的那道坎儿是什么。当叶纯兮拿捏着分寸,道出了赵既白,谷子忽觉失重感,他极力却也乏力地掩饰着,同时想起走廊里那幅油画的落款,"白1986"。

"为何分手?"谷子问。

"赵既白考上研究生,再没回来过。放假在那边搞创作,准备冲击国家级大奖。也有传言,说他在追求院长女儿,为日后留校。小简去了趟杭州,回来就……后面的事情你都知道了。"

叶简兮肯为这个男人去死,已令谷子悲伤难以自控,至于细节,叶纯兮即便愿意讲,谷子也是没勇气听的——而多说无益,叶纯兮不会不懂。

一切忽然安静下来。鱼汤翻滚,水汽作响,成了最大的声音。

事实上,叶纯兮也只掌握故事的梗概,细节属于当事人。当初为说服叶简兮打胎,赵既白哭了。他说自己离开艺术活不成,难以成为一个好丈夫、好父亲。

阁楼上,甜奶油的气息已经褪去,叶简兮坐在他们无数次欢好的床上,赵既白半跪下来,抱住了叶简兮的腰腹。

赵母刚刚嫁给一个退休处长,七十岁的老头子,仍保留着喝下午茶的习惯。赵母擅烘焙,人也苗条,符合对方诉求。

赵既白很庆幸这件事的发生。小学二年级,他渐渐听懂了流言,便视母亲为羞耻。当他第一次被骂野种,天就暗了下来。慕强正是源于这份自卑。他一路攀爬,信奉顶峰相见,也是为了摆脱自童年埋下的荫翳。每次问及父亲,母亲都不接话,转身从橱柜里端出一块奶油蛋糕,上面有时点缀着樱桃,有时撒满了碎果仁和蜂蜜。

赵既白抱住叶简兮的腰腹,头埋下去,哭湿了她的半条裙子。

叶简兮环顾四周,到处都是架子和泥巴,成品、半成品几乎将阁楼堆满。他没日没夜地画稿子,对待艺术如动物嗜血一般,她的心便软了下来。那以后他们开始怀着敌意在一起,她咬他发咸味的嘴唇,像她已不再是她自己那样行事。

赵既白收到研究生通知书的时候,叶简兮见他眼露凶光,只是她更愿意相信那是因喜悦过度而发生的变形。叶简兮拿出积蓄,买来两个最新款行李箱,又置办了整整两箱行李,春夏秋冬都装了进去。

读研之后，赵既白也做兼职，可他要买原版画册，要北上南下追展览，做着到巴黎朝拜罗丹的梦，钱总是不够的。叶简兮按月给他汇款，通常是发下工资的第二天。长途电话也花费不少。

赵既白一直没有回来，叶简兮便去了杭州。她穿着米色风衣，却忘记带伞。一出火车站就在下雨，离开时也没有停——她全无知觉。

赵既白提出分手，理由是我怕毁了你后半生。

回来以后叶简兮就病了。若挺过这一关，叶简兮会发现，失去谁都没什么。只可惜一念之愚，翻山越岭，她过不去的，不是爱情，而是自己。

她拖着病体去阁楼，把能砸的都砸了。阁楼钥匙她一直都有，之前，会定期去开窗通风。

一周后，她跳入大海。没死成。

谷子竟去了杭州。先坐火车，一天一夜抵沪，又转长途车，再半天。

快艇生意要到明春开工，谷子属闲人，整个冬天不是陪叶父捕捞海洋生物，就是帮叶纯兮打理叶家日常。赵既白有形无形地出现了，谷子恼火，不安，只有找到那家伙，当面较量，才解气。事情绝非替叶简兮报仇那么简单，谷子也需要过自己这一关。

颠沛不必多说。火车轰响着掠过大地，站在车厢与车厢衔接处,谷子想起纺织厂当年放过的电影,画面颗粒粗糙,也满布新奇。谷子觉得自己是该出一趟远门了。南方的二跃、四学和小季,都比自己走得远,他留在原地,真没出息。

浙美不难找,江南地界谁人不知?令谷子惊讶的是,放寒假了,校园里仍人来人往。有备考的学生,有做梦的艺术家,有慕名的参观者,男长发女寸头,奇形怪状,谷子恍然来到了另一个世界。他向装扮不是那么怪异的人打听,雕塑系往哪走。对方倒也热情,跟我来吧。

就这样,过了一片竹林,又过一片芭蕉,还过了几株黄蜡梅,空气清冽沁人,香是冷凝的,谷子的火气被浇灭了一半。

"放假了也不回家?"谷子问。

"搞艺术哪有假,陷在里面就出不来了。"带路人答。

说话间,带路人手一指:拐过弯儿,白色小楼就是。

谷子谢了再谢,又经过一些叫不出名字的树,这些树皆有茂绿稠密的树冠,与北方的干枯虬枝完全不同。冬天的样子差别如此之大,谷子算是开了眼。

小白楼比普通二层高出许多,灰瓦片片,连着灰色天际,藤本植物爬满墙体,叶子是落了,茎秆密匝如经络。白楼门前堆放着各种真人大小的雕塑,看材质,有陶、木、石、铸铜、锈铁。造型抽象的,把谷子看到发蒙;造型逼真的,把谷子看到脸红。难道艺术就是不穿衣服吗?

"雕塑系"三个字凿在半方老船木上,凿出了筋力,挂在入门右手。

谷子走进去,见走廊很长,角落里仍是各种雕塑。没有人,教室都上着锁。墙上挂着几个巨幅相框,里面镶着人体素描作品,有男女青年,也有老妪老汉。作品大多写实,光影明暗带来体积感,皮肤的光泽或褶皱似触手可及,谷子再次脸红了。忽然,一个落款刺痛了他的眼睛,"白1993",与叶家走廊上的那幅油画落款一致,只时间不同。

一瞬间,谷子血往上涌。呼吸、心跳,进入非典型状态。他噔噔往二楼跑,赵既白似正守在楼梯口,手里握有长剑。

至二楼,谷子忽被某种力量震慑住了,不得不放慢动作,逐渐冷静下来。

二楼的结构和纺织厂的一组单体车间相似,挑高极好,天窗上映着云影,天棚呈几何状。这种结构有点像教堂,也有点像寺庙,只接受仰望——而一旦仰起头,人间琐屑就无声地脱落了。

教室门口有提示牌,"闲人止步"。谷子犹疑片刻,侧身而入,不带起丝毫响动。里面不下二十人,背对入口,望同一方向,双手在雕塑台和画架上,做泥塑画素描,就像老农在田野里劳作,专注异常。

越过重重的头颅和肩膀,谷子随他们一起张望,这才发现中心位置有竖立的背景板,上搭麻质衬布,前面有方凳，男子坐其上，弯着腰、屈着膝，右手托着下颌——除了胯下一条兜裆布，他应该是全裸的。

裸男目光沉郁，隐在暗影之中。即便是折叠收缩的坐姿，也不能掩盖肢体的健美。小腿肌腱的伸张与收缩，紧扣地面的脚趾，皆是表面沉静而隐藏于内的力量。

谷子当然不会知道，这是一次致敬法国雕塑家罗丹的写生课。裸男动态仿照于罗丹名作《沉思者》。在相关艺术文献里，1866年间的某一天，罗丹是孤独的，一个人迷恋着一块大理石，对着它细细揣摩、盘算，静静地度过了大半天，直到从石料中幻视出美好的形象时才动手——这些，谷子或许永远都不会知道。

当时当刻，谷子只感到一种震撼。谷子不是没见过别人的身体，在那个缺少私人空间的年代，大家都在公共澡堂洗浴，常常裸身相见。只不过，在这之前，他从未发觉身体竟然是美的，而且美到不可思议。

谷子确信，这就是赵既白。

在确信裸男是赵既白以后，谷子悄声离开教室，到小白楼对面站定，一根接一根地抽烟。

两个小时过去了，写生人群陆续走出小白楼。赵既白是最后出来的，谷子刚好抽掉一盒烟。喊赵既白的名字时，谷子发现自己嗓子已经哑了。

或许乡音久违，赵既白友好地笑了笑。只是，这笑容很快僵在半空，因为他听见谷子说，我是叶简兮的表哥。

从十六岁到二十六岁，赵既白和叶简兮谈了十年恋爱，当然知道她没有表哥。

赵既白抬头瞅瞅灰色的天，又扭头看看身边的雕塑，接着拍拍衣服，捋捋头发——借助一系列的动作，他恢复平静，重拾傲慢，望向谷子，淡淡地说，事情不是你想象的那样。

"我练过多年拳击。"谷子再也忍不住了。

"做雕塑也是要抡大锤的。"赵既白并不示弱。

"给个理由，我今天不揍你。"

"有些人不适合婚姻，只是不敢承认，我敢。"

"王八蛋，早干吗了？"

"活明白，是需要时间的。"

"你小子是想给院长当女婿吧？"

"院长千金对我有意，但是，我只爱过……小简。"

"放屁，不准再说她的名字，你害惨了她。"

"我知道。"

"你怎么谢罪？"

"我死了她也活不成。"

"她已经死过一回。"

"这跟我死过一回没有区别。"

…………

谷子不想绕下去了，将棉衣掼在地上，左右开弓，两拳打过去，赵既白脸上见了血。这家伙仍笑着说话，一字一顿，声音低沉：打死我也是徒劳。

到浙美读研后，赵既白越发决绝，他终于弄明白了，投身艺术，专心一意而无其他念头。另外，长痛不如短痛，总比和小简生下孩子再不管不顾要好。他诵读一样，仰起头、闭着眼，把这层意思表达完毕。之后，才看向谷子，补充道，你未必会懂——不，你肯定不懂。我说出来，只是对过往的尊重。

"艺术真是个破烂玩意儿。"谷子把牙齿咬得咯嘣响。

"艺术是我的磐石和盾牌，是我的避难所。"赵既白也把牙齿咬得咯嘣响。

"滚！我回去告诉小简，你只有你自己，不值得！"

"爱就是不问值不值得。"说完，赵既白转身走了，脸上血迹未干。

时间已到中午。小白楼离食堂不远，空气中飘来梅干菜烧肉的味道。谷子穿起棉衣，在那些人体雕塑前发了个长呆。比起刚见的时候，他已看出不一样的东西——除了没穿衣服，有的肢体扭曲，有的表情抽搐，有的痴傻空茫。

再次来到叶家，已是一周后。谷子将礼物呈上，给叶父龙井茶，给叶家姐妹真丝方巾，另有西湖藕粉、山核桃、天目笋干。

叶父和叶纯兮笑得不太自然。看见杭州特产，便知谷子去面晤赵既白了。

叶父历来逃避问题,这是他此生作为父亲最大的弱点和缺点。叶纯兮则要问到底,她将谷子拽到厨房说话。

或为找回面子,谷子说自己把赵既白打到满地找牙。

"他没还手?"叶纯兮问。

谷子摇头。

叶纯兮说赵既白也是学过功夫的,早年赵家母子受欺负,他就跑到大庙山跟人学了几年拳脚。

此番话让谷子吃惊不小。赵既白高大挺拔,却文人相,看不出会武,至少在小白楼对峙时,谷子没看出来。

叶纯兮把礼物放到了叶简兮面前。她知道这个步骤将有力地推进事态发展。果然,叶简兮脸色大变,强忍着激动,说要找谷子谈一谈。叶简兮说,冯师傅明天和父亲去海边,之后过来吃晚饭。

是日腊月二十三,农历小年,海水温度已近零度,鱼龙远遁。但谷子与叶父深谙鱼性,经过大半天联合作战,共收获了沙光鱼、石鲽等冷温性鱼种,甚至在岬角深水处钓到了六线鱼。他们兴兴头头地回来了。叶纯兮正在择菜和面,为包饺子做准备。

谷子说,我来!鲜鱼糜、肥肉膘、白菜心,再切点韭菜末子,嘿,这顿饺子能鲜掉眉毛。

叶父急了,"给我留两条做标本。"

谷子笑,"放心吧,叔,模样吓人的黑头给你。"

叶纯兮也笑,又别过头去喊,小简,小简,快出来看看,要不要挑几条好看的盛在青花瓷盘里画写生啊?名字我都替你想好了,就叫《小年儿》。

日后若盘点谷子的婚恋史,小年这个节点是具有历史意义的。

谷子和叶纯兮忙于灶台,叶父制作标本,叶简兮油画写生,归航跑来跑去,通报外公和小姨的进度。下饺子之前,《小年儿》完成,大笔触,大块面,有种一气呵成的神韵,且色调明透带着潮水气,落款是"简 1994"。后来,这幅画挂在走廊,替下了那幅落款为"白 1986"的风景写生。

鱼饺子好吃到令人叹息,腊八蒜、饺子汤,也都齐全,一如每个幸福家庭所拥有的那样。叶父和叶简兮的做派,带来了某种精神意义,一时间,让叶家离地三尺,凌于烟火之上。

饭后,叶纯兮急着去医院探望公公,拽上归航就走。

叶父醉心于他的标本,钻进了自己房间。

厨房里只剩谷子和叶简兮,气氛忽然变得不自然起来。

各种声音先后响起——洗碗的水声,桌椅归位时与地面的摩擦声,窗外零星的鞭炮声。谷子背对着叶简兮,擦拭灶台,他听见叶简兮的声音好像从遥远的地方传了过来。

"你不该救我。比死更难的事情,就是活着。"

"他不值得你这样做。"谷子没转身,手上动作也未停,语速极快。

"爱没有值不值得！"叶简兮本想这么说，最后谷子听到的却是——很多事，都禁不起推敲。

"其实也怪不得别人。"谷子说，"自己不想，谁能毁了你？"

"我没怪谁，只是不相信，连美都不信了。"

"那么，你信我会护着你、帮着你，也会哄叶叔开心……会为……过日子出力吗？"说完这番话，谷子已满头挂汗。

叶简兮打量着谷子，在现实生活里，这个男人学历不高、工作不稳、家境薄浅，除了善良、勤快，再加上帅气，其他的乏善可陈。可是，赵既白的帅带着阴云，眼前这个男人的帅，则如阳光倾洒一般。被他从冷海托起的时候，她在虚幻之境，似要去山谷，那里幼草茵茵，溪水长流，不远处黛色山峦如伞，正是她想找却一直没能找到的写生佳地。而他有张好看的脸，戴着七彩花环，俯下身体，越来越近，加入了她的呼吸……直到抢救过来，高烧退去，虚幻才消失。

"我相信。"叶简兮语气决绝，面无表情，"但是不会有那么一天的，因为你知道得太多了。"

叶简兮很清楚，曾经的经历对于一个女人意味着什么。倘若真有未来，她担心自己在谷子面前永远抬不起头。

谷子无计可施了，站在那儿，手里摆弄着抹布。

就在这个时候，叶父那边传来动静，"小简，冯啊……"

事情好像不太对头。谷子拔腿就冲，比叶简兮早两步冲进了叶父房间。但见叶父斜靠椅背，手捂胸口，脸色苍白，大汗淋漓。叶简兮害怕起来，嘴里喊着"爸、爸"，却也不知所措。

谷子将叶父抱起，异常谨慎，平放在床上。这个短短的过程，叶父竟已后背透湿。谷子对叶简兮说，怕是心梗了，得赶快去医院。

叶简兮不相信：我爸平时没有心脏病。谷子则是有经验的，他嘱咐叶简兮先安抚着，自己到马路上拦出租车。

北风在斜坡上打出哨音，除此之外，路上没有人更没有什么出租车。谷子直跺脚，时间在流失，他知道对叶父不利。没办法，只能顶着风跑到主干道，因出来得急，棉衣都没顾上穿。

就这么一路小跑找车，最后在离叶家两公里外的旅馆门口，找到了趴活儿的出租车。司机说老规矩不打表。谷子应声，行，赶快！

果不其然，叶父突发急性心梗，幸亏就医及时，挽救了坏死心肌，减少了心梗面积。二人在医院守到天亮。上午才给叶纯兮打电话。叶纯兮从单位赶来，对谷子心存感激。接下来就是陪床、送饭，离不开人。

同病房的都羡慕，你这个儿子真孝顺。叶父说，不是儿子啊。同病房的更加羡慕，哦，女婿啊，你这老泰山真有福气。叶父没气力解释，脸上浮起一种满足。

跟叶简兮表白之前，谷子先知会了叶父。叶父对鱼友变身老丈人这一事实，本能地有种莫名火气，可是，他终究没有爆发力了。

9

1995年春节,谷子大婚。按照坊间界定,从后海来到前海,新房又在女方家,就算做了上门女婿。

谷子攒下零碎时间,一个人打造了全套家具,就像大元当年那样。床用樟松木,气味清香舒心。电视柜、茶几、餐桌用杉木,木头纹理质感恬静。书柜是榉木的。墙壁翻新、粉刷,厨房、卫生间也都砸掉重来。

结婚前一年,快艇生意空前顺遂。老天爷给面子,一次台风也没刮。谷子没白没黑地干,自造噱头推出"日出游"和"星月游"。刷好的白板上,叶简兮帮忙写了美术字,杵在更衣室门前,像模像样。晒鱼亦有了名号,"后海谷子"被印上塑料袋。

刺鲅不解:"你明明是在前海捞鱼。"

谷子就怼:"捞鱼者乃后海人士。"

"可你做了前海女婿。"

"那就更不能忘本了。"

刺鲅还是很够哥们的，谷子借钱办婚事，他慷慨相助，一半借，日后要还；另一半算份子钱。

叶简兮有过短暂的婚前恐惧症。谷子的疼爱激怒了她，觉得他在可怜自己。几次深吻之后，虚幻之境又出现了，她眼神迷离，问谷子是不是要带她去山谷，那里幼草茵茵，溪水长流，不远处黛色山峦如伞……只是画具太沉，除了谷子，没人扛得动。

谷子都由着她。

婚宴摆在叶家。两桌。叶家不喜闹腾，本地也没什么亲戚。

四学和小季风尘仆仆地赶回来，帮忙筹备婚礼，拜见叶家和嫂子，礼数皆周全。兄弟三人又一起扫墓，一起跪在坟前流泪，一起默默于心中涌起某种壮志，或清晰，或模糊。

回到老屋，饭桌还是那张饭桌。奇怪的是，从前可以挤下一家七口，现在被三个大男人轻易地制造出拥挤感。桌上摆着后海名吃，都是年幼时吃不到的。酒也斟满，特意选了冯父当年最馋的瓶装老白干。

四学说初中曾与人合伙偷过美林烤鸡，无一次成功。

谷子说曾偷了母亲的钱去三盛楼，服务员脑子进水，算错账倒找钱，羊肉蒸饺白吃不说，还小赚一把。

忆此类糗事，兄弟三个大笑，可笑着笑着就哭了——再也不会像小时候那样，哭着哭着便笑了。

他们曾恨不得一夜长大，好像长大就可以说了算似的。长大后才发现，所谓说了算，不过是重重压力之下的责任与担当。不消说殷实家境，冯家甚至连家底都是漏的，诸事只能靠自己。

他们提及二跃。杳杳的音信，是他和厂医先到了佛山，又辗转去了广州。

四学渐渐变成老兵，一个明显的特征，就是患上了风湿病。小岛高盐高湿，夏天热到空气黏稠，行李长满霉斑；冬天又冷得像个冰窟。台风季则能把一切撕碎。有一次营房房顶整个被掀走了，补给船靠不了岸，岛上断粮，只能喝雨水、吃黄豆、捡海菜，最长的时间就这么熬了二十八天。

谷子听了愈加自责，拍拍四学肩膀：哥关心得不够。可你为何一直不休假？信也不回，莫非记恨我当年告你的状？

四学无奈地摇头：家里的变故一个接一个，我没勇气回来承受。咬咬牙，守海岛，学本事，忘记糟心的事。雷达设备的各种专业知识，什么设定参数、天线旋转、目标选择与甄别，我都是零基础，只能拼上——拼上才能忘记糟心的事啊。

四学的手，锉刀般粗糙。谷子料定，这是加工维修精细配件所致。

"修了雷达才知道，爹娘给了一双巧手，遇上元件损坏又没有备份件,我能在电路板上用焊笔连续飞线……这不,多年都是优秀雷达兵。"四学为自夸难为情,亦掩饰不住高兴。

谷子端起酒杯一口干了:哥敬你,部队到底锻炼人,你是冯家的骄傲。

四学摆摆手:日后若能做个雷达兵王,那才叫大牛。现在,咱冯家的骄傲应该是小季,大研究生!文化人!

小季不胜酒力,脸色通红。十八岁之前,他是讨厌这张饭桌的。父亲的酒鬼形象,哥哥们的叛逆,母亲的疲惫与暴躁,还有莫名的谩骂、动粗,都围绕着饭桌发生。

哥哥们有虎气、野气甚至匪气,宽肩长腿,体格壮实。潮湿的南风或者凶猛的北风,从海面吹往陆地,依次吹醒了他们的荷尔蒙,吹硬了他们的胡荏儿。他们不再发出清脆童声,进入含混的变声期,按照自己的方式长大,或者按照意想不到的方式戛然而止——而小季,从小文气内向,身体单薄,遇事放不下,适应能力欠佳。

小季总算长大了。长大后的小季,将这张饭桌视为冯家本身,游子的爱与思念,借助饭桌获得物化和具体。腿脚不稳,纹理残缺,这真是一张让人心疼的饭桌啊。

两个哥哥劝小季不要喝了。小季说,那我就给你们讲点糗事吧,权当下酒菜——

接到大学录取通知书的时候,小季曾在心里发誓永不回头。填志愿，他只求越远越好，浪迹天涯，专业不重要。"跑那么远干吗，路费不是钱？"冯母一脸不高兴。小季以好男儿志在四方应付，这句话是早就想好的。

现实却很打脸。南京鬼热，甫出梅雨季，日子就上了蒸屉，随后又被送进了烤箱。人生中的第一个别处之夏完全把小季吓住了，而此前的全部夏天，他是除却清凉海风再也不识人间的。

小季抑制不住地想家，倒数着放假的日子。末考复习也心不在焉。当初离家时赌气立下的誓言全部作废了，他只想吃一碗母亲做的手擀面。母亲喜欢在夏天做手擀面，用蛤蜊芸豆鸡蛋打卤，整个过程都在抱怨，因为风湿病又复发了。可记忆中那碗面的筋道与鲜亮，足以让小季忘记所有不快。

四学和谷子听不下去了，面露尴尬。作为哥哥，他们疏忽了小季的成长。

小季说，你们别煽情，重点在后面——

学生宿舍条件差得离谱，偷偷吹个小风扇，熄灯断电之后也会立马停摆。放下帐子像堵了座山，收起帐子蚊子嗡嗡声密集不绝，巴掌噼啪地往自己脸上身上甩，竟掌掌不虚。

好不容易迷糊一阵，又很快热醒，只能端起脸盆去盥洗室，接满水兜头浇下，再浇下，回到床上迷糊一阵。如此一夜折腾三四次，饶是气血两旺，熬上个把礼拜也黑瘦下去了。

还是热得受不了,只能卷凉席到楼顶平台露宿。晚八点,先去泼几桶水——当然,这几桶水势必会在一分钟内蒸发掉,地上就像没有水来过一样了无痕迹。晚十点,再去泼几桶水,平台上的热气逐渐被压制下去,终于可以躺下了,男生们光着膀子,点上蚊香,有人甚至退去了裤衩。

夜渐至深静,气息仍然燥热,没有一丝风。小季穿着国棉五厂处理的零头布制作的大裤衩,直挺挺地躺在那里,意兴低落。

有人在讲黄段子,各种上了色的传闻。不知谁带了个望远镜,趴在围栏上偷窥女生宿舍,引起一阵围堵。

好不容易睡着了,凌晨大雨急来,众人从梦中惊醒,轰然四散如受惊的鸟雀……

小季说完哈哈大笑。谷子和四学却怎么也笑不出来,愧疚不已,连干三杯。

能娶到前海美人,当上门女婿也不亏,好好过吧,早生贵子。

带着四学和小季的赞美与祝福,谷子开始了新生活。婚后二年,叶简兮生下儿子,取名叶亦冯。

到底叫叶亦冯还是冯亦叶,是过了百岁才定下的。这之前,叶简兮模棱两可,叶父态度中立。叶纯兮十分坚定,必须叫叶亦冯。

谷子内心不快。冯家的第一个孙子,却随了他姓,自觉做人没出息,对不起父母。跟叶纯兮商量的时候,谷子语气里有恳求成分,又顾及面子,便佯装幽默,说甘愿下辈子为叶家做牛马——实际上这辈子他已经这么做了——那么,儿子能不能姓冯?

叶纯兮说,小简的样貌、学历、职业,样样百里挑一,你是知道的。这两年,外面难听的闲话不少,我就不转告了。总之,筑巢引凤,巢是叶家的,凤是叶家的,生下孩子自然也是叶家的。姓叶,没毛病。

谷子觉得有些反常。叶纯兮固然计较得失,藏有心机,温婉书卷气总还没丢,平日说话通常留有余地,也会控制情绪,这回是怎么了?

远洋船员丈夫刚结束环球航行,正在休假。分离八个月,夫妻重逢,叶纯兮应该高兴,那天却当着全家人体罚归航,小屁股都被打肿了,芝麻粒大小的事,放在平时没人认真。

谷子去问叶简兮:姐怎么火气噌噌的?

"和姐夫吵架了。"

叶简兮正在喂奶,带着一种产后的充盈感,通身乳香气,浓郁绵软。谷子闻见,心宽了些许。

据叶简兮讲,船停荷兰阿姆斯特丹港,姐夫和几个船员去红灯区看"橱窗女郎"——姐夫说只是看看,但这件事被姐知道了。

谷子哦了一声：怪不得。

那个年代无出境游，远洋船员是人人羡慕的职业，可以带回花花绿绿的外国尖货，可以跑遍全世界，在印尼巽他海峡看火山喷发，在南非好望角偶遇漫天晚霞……人人只见光彩的一面，却忘了远海的孤独与凶险。

作为连襟，远洋船员一度鄙视谷子。后因其父病危和殡葬，谷子出过大力，平日对叶纯兮母子也多有照顾，男人之间的默契就渐渐达成了。

二人喝酒聊天时，远洋船员说起舱面作业的酷暑和严寒、机舱的噪声与高温，说起爬大桅、下深舱，哪一样都是极限考验。远洋船员甚至说，风平浪静时，万里无云，会让人觉得害怕，像到了天国似的！这时若有一朵云飘过，都是令人开心的事。

谷子摇摇头：姐夫也不容易。

叶简兮不同意：姐容易吗？

"大家都不容易。"谷子说。

真正让谷子放下执念的，还是大漠。婚后谷子曾给大漠寄去一张结婚照、两盒喜糖、一斤绿茶。信中该说的都说明白了，电话号码也留好。两天后，大漠打过来。听见师父声音，谷子百感交集，一时眼眶尽湿，却也不忘遮掩，怕叶简兮看见。

自离开后海工厂，愧于无着无落的人生，谷子许久没与大漠联系了。思念是因为孤独，委屈也是因为孤独——

如此这般,大漠都懂。

关于儿子姓氏,谷子也想给大漠打个电话,几次号码拨到一半,又放弃了。打电话无非是诉诉苦,依谷子对大漠的了解,大漠一定会说,儿子跟谁姓不重要,谁来教导他,如何教导他,才是最重要的。

站在叶家小院里,丁香树已打起花苞,仲春独有的散淡气息覆盖下来。谷子下意识地打出一套组合拳,生疏是生疏了,却有豁然开朗之感。

很多话,大漠很早便说过。时间到了,才会从记忆里弹出;时间不到,就是暗藏的玄机。一波未平,一波又起,这便是人生,大漠似乎也说过吧?

这时儿子哭声骤起,谷子转身往屋里去,心里默念,叶亦冯就叶亦冯吧。

接下来都是好辰光。谷子,当然也是叶家,经历了天伦之乐、舐犊之情、隔辈之亲,不一而足。

叶亦冯三岁,谷子做了一匹小木马,叶简兮画上图案,叶亦冯摇呀摇,好像摇到了月亮上。叶亦冯五岁,谷子做了一间小木屋,叶简兮画上图案,叶亦冯藏在里面,以为是全世界。

日后回忆起来,那是他们最美好的一段时光,有十年那么长。十年间,冯家兄弟也都在实现人生进阶。四学晋升为三级军士长,与福州本地姑娘结婚生子。姑娘在区图书馆工作,婚前把守海岛想象得很浪漫,婚后则疲于分居之苦。一个人带孩子,一个人面对生活巨细,任谁都要抱怨的。小季研究生毕业,申请到留德奖学金,在慕尼黑工业大学攻读机械博士学位,被德国姑娘倒追,已经沦陷。二跃也有了消息,在广州主城区开了五家药房,厂医做董事长,他是总经理。结婚与否,消息不确切。

婚后第三年,叶父跟谷子说,有间汽车屋子,祖辈留下的,年久失修,一直闲置。现在都兴汽车屋子改门头做生意,你得空也收拾一下,看看做什么好。

当时,杀街已被拆除。各种投诉令管理部门头痛。如此沉疴有损城市形象,借新一轮规划实施,杀街往事便在推土机的轰响中烟尘散去了。

谷子重新干起烧烤。间断四五年,今昔已不同往日。自费旅游的多过公款出差的,吃客年轻化了,谈吐更率性。谷子强烈地感受到时机已到。谷子跟叶父说,开个烧烤店吧,正经八百干起来,比在更衣室门前打游击要好。

叶家的汽车屋子是那条街上最敞亮的,面积大,三十平方米,横切也宽,能改造出落地窗。手续办了下来,名号还叫"后海谷子"。这次质疑的不是刺鲅,而是叶纯兮。

"你明明是在前海开店。"

"开店者乃后海人士。"

"可你做了前海女婿。"

"那就更不能忘本了。"

叶纯兮讪笑两声：祝你生意兴隆。

谷子找来一块老船木，异形的，满布雷电风痕，再拓印上叶简兮的字，门头一挂，个性十足。叶简兮揶揄，谷子老板眼光艺术得很呢。谷子嘿嘿直笑，他是受了浙美"雕塑系"那块门牌的启发，但他不说。

与杀街被拆除的同一时间，旅游管理办颁布新规，整顿海上秩序，联合审验不再是走走过场的事情。2000年，快艇更新换代，设计、构造升级，包括恼人的排水问题，都不再是问题。

刺鲅决定成立旅游观光公司，抢占先机。他让谷子入股，说海上观光乃朝阳产业，带出几个徒弟，日后你就是大老板了。

谷子犹豫不定。叶父已老，叶亦冯将读小学，烧烤店整装待发，他无精力再投旅游观光公司。一旦成立了公司，就不能像之前干半年休半年，新项目得开发，以保持续运转。谷子把这层意思告诉了刺鲅。

刺鲅点一根烟，猛吸几口，半支成了灰烬。"也好，"刺鲅说，"你赚钱太死心眼儿，规规矩矩，缩手缩脚。咳，本以为后海出身的不含糊，可你就是野不起来，没出息！"

刺鲅是聪明人，庙堂江湖皆混得开。这不，刚提拔了正处。

谷子说，处座，"后海谷子"随时恭迎啊！

二人好聚好散，谁也不耽搁谁。谷子心里是存了感激的。仓皇时,刺鲅拉了他一把,直接把他拉入了经济大潮中,从后海到前海,由地缘到姻缘……缘真是奇妙的东西,来了,走了,一时,一世。莫须有的一个缘字,让人生像极了拼图,任谁都在拿着自己的那块,去寻找另一块。

时间来到2005年。"后海谷子"已经火了。夏天的傍晚,店里坐不下,门口支几张小桌,摆一圈儿马扎。谷子生怕吵到邻居,极力控制着时间,生意再好,也是十点打烊。

亦冯已经读小学三年级,英英武武的,五官像极叶简兮。为给儿子营造一个学画氛围,也为了赚点外快,叶简兮收下四五个学生,一起做伴画画。

叶父希望亦冯传下衣钵,这样,那些海洋标本就有去处了。亦冯却不感兴趣。倒是在去过后海老屋,见了架子上生锈的铁路老物件后,他开始不停地问这问那。谷子告诉亦冯,这都是祖父留下的。

"祖父会开火车吗?"

"祖父当然会开火车。"

"哇,祖父一定很勇敢,就像奥特曼能打败怪兽。"

架子还是前年四学回来探亲时,兄弟俩用两天时间一起完成的。他们将冯父所留之物逐一摆放,整个过程谨慎,并且沉默。四学说,爸有远见,这都是历史见证。我们军区建雷达博物馆时,曾到处征集相关的退役老物件。

是年秋天，叶父最后一次心梗发作，搭上了性命。当时身边没有人——这几乎是不可思议的。谷子就在家门口开店，天天守着叶父。唯独那个周日上午，谷子去参加拆迁补偿联席会了。后海纺织厂宿舍拆迁在即，这显然是个重要的会。亦冯馋后海老字号，也跟着去了。叶简兮在学校加班，为绘画比赛当评委。叶纯兮送归航上网球课。而远洋船员正经过白令海峡。

叶父走时孤独，未留下一句话，这对于活着的人是个沉重打击。叶家姐妹难以接受，后悔和内疚将她们久久缠绕。谷子张罗所有后事，按照叶父所期许的那样，最终以海为墓。

叶简兮不停地问，爸爸真的不在了吗？

谷子泪流满面。他也曾这样无数次地问过自己。大元走的时候，他问过。冯母走的时候，他问过。冯父走的时候，他问过。他只有抱紧叶简兮，才像抱住了所有生的希望。

半年后，叶简兮开始腰酸背痛，浑身使不上劲儿。谷子以为她是身心所累——素质教育提上台面，美术老师忙得像陀螺。另外，她还没有走出丧父的悲伤。

谷子揽下所有家务，将"小简你去躺一会儿"挂在嘴上。可巨大的乏力感一直没有离开叶简兮。

谷子陪叶简兮去挂专家号。检查结果出来后，专家表情凝重地告知，叶简兮患的是"肌萎缩侧索硬化"。

谷子看不懂这个拗口的名字，仍以为叶简兮是疲劳过度。可专家接下来的话，将谷子一下子扔到了史前旷野，谷子脊背拔凉，汗毛倒竖，被孤独和绝望打蒙了。专家把他叫到一边，低声说，这种俗称"渐冻症"的病，致死率几乎百分百，最多活不过两年。

回家的路上，谷子眼前竟浮现出一个画面——十六岁的雨夜，后海鲜见"下大抓"的人，他在齐腰海水处挖得正欢。突然，海水猛涨，瞬间及胸。稍时，海水便没到了脖子。谷子脚下骤急，一口气向岸边挪出二三十步。没承想，潮水比他的脚步还快，直接盖了顶。大雨纷披，海面上雾气弥漫，埋住了岸边的灯光，海面一片漆黑，已经没有任何标识物。谷子完全失去了方向，巨大的恐惧控制了他。

雨，下得越来越狠。抹一把脸，再抹一把脸。才十六岁啊，真的就这么去喂鱼了？绝望中，他随波逐流，听天由命。不知过了多久，海浪终于将他推到近岸的浅水区。他并不能完全确定岸的位置，忽然，半空中出现了微弱的灯火——是火车站货场。那刻，那盏灯，等同于生命的呼唤。他开始放声大喊，泪水、雨水、海水，被一口一口吞下。他终于找到了方向，他没死！

对！叶简兮不会死！不能听信专家的。

叶简兮办了长期病休。从那时起，谷子就在烧烤店门上挂了块牌子，"请提前一天预约"，后面是手机号码。

病情发展得很快。三年后，叶简兮已无力翻身。担心她久躺生褥疮，谷子定好闹钟，每隔两小时给她翻一次身。白天还好，到了半夜，谷子仍不敢睡实落，时刻留意叶简兮的动静。

家庭的变故让亦冯早熟，眼神里多出一些意味，这是谷子最不希望看到的。叶纯兮不失为好姨妈，寒暑假带亦冯和归航去旅行，平日带他们看电影、看展览、逛美食城……尽力弥补叶简兮的缺席。

生病久了，叶简兮性情大变，动不动就朝谷子和亦冯发火。亦冯正在叛逆期，嗓子变声，脾气顶牛。谷子私下里会安慰儿子，或者像两个男人那样对话。

值得安慰的是，亦冯的功课从不用操心。高中时，大多数同学狂奔在各种辅导班之间，亦冯气定神闲，坐在叶父用过的书桌前，省下了一大笔补习费，最后被北京交通大学车辆工程专业录取。按亦冯的成绩，完全可以报考热门的计算机、土木工程、电子信息工程之类的专业，可是，亦冯对会开火车的从未谋面的祖父，有种情感认同，从小志在于此。

第九年，谷子给叶简兮擦洗身体，把叶简兮抱起来，放到马桶上，并且一直扶着她。第十年，谷子给叶简兮削水果，捣成泥，一勺一勺喂到嘴里。叶简兮脖子上围着块布，像婴儿。

第十一年，叶简兮被困在冻住的身体里，全身上下只有十个手指能动。那手指仍然细长、纤美,只是布满了岁月的陈斑。谷子想,小简一定想画画啊。这么一想,谷子的心就很痛,很痛。

专家口中的两年存活期,靠着谷子的悉心照顾,硬生生延长到十二年。叶简兮走得很安静。谷子握着她的手,亲吻她的额头和脸颊——就像第一次那样。

而他有张好看的脸,戴着七彩花环,俯下身体,越来越近,这是叶简兮关于人世的最后一眼。叶简兮曾经说过,不想海葬,大海太冷了,她想葬在山谷,那里幼草茵茵,溪水长流,不远处黛色山峦如伞。

谷子时常把自己关在房间,抚摸着叶简兮的遗照,很久不出来。有时候一待就是一天。谷子始终记得,叶简兮离去当晚,月色清清亮亮,不染半点尘埃。

谷子和叶简兮之间,最初相隔着前海后海的距离,好比相隔着两个王朝的狭窄缝隙。后来他们相隔着一次救赎,一场谈话,一个亲吻。而现在,他们相隔着一个月亮的距离,天上,人间。

后　记

回到谷子拿下海蜇王那天。

那天，劳者多得，五分之一的海蜇归了谷子。从海边到他的烧烤店，隔三条马路，近是近，拎了重物，无形中就远出去许多。他在秋阳里急走，很快出了一身汗。

落了脚，紧着处理起战利品。鲜海蜇须得腌渍三次才能入口。食用盐加明矾，盐渍三次，俗称"三矾"。谷子一阵忙活，完成初矾，毒液杀出，海蜇入瓷缸，置于阴凉通风处，等到功德圆满之时，取出，凉拌热炒，都是招牌菜。

"后海谷子"成了网红店，寻味而至的人们，会喊一声谷子——谷子，蛤蜊多加些辣椒，爆炒；谷子，毛蛤过遍水就行，再给弄碟辣根。

谷子那经过多次改良的灶台，一边煮馄饨，一边烧烤。除了烤鱼，也烤骨髓、烤茄子、烤土豆、烤板筋。钉螺、醉蟹更是一绝，现做，竟也能迅速入味儿。

逢春秋两汛，谷子会卖上半个月的鱼馅馄饨。每日特供二十份。吃了第一碗，不许再点第二碗，给多少钱也不许。鱼馅馄饨，赔本生意，谷子执意要卖，为的是给生活来点仪式感。选肥硕雌鱼，剔刺留肉，加油膘、蛋清和姜汁上劲成馅，煮出来，不仅馅白，而且汤白。新老吃客，一碗下肚，便知春夏秋冬。

远洋船员已退休，带着他那闻见罐头就想吐的胃，带着关节炎和听力障碍——当然还有一颗见过天下而宽大的心，永远地站在了陆地上。

远洋船员每喝必醉，摇摇晃晃，好像在刻意捕捉船行大海的感觉。有一年，远洋船员说，我们到巴黎红灯区看法国女郎，走过一个小广场，几个穷画家正在给游客画肖像。有个中国画家生意最好，因为他画得实在是又快又像。我上去跟他聊天，他只讲法语和英语。可不知为什么，我觉得他就是小简从前的男朋友……远洋船员猛然意识到说错了话，赶忙打哈哈：骗你的，我哪敢去红灯区，叶纯兮是千里眼顺风耳，什么都瞒不过她。

赵既白后来去了巴黎，谷子是知道的。至于到底去了巴黎的殿堂还是街头，已经不重要了。谷子拍拍连襟的肩膀：活着都不容易。

世间事，哪有什么容易。深处都是逆行的风物。

后海用三十年的时间，完成了大面积填海和棚户区改造。滩涂上,长起钢筋丛林。从性价比来看,这比长蛤蜊值钱得多,没有理由不高兴。

可谷子就是不高兴。他一边赞叹,一边又莫名地担心——担心自己回不去了。所谓回不去,是回不去他的青春气象,以及青春气象里的纺织厂、火车站、野泥滩。

高楼与高楼之间,偶尔露出一片海。有人仍然会捞上海货,摆在拦浪坝外围的马路上叫卖。早八点,一切必须结束,城管巡查得很严。识货的后海人已经早早地等在那里,带着一脸的不高兴。他们应该是从纺织厂、橡胶厂、化工厂退休的,如果还有别的,不外乎碱厂和机车厂。

回迁后,冯家老屋变成三室一厅,精装修交房,宽敞明亮远超出前海叶家。拿到钥匙,本该留在新家添添人气,谷子偏去防浪堤坐着,真是贱骨头。

那晚无星月,夜色像稠墨一样黑。抽掉半盒烟,海面上有了层层白浪翻卷,便知是涨潮。他放开喉咙,想野野地喊,"我回来了",却卡在喉咙口喊不出去。天亮时分,他感到饿,想起小时候怀里揣了玉米饼子,以利石砸开岩壁上的海蛎,一口鲜汁吸下去,整个喉咙都被打开了,一口饼子一口鲜蛎肉,最是对味。现在不会这么做了,他已习惯将海蛎蒸熟,掰开有力的闭壳肌,旁边是一碟姜末醋。

当然,也不全是不高兴。纺织五厂的厂区被保存下来,成为博物馆。年轻人慕名来打卡,会听见讲解,这里是近代工业缩影,是不可移动的文物。

第一次去,谷子很好奇,跟在年轻人后面做旁观者。那片庞大坚固的厂房,他终于知道了其专业名称——包豪斯风格单体车间,始建于1934年,也是国内现存面积最大的。不过,讲解员总是过于呆板,没有感情,她干巴巴地说,设计风格注重简洁实用,形式跟随功能,去除干扰和装饰,是包豪斯设计理念的核心思想……

幸好还有一个公益讲解员群体,由纺织厂退休职工组成。第二次去,谷子便碰见了黑皮。当时谷子正贴近玻璃看图片展,忽然一个熟悉又陌生的声音,透穿而来。

"听我老舅讲,日本人当年在后海沿岸建厂,是动了脑子的。一来沿海地带属日本守备军的警戒区域,容易控制,没有治安隐患;二来铁路线就在附近,甚至可以铺设铁路专用线,原料输入、成品输出都便利;三嘛,厂址在海边,建立发电厂所可就近利用海水作为冷却用水……"

黑皮!是他!声音没变,尽管他在极力克制讲下流笑话时的滑腻感。谷子远远地望过去,那是一个挂橙色胸牌、戴棒球帽、通体休闲装扮的黑皮,瘦了,更黑了,叠皱的松皮之间,小眼依然聚光。

故人相见,难免激动。谷子以前不待见黑皮,眼下只觉他亲切、可爱。午饭在厂区里吃——他们还是不习惯叫博物馆。原来除了博物馆,另建有三分之一休闲区,以更好地吸引年轻人。

饭间黑皮说到二跃,"听说冯家二跃赚了好几个亿,让他回来干点事吧。也该回来了。五厂没有大拆大建,算是保存下来了,建筑风貌啊,纺织文化啊,都没走样。政府正在植入新业态,什么原创集合店、集装箱艺术空间、主题咖啡,日后有看头也有玩头哩⋯⋯"

谷子瞄一眼黑皮,心想,公益讲解员这个角色还真锻炼口才。

流光暗转,屈指堪惊。

二跃回来时,带着比他小三十岁的娇妻。厂医晚年到美国投奔女儿,带走了属于她的那部分财产。

一回来,二跃就在后海最昂贵的楼盘购入最昂贵户型,二百七十度海景房,三面观海。众人皆知他富可敌城,掩不住地奉承与谄媚,当年的私奔也几成英雄事件。

谷子发现,三十年没见,文艺青年二跃,只剩一张瘦脸,满布刀斫斧劈般的纹理。亿万富翁的霸气只偶现于双目一横,眉峰微蹙间。比如谷子质问他当年为何一走了之时,二跃便现出此类神情。谷子马上道,好,二哥,我不想知道答案了,那是你自己的事。

因为谷子已得知,二跃确诊早期肺癌,肺叶做了根治性切除,刚刚稳定下来。

这听上去像个笑话,开药房的最终得了肺癌。黑皮嘴贱的毛病是改不了的,只是不妨碍他热心地将二跃引荐给园区总经理。总经理很激动,电子屏上立刻打出"欢迎民营企业家冯跃海先生荣归故里"。

"有个两千平方米的破损车间,外修复、内装修要花钱,数目不小,至今没人敢应承,冯老板若有兴趣,我给您免一年租金。"

二跃说,三年!

"好,冯老板心系后海,有情有义,三年就三年!"

破损车间属双坡顶砖木结构,某次失火,一半成灰烬,一半被青藤爬满,站在那里,像个溃败的武士。二跃看过现场,格局立出,且唏嘘不断,"多么难得,这分明是时间的艺术品。"

花了一年工夫,破损车间使用了钢框架加固,熏黑的砖木被保留下来,那些破窗门也只换内层,二跃需要修旧如旧。里面则采用了包豪斯装修风格,放大结构本身的形式美,反对多余装饰,尊重材料的性能,辅以不对称构图手法,让整个空间相互交替,相互融合。

至于用来干什么,众人商量了一年。众人包括二跃、谷子、光荣退役的"雷达兵王"四学、从德国拖家带口回来省亲的小季,还有黑皮、亦冯、远洋船员、二跃娇妻。

一层用以展示私人工业记忆。冯父所留的铁路老物件,也终于重焕生机。旁边是放大了的展品提供者肖像与生平。

照片里的冯父，站在火车机头前，穿连体工装，手里攥着工作帽，两鬓是铲青的，头顶黑发厚密，他在笑，竟帅过了冯家所有儿子。照片右下角有时间，1950年9月。

大多数人对于展品是漠然的。偶有行家，看见那些哑光的物件，会献上惊叹。为此，谷子整理了一些背后故事——这一小截儿是退役的钢轨，每年打一遍核桃油，摸上去像丝缎。收藏者做了一辈子巡道工，眼见着钢枕换成了木枕和混凝土枕。当年胶济铁路上的德国钢枕超过三百公里，全国独一份！

叶父所留也有相当位置。退役的船舵、船钟、船锚、螺旋桨，海水常年浸泡氧化，锈斑如文身，早就成了精，雷电、风暴、巨浪、海怪，哪样没见过？那些海洋生物标本在独立区域，兼做中小学生公益研学基地。远洋船员负责讲解，他免不了要炫耀那些风浪、那些码头。

二层是拳击馆。谷子最得意之处，莫过将大漠请了回来。大漠让众人忘记了年纪，他走路腰板笔挺，肌肉发达，和他掰腕子，众人皆是败将。

大漠戴着手靶给学员做陪练的时候，谷子便湿了眼，恍如昔日重来。

沙包、擂台、拳套……设施装备齐全。按照大漠的要求，四处放置了镜子，便于演练者四面起势，摆正"拳架"，观察"手眼身法步"是否端正。谷子看见镜中的自己,着黑汗衫;双手缠深色绷带,绷带足有三米长;外面再戴一副拳击专用手套——万事俱备,他却失去了爆发力和体力。

大漠走过来,带着多年前的风声:谷子,不必拼体能,这个年纪练的是思维和反应,一种预判能力。

"挫其锐,解其纷,和其光,同其尘。谷子,记住。"

为了和大漠在一起,谷子打算把"后海谷子"烧烤店搬到后海,如此一来,便名副其实了。

谷子知道,再过几年,自己就真的老了。到时候,他会明显地腿沉,看东西离不开花镜,每一颗槽牙都被补过窟窿。老了的身体如同陈年旧屋,椽头腐朽,四处漏雨。不出意外地,他也成了老家伙。一起成为老家伙的,还有二跃、四学、黑皮、远洋船员等若干——大漠则成了透辟的老家伙,他仍然是后海的传说,寄托着几代人的侠义情结。

老家伙们应该会经常来"后海谷子",聚一聚,喝几杯。天气好的时候,还可以做伴出去晒太阳。海边立有一块石碑,上题"后海浴场旧址",不远处是新兴火车站,从那里出发的动车时速已达四百多公里。

老家伙们手握拐杖,歪歪拧拧地站着。一开口,就说错了话——这也难免,毕竟是越老越糊涂了。

年轻人奇怪地看着老家伙们。

年轻人不知前海后海之分,只道这是自己的海,还要一厢情愿地放上定语或副词:我家窗外的海,十七岁的海,爱情海,母亲海,一杯沧海,镶着银箔的海。

《中国作家》2023年第3期首发,《北京文学·中篇小说月报》2023年第4期、《小说月报》2023年第5期、《中篇小说选刊》2023年第3期、《作品与争鸣》2023年第6期转载。

跋

蓝色的小说

上苍俯瞰地球,看见的一定是蓝色。蓝,太真实,又太不真实。有通往黑夜的墨蓝,有乌托邦的克莱因蓝,有宝石蓝和孔雀蓝,有安徒生的矢车菊蓝……熔炼一海好词吧,什么静冷、阔远、孤独、勇敢、宽容,什么爱恨离愁,什么雪满弓刀,都在蓝里面。

海边出生长大,蓝是我最早结识的颜色。学画画以后,蓝成了我的习惯用色,延续至今未改。现在,我想让这篇小说也是蓝色的,如果做不到,那么,我希望下一篇以及未来的无数篇,能够是蓝色的。

真的别无选择了。身为青岛人,爱海,是基因里的爱。潮起潮落之间,我很早便明白了静止与流动的相对存在,就像寂静与喧嚣互为参照。海教习自由,教习远眺与回望,海塑造了这一方的哲学体系和美学标准。海的坏脾气也会随时发作,离岸流、天文大潮甚至能带来死亡,悲痛弥散,而这是人间的真实部分。《来去兮》里,我让生命的顿悟、自省、提问都发生在海边,是本能,也是直觉——海边不需要搭建阐释生命诗学的现场,却会产生现场。

少女时代,我经常站在岬角角端,去想象海底的样子。当时我想,如果可以把海水全部抽干,便能欣赏到海床的美丽景色,海底地形与陆上应该非常相似,有高山、深谷,也有缓坡、平原以及丘脊与沟壑。因为没有浪涌,生存在海底的动物不需要坚硬骨骼,它们很多是盲眼,移动缓慢。还有,迷途的水手也会躺在温柔的海床上……此类独特经历似乎可以形成潜意识,以至于,现在,对于凸出向海的地理环境我总是充满迷恋,时常探访周边渔村,每年都要选择一座孤岛小住,最终确信向海而生死,是生命样式最好的一种。写《来去兮》时,我的搭建里总是出现"温柔沉湎海底"的暗示,这似乎利于从俗常的生活深处打捞起那些真与善、悲和喜。

另外,我一直在放大"老城"的概念,自写作以来,已经持续了二十五年。不是每座城市都有一个"老城",也不是每个"老城"都能面向一片"老海";不是每个人都会在两者之间拥有一间"老房子",也不是每间"老房子"都流转着值得记取的人间故事。

《来去兮》发表后,有评论家认为小说展示了温特森式的内向审视与灵魂自剖,通篇有静力,甚至接近卡尔维诺的轻逸——说实话,整个写作过程,我并没有想到这两位伟大的、也是我热爱的作家。从构思到完成，在我眼前浮现的是几张老脸，老城的、老海的、老房子的、祖母的，以及属于我一个人的自由飞翔的童年。整个写作过程，我都在为这些轻轻哭泣。

活态海上样本

老城连着老海，向东向西，曾有无数的渔村沿岸散落。渔村的码头旁泊满了船只，桅杆与桅杆，船舷跟船舷，彩旗和风，彼此无意识的碰撞之声总是不绝于耳，有金戈铁马之铿锵，有环佩叮当之清丽。

十岁那年我第一次登上了舢板。骤然而起的惊讶，许多年以后，我才知道，应该叫作对于人工造物与生存智慧的致敬。收拢的船帆上摞着补丁，一旦张帆直上，它就会借助气流和风力，像神话中那些生出羽翼的狮子，强悍勇猛，穿越海洋。

现在，渔村已经离城市越来越远。我还是喜欢去那里写生，打听渔家传奇。渔把式们满脸粗暴美学，褶皱深刻如航道密集，海蚀风蚀让他们呈现出雕塑才有的金石之气。这些活态的海上样本，与自然相爱相杀，究竟穿戴过怎样的风浪，逃命于怎样的激流，在寻找答案的过程中，我结识了无数个"满载"，便也就有了《满载的故事》。

满载对于风向、汛期、洋流、鱼窝，总是有着天然的预感和本能。上船闯海，或者在滩涂上讨生活，哪一样他都不会空手而返。但他和疯子只有一步之遥——全村人都换了大马力渔船,他却买回来一条二手舢板;全村人都用上了绝户网,他却只在黄花、黄姑产卵期过了以后才肯撒网。他跟气场豪横的胡老大叫板,全村人都在看笑话,看他像个提线木偶,起起落落……

天才满载,疯子满载,终究是失败者满载。守着越来越陌生的老海,他聋哑成了黑石头,破舢板腐朽到几乎只剩龙骨。没有别的办法了,唯有消隐于大海才能找回尊严。于是,曾经向海而生的一对孤魂儿,又一起向海而死——而大海冥冥如墨,这无上的基座,这人类的子宫。

海,曾经的方向的代名词。"四海犹四方",在先祖的认知里,海是天下的尽头。现在,无尽的海却逐年缩小,除了板块运动,还有后工业的围猎,借助《满载的故事》,我也试图讲述自然的宽容与无情、人类的贪婪和自省。

如逆光大物

书房里有几卷宣纸,心就会静下来。宣纸买回来不要马上用,放一放,醒一醒,它需要时间。小舅这样告诉我。

家族上下都擅写大字——小舅贺中祥先生更是写出了大名堂,其讷言敏行,功夫都在手上、心上,自谦"因书法而荣幸"。《墨池记》这本小说集得中祥先生题签,从封面到篇目,大处见气魄,细处显尊严,晚辈如我得到的是鞭策与祝福。

遥想年少轻狂时，研磨、铺开纸、写，这一系列的慢动作，在我看来都是老人家才做的。我兴兴头头地学了西画，把牛仔裤剪破，背起画夹去了远方。很多事，不经历是不会明白的，只是明白过来以后，人生已经浪费掉一半。

倒也不算晚。现在，我铺开了纸，残墨里兑上隔夜茶，逆水行舟处，徒生几分意念，几分了悟。肯定是写不好的。写完也不敢拿给小舅看。但还是要按捺不住地写一写，借此拜会先贤，揣摩法度，以至于"左奔右突之时，枯而不死又湿而不急"之类的句子造了不少。

写不好，却喜欢囤宣纸。跑到安徽泾县，跑到云南腾冲，前者产的宣纸有"纸寿千年"的美称，后者遍地做古法宣纸的匠人。远远地背回来，自己高兴，也送给同爱宣纸的友人，大家一起高兴。这些宣纸，绵韧坚实、百折不损，中国的典籍经文书画能千古传承，看到这些宣纸，便知其所以然了。

写不好其实也不重要，笔墨之间终究是一种悟道。最软的纸、最软的笔，却能在上面写出最硬的字，力透纸背，鞭辟向里，这中国书法的魂儿，也是华夏民族的魂儿，种种神妙奇异绝非语言所能表达。

写《墨池记》离不开家族故事。诸多细节都是跟长辈们"套"出来的。由书法贯穿至中医、京剧和武术，或许是我对"九九归一"的理解。所有的"正"，都会让人产生信任感。三个老者到最后认不得人了，或许是我对生命轮回的服从。小说里描写茱萸的声音,"匀净里起着筋骨,像上等宣纸",或许是我献给宣纸的情话……小说写不动的时候,我就把宣纸平铺于画案之上,谨慎地呼吸,起笔、运笔以及掷笔,或许有助于搭建小说人物的迷途、前途与归途。

《墨池记》初名《师父》,它符合我想表达的执着与传承,可惜与人重复了。又名《大雪弯弓刀》,它符合我想表达的清冷与阔远,可惜又与人重复了。《墨池记》这个名字源自北宋文学大家曾巩所创作的散文《墨池记》。曾巩由传说中的王羲之墨池遗迹入笔,巧妙机智地借题发挥,撇下墨池之真伪不着一言,只论及王羲之本人多年心摹手追,自成一家,有老庄的简淡玄远,有儒家的中庸冲和,千古而流传。曾巩的《墨池记》通过记叙、议论的交替出现,层层推进,笔法见活脱,结构见谨严——所以,我的《墨池记》,不是重复,是致敬。

近年来,我写小说,战战兢兢地,感受着文字的宽容与苛责,越来越有难度了,内心却越来越明亮了。这是理解人性的过程,悲悯世间的过程,也是让物理的时间产生时光况味的过程,终究是救赎自我的过程,追寻自由的过程。

甚或觉然之,小说只能是黑白的,黑白无穷尽。彩色终究是局部和局限的。唯黑白充满了吞噬感,具有统领的气度,如逆光大物。小说靠情绪推进,绝非靠故事。它自然离不开故事——有疤痕的故事,出冷汗的故事,流热泪的故事，心头一紧、后背一凛的故事。可，这些故事若不能产生极致的情绪，就变成了画画时的排刷铺色，起不来筋骨，无雕刻感，没有铁线长吁。所有的故事都应该为情绪服务，说情感更高级一些。我习惯少做预设，写到哪，情绪产生了怎样的走势，也就轮到谁出场了。通常是在写下开头的时候，我大概已经知道了接下来将被怎样的情绪所控制。

最好，只带动情绪，不提供答案。

| 神圣与俗常

2022 年 5 月 25 日下午。地点：良友书坊，也可称为青岛国际诗歌节分现场。我与霰忠欣博士聊起《后海》。过了半月，这个纷繁如电影转场一般的片段，被伊写成了诗——

那日午后。我们忘记世界／忘记世界里的我们／只有那个被赋名谷子的男人，永不停歇／下午三点钟。一束光打在老西川脸上／他的头发不似十年前凌乱／同样白／人们围绕着他／诗歌应当被围绕／灯的背面。阿占在喝鲜榨橙汁／和一个猛子扎进海里的王小鱼一样，她不相信黑／她说榨橙汁的男孩像大卫。大卫甩着长发腼腆地笑／他不用作《弓歌》，也不需要攻占耶路撒冷／谷子需要奔跑。娶妻，生子，奔丧／时间，和谷子的奔跑一样，慢慢跑丢了／只剩一九五〇／那是个怎样的时代／怎样的符号／我不能指认,小说还未结束/但我们彼此确信,它比半米以外/正用顿挫的语调接受采访的老西川更近/更近的是《后海》。二〇二三的前奏/我们不能失去它/每个人都在苦苦找寻文字。我们把橙汁一饮而尽

至今我都认为这是为数不多的令人着迷的时刻。坐在那里聊《后海》,周遭很欢动,我们没有回头,更没有停下,因为我们好像正漂泊在大海上,漫无目地前进,不知道去往何方,任由文学摆渡,一脸的神圣与俗常。这种感觉太好了。以至于,究竟与伊聊了些什么,已经变得不重要。

当然,我必是犹疑且坚定地说出了《后海》脉络。我应该说过——20世纪六七十年代,后海滩涂极浩,沃沃野野,故事就是从这里开始的。工人阶级冯家,共有五子,与大哥、二哥一样,老三谷子在滩涂上疯长,眼前波涛堆叠,身后则是灰色的工业剪影。谷子在厂区之间度过了游走的少年时代,后顶替母亲在纺织厂就业。20世纪90年代,传统工业势颓,铁饭碗不保了,谷子停薪留职去闯荡,与人合伙在前海经营快艇生意,救下因失恋跳海自杀的文青叶简兮,去杭州与叶的负心男友赵既白"决斗",直至做了叶家上门女婿,又引出一番生死离别……谷子的故事延续一甲子,另有数条副线,多重人物穿插,企图构建一部后海当代风情录。多年后谷子回到了出生地,后海面目全非,曾经的纺织厂已变博物馆,曾经的滩涂上建起了动车火车站。谷子一边赞叹时代进程,一边感喟回不去的城愁。

这座城的回忆、当下和未来，都浸在海水味道里，咸涩或鲜亮。

我应该还说过——不，不仅仅是这样的，"后海"的"后"，"前海"的"前"，暗合着被界定的空间性与内蕴的时间性，我妄想在展现人物生存位移的过程中，敞开一条通往未来的精神秘径。做不到是一回事。想不想做，是另一回事。若能借日常之力的开掘，实现文本中历史经验的功能与意义确认，得以管窥海洋文化之内在命线，就算没有白写吧？